KB203455

손

손 이은유 소설집

초판1쇄 찍은 날 | 2014년 11월 1일
초판1쇄 펴낸 날 | 2014년 11월 5일

지은이 | 이은유
펴낸이 | 송광룡
펴낸곳 | 문학들
등록 | 2005년 8월 24일 제2005 1-2호
주소 | 501-841 광주광역시 동구 천변우로 487(학동) 2층
전화 | 062-651-6968
팩스 | 062-651-9690
전자우편 | munhakdle@hanmail.net
값 10,000원

ISBN 978-89-92680-88-2   03810

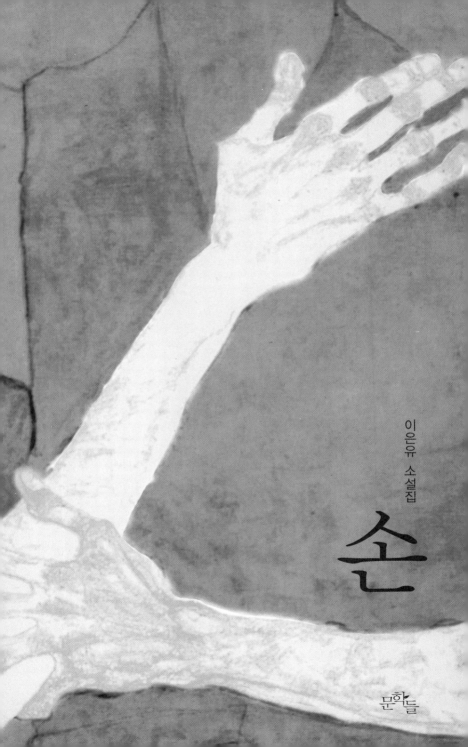

이은유 소설집

손

문학들

차례

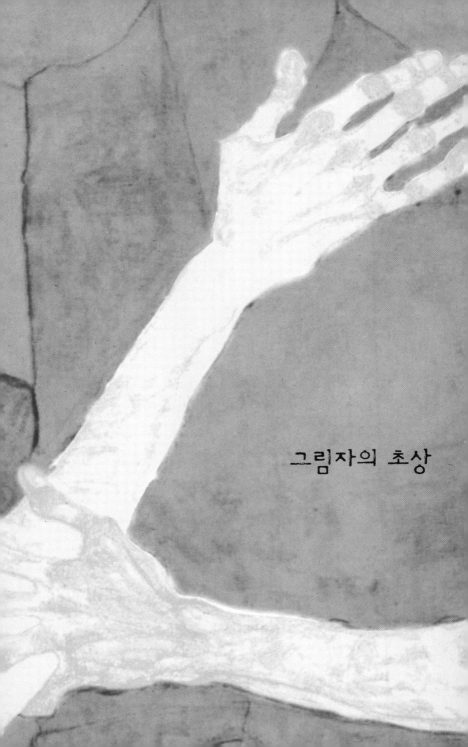

그림자의 초상

칼은 보기보다 무거웠다. 똑같은 스테인리스였지만 칼등이 쓰고 있던 칼보다 더 두꺼웠고 긴 손잡이가 묵직하게 손 안에 꽉 찼다. 손에 잡히는 느낌부터가 얄팍하고 가벼운 노란색의 예전 칼과 확연하게 달랐다. 낯설기는 하지만 무게감이 손에서 겉돌지 않아 붕어가 아니라 고래도 잡을 수 있을 것 같았다.

주방 창문으로 들어오는 빛에 칼날을 비춰 보았다. 푸르스름하게 빛나는 칼날이 꽤 근엄해 보였다. 그 어떤 군더더기도 허락하지 않을 단호한 칼날이었다. 수도하는 것처럼 갈아서 날을 세우고 한 번 세우면 쉽게 무뎌지지 않는 칼, 칼이라면 마땅히 이 기준에 들어맞아야 아름답다. 휴는 어떤 물건이든 기능을 가장 중요하게 생각했다.

잠시 칼을 내려놓고 귀를 기울였다. 아직도 화장실에서는 아무 소리도 들리지 않았다. 언제나 똥을 싸는 시간이 오래 걸리는 휴는 시큰한 눈으로 하품을 하며 여전히 변기 위에 앉아 있는 모양이었다. 휴의 잠과 똥은 불편하게도 항상 장소를 가렸다. 칼을 사기 위해 들른 백화점에서도 변기 위에 앉았다만 나왔다고 했다. 이 정도면 휴를 데려다 준 위도 놀랄 만했다. 나는 창밖을 내다보았다. 아침 일찍부터 컴퓨터 화면의 빛에 시달린 눈이 시큰거렸다. 반면 휴는 밤새도록 어둠 속에서 빛나는 찌의 푸른빛을 지켜보다 왔다. 휴가 눈을 붙인 시간은 겨우 두어 시간뿐이었다고 했다. 그러니까 지금부터 우리 두 사람은 각자 붕어를 잡고 샤워를 한 뒤 잠을 자야 할 것이었다. 그 다음은 점심을 먹고……

나는 다시 칼을 들었다. 칼의 무게는 여전히 믿음직했다. 휴가 무심한 척하긴 해도 칼을 쓸 때마다 내뱉던 내 불평을 흘려듣진 않았다.

"아무래도 칼을 다시 사야겠어. 절대 무뎌지지 않는 걸로."

휴는 차에 구덕을 실을 때 문득 내 불평이 떠올랐다고 했다. 노란색 손잡이에다 옆면에 꽃무늬가 들어 있는 칼은 자주 갈아야 한다는 것도 그때 생각났다고, 그래서 위에게 백화점으로 돌게 했다고 말했다.

휴가 사다 준 칼은 붕어의 배를 고통 없이 열어 줄 것이었다. 살의 단면은 군더더기 하나 없이 단정하게 열리고 붕어는 뒤늦게 제 배가 열린 것을 깨달으며 죽어 갈 것이다. 그때 붕어의 피가 묻은 칼날에는 무지개가 어릴 것이다. 왜 칼날은 살아 있는 것의 목숨을 앗아야 아름답게 빛나는지 나는 갑자기 그것이 슬펐다.

그 칼날을 예감한 듯 붕어는 또 크게 요동을 쳤다. 무리 가운데 가장 큰 놈이 몸을 뒤채자 다른 몇 마리가 덩달아 퍼덕댔고 그 가운데 서너 마리는 함지박 밖으로 튀어나왔다. 하지만 강을 떠나온 이상 붕어는 수돗물에서 어떻게 해도 살 수가 없다. 이것이 내가 붕어를 잡을 수밖에 없는 이유였다. 나는 자서전 대필을 맡으면서도 비슷한 생각을 했다. 이 자서전은 어차피 누가 하든 대필할 수밖에 없다.

나는 함지박 밖으로 튀어나온 놈들 가운데 가장 큰 놈을 싱크대 바닥에 남겼다. 칼등으로 머리를 맞기 좋을 자리였다. 놈은 싱크대 바닥에서도 강으로 돌아갈 꿈을 꾸는 것 같았다. 몸부림이 어떤 놈보다도 거셌다. 휴의 말대로 붕어는 제가 낚시에 걸려서 멀리 강을 떠나왔다는 사실을 잊어버린 모양이었다.

붕어에게도 뇌가 있을까? 대부분 사람들은 붕어에게 뇌가 없다고 생각해. 아니야. 머리 부분 아가미와 몸체의 연결 부분 견갑부의 피하에 뇌가 있어. 문제는 그 뇌가 단순조직인데다 아주 작다는 거지. 그래서 아이큐가 매우 낮아. 겨우 3이라든가 4라든가, 아무튼 기억력이 매우 나빠. 오죽하면 놓아준 지 오 분도 안 돼서 그 낚시에 또 걸리겠냐? 그 때문에 사람들은 붕어에게 뇌가 없다고 생각하는 거야.

얌전해진 붕어의 눈에서는 푸른 눈물이 흘렀다. 칼을 들고 있는 내 입장에서는 번들거리는 물기가 그렇게 보였다. 나는 얼마 전에 붕어와 비슷한 인간의 눈을 본 적이 있었다. 성실하게 땀을 흘리며 사는 곳으로 가고 싶다며 마음먹고 떠나왔던 중고차 시장으로 다시 돌아갈 때 휴도 붕어 같은 눈으로 울었다. 그러나 한 번 들어간 물은 벗어나기 어렵다. 또 그 물을 떠났다 해도 결국 그 물로 돌아갈 수밖에 없는 것은 그것이 첫 단추이기 때문이다. 그러니 물었던 미끼를 다시 물 수밖에 없는 것이다. 그런 경우도 머리가 나쁘다고 할 수 있을까, 그것은 한마디로 단정 짓기 어려웠다.

나는 칼등으로 붕어의 머리를 겨눴다. 처음 칼등은 빗맞았다. 빗나간 칼등의 위력에도 놈은 수도꼭지 높이까지 튀어 올랐다. 덩달아 다른 붕어들도 이리저리 뒤채였다. 진동만으로도 위기를 감지하는 작은 동물들의 본능은 놀랍도록 무서웠다. 대체적으로 나는 두 번 실수를 하지 않는 편이다. 두 번째 칼등은 정확하게 아가미 바로 윗부분에 떨어졌다. 칼을 맞은 놈은 납작한 몸을 파르르 떨더니 곧장 축 늘어졌다. 나는 놈의 양쪽 아가미 속으로 손가락을 집어넣어 잡고 항문에 칼끝을 갖다 댔다. 바로 그때, 항문에서 뭔가 뿜어져 나오는 게 보였다. 똥일까. 녹두알 크기의 덩어리에다 색깔도 딱 똥 같은데 그러나 똥은 아니었다. 칼을 내려놓고 그것을 만져보았다. 놀랍게도 그것은 알이었다.

집게손가락 끝에 묻은 알을 한참 동안 들여다보았다. 이것이야말로 그 어떤 것보다도 서글픈 본능이라는 생각이 들었다. 수정시켜 줄 수컷도 없는데 기어이 알을 뿜어내는 암컷의 본능. 알의 색깔까지 서글퍼보여서 나는 창밖을 바라보았다. 건너편 산의 오리나무들이 푸르스름했다. 엊그제까지만 해도 갈색의 군락이 스산해 보였는데 어느새 사월이었다.

얼마 전 휴는 함께 낚시를 다니는 위와 이런 통화를 나눴다. 삼사월이 애들 산란할 때잖아. 지금이 애들 빼먹을 최적기라고. 최적기는 붕어낚시에만 해당되는 시기가 아니었다. 중고차 판매도 가파른 상승 곡선을 타는 시기였다. 겨울에는 억대를 찍기가 힘든 시장이 날이 풀리기 시작하면 주말도 반납해야 할 정도로 바빠지는 것이 중고차 시장이었다. 처음 만났을 때만 해도 휴는 일요일까지 사무실에 나갔고 집에서 밥을 먹을 때도 딜러의 전화를 받았다. 그런데 사장에게 다시 돌아온 뒤부터 토요일이면 낚시터 정보를 교환하느라 전화기에 불이 나기 시작했다. 야, 요즘 어디가 잘 터져? 아, 거기는 다음 주에나 터질 거야. 아직은 빨라. 그곳은 베스가 많고 또 어디? 거기가 산란이 시작됐단 말이지? 이런 통화내용은 굳이 귀를 기울이지 않아도 귀에 쏙쏙 들어왔다. '터진다.' 라는 말이 고기가 잘 나오기 시작한다는 뜻이고 베스는 토종 생태계의 파괴자라는 것도 휴의 통화를 듣고 알았다. 수입 자동차처럼 베스는 휴가 잡기 싫어하는 어종 중 하나였다.

한눈을 파는 사이 기절했던 붕어가 다시 깨어났다. 사람으로 치면 뇌진탕일 텐데 놈은 깨어난 뒤 더 길길이 날뛰었다. 사방으로 물방울이 튀었다. 나는 볼과 코에 튄 물방울을 닦고 다시 놈을 붙잡아 칼등으로 머리를 강타했다. 손은 조금 전에 때렸던 놈의 머리 위치를 정확하게 기억해 냈다. 놈은 또다시 단칼에 축 늘어졌다.

나는 망설이지 않고 항문에 넣은 칼을 쭉– 머리 쪽으로 당겼다. 휴가 사다 준 새 칼은 한 치의 머뭇거림도 없이 붕어의 배를 쭉– 갈랐다. 칼날이 지난 물고기 배의 단면은 찰지고 강처럼 맑아 보였다. 그 단면에서는 배 속의 내장을 꺼낼 때까지도 피가 돋아나지 않았다. 다만 양쪽으로 갈라진 단면이 빳빳하게 곤두

서서 파들거릴 뿐이었다. 그와 함께 놈은 꼬리 부분에 버티듯 힘을 주는 것으로 극심한 고통을 겨우 받아 내고 있었다.

죽어 가는 붕어의 아가미에 손가락을 집어넣은 채 칼을 잡았던 손을 배 속에 집어넣었다. 붕어의 배 속은 따뜻하고 알이 내장보다 많았다. 칼날을 받은 단면에서는 내장을 갈비뼈에서 훑기 시작할 때 피가 배어나기 시작했다. 단면에서 배어난 피와 체액이 뒤섞인 배 속이 질척거렸다. 하지만 수천수만 개의 알이 들어 있는 주머니와 시커먼 창자와 허연 부레와 간은 간단하게 끌어내졌다. 그리고 심장은 마지막에 조그만 피 덩어리처럼 긁어져 나왔다. 쓸개는 어디에 숨었는지 보이지 않았다.

내장이 뽑힌 붕어는 한 번 더 요동을 치는 것으로 생을 마감했다. 마지막 요동은 꼬리를 두어 번 파닥거리는 것이 다였고 붕어의 눈은 비닐봉투 안에서도 감겨지지 않았다. 강물을 들여다보던 동그란 눈이 마지막으로 본 것은 내 눈이었을지도 몰랐다. 이 생각을 하자 섬뜩한 느낌이 들었다.

하지만 휴는 이런 내 생각을 나무라곤 했다. 처음 붕어를 잡아 왔을 때 그는 이렇게 말했다.

"모든 생물은 사람에게 잡아먹으라고 하느님이 만들어 주신 거야."

이 말을 할 때 휴는 붕어의 부레를 들여다보고 있었다. 나는 그런 휴에게 이렇게 물었다.

"그런데 당신은 붕어를 먹지 않잖아? 그런 붕어를 왜 잡아오는 건데?"

휴는 내 물음에 대답하지 않았다. 그냥 생각에 골똘한 얼굴로 붕어의 부레만 들여다볼 뿐이었다. 휴의 얼굴에는 자신의 아내를 납득시키기 위해서는 얼마나 많은 설명을 해야 하는지 고민하는 표정이 역력했다. 휴가 나를 돌아본 것은 한 시간 같은 몇 분이 흐른 뒤였다.

부레는 물고기의 공기 주머니야. 이 부레가 물고기 몸의 비중을 조절해 준다고 해. 물의 깊이에 따라, 위아래로 움직일 때 주머니의 공기를 조절해서 떠오르게 하기도 하고 앞으로 나아가게 하기도 한대. 또 물고기는 부레로 울어. 사실 부레는 공명기관으로 작용하는 셈이지만, 아무튼 부레가 없으면 울음소리를 낼 수 없으니 부레로 운다고 봐야 옳겠지. 또 부레는 허파와 같은 역할도 해. 그러고 보면 이 작은 호리병이 참 신기하지 않아? 이 부레로 숨을 쉬고 울음소리를 내고 몸을 띄워서 강물 속을 돌아다니고 있었다니 말이야. 그래서 물고기의 울음은 강물 소리 같고 물고기는 강물의 그림자처럼 보이는지도 모르겠어.

붕어 배에서 꺼낸 부레를 터뜨리자 꽈리 터지는 소리가 났다. 손끝에는 끈적이는 하얀 막이 남았다. 터져 버린 부레는 더 이상 부레가 아니었다. 나는 부레가 아닌 부레를 한참 동안 들여다보았다. 그러자 휴에게 부레는 어떤 것일까, 하는 생각이 들었다. 내가 아무 희망이 없는데도 책상 앞으로 돌아오곤 했던 것과 같은 그것은 무엇인지. 휴도 한때는 중고차 시장을 벗어나고 싶어했다. 날마다 공단을 뒤지며 이력서를 넣었지만 중고차 시장에서 일했던 그의 이력은 어느 공장에서도 받아들여지지 않았다.

휴의 이력이 받아들여진 곳은 결국 중고차 시장이었다.

일단 낚싯대에 걸리면 물고기의 부레는 제 기능의 일부분을 잃게 된다. 숨만 쉴 뿐 제 몸을 띄우지 못하는 부레는 진정한 부레가 아니다. 그래서 더욱 물고기들은 물로 돌아가고 싶어 하는지도 모른다. 때문에 제가 살던 물로 돌아갈 수밖에 없는 것인지도. 그러니까 물 밖에서는 이렇게 빛나는 물고기가 물의 그림자로 살 수밖에 없는 것이다. 제 몸에 빛을 받아서 반사시키지 못하는 삶. 생존을 위해 그림자로 살아야 하는 것들의 삶.

처음에는 물고기가 물의 그림자 같다는 휴의 말을 이해하지 못했다. 내가 휴의 말을 이해하게 된 건 휴를 따라간 작은 강가에서였다. 그때 휴는 낚싯대를 펴기 전에 먼저 강물을 들여다보았다. 무엇을 찾기 위해 강물을 그처럼 골똘하게 들여다볼까 했는데 휴는 집게손가락으로 꾹 다문 자신의 입을 가리켰다. 그리고 잠시 후 눈부신 표정으로 허리를 폈다. 놈들이 많이 나왔네. 너도 한 번 볼래? 물의 그림자 같아서 처음에는 잘 식별이 되지 않겠지만.

그날 나는 생애 처음으로 붕어를 잡았다. 휴가 오줌을 누러 간 사이 두 칸짜리 첨대를 채는 순간의 느낌은 뭐라고 표현할 수 없는 것이었다. 아, 이것이 손맛이구나. 나는 그냥 가슴이 벅차서 마구 소리를 질렀다. 강 언덕을 향해 돌아서서 오줌을 누던 휴도 나를 돌아보고 소리를 질렀다. 야! 너도 붕어를 낚았구나. 너도 붕어를 낚았어. 우리 이제부터 함께 다니자.

하지만 그날 이후 나는 휴를 따라다니지 않았다. 무료해서 따라간 낚시가 붕어 한 마리 낚고 나니 더 무료해졌기 때문이었다.

무엇보다 고요한 강과 들판과 하늘이 지루했다. 나는 휴가 낚시를 하는 동안 집에서 책을 읽고 학부 때 배운 기억을 되살려 글을 썼다. 괜찮다 싶은 글은 여기저기 응모해 상도 받았다. 자서전 대필을 하게 된 것도 다 그런 훈련 덕분이었다. 군 단위 지방에서 기자를 하고 있는 대학 동창이 그렇게 말했다.

위의 말에 따르면 휴도 낚시꾼들 사이에서는 고수로 불린다고 했다. 물론 소질도 있었겠지만 그것도 다 열심히 낚시를 한 덕분이라고 할 수 있었다. 최근 일 년 동안 휴는 한 주도 빼지 않고 낚시를 다녔다. 휴가 이렇게 낚시에 빠지게 된 것도 다 위 때문이었다. 그리고 휴는 중고차 할부회사도 위의 권유로 입사했다. 내가 볼 때 위는 여러 모로 괜찮은 사람이었다. 키도 크고 얼굴도 잘 생겼는데 성격까지 좋았다. 그리고 한 번 뱉은 말은 어떤 일이 있어도 반드시 약속을 지켰다. 그런데 어느 날부터 휴는 위의 이야기를 잘 하지 않았다. 그건 위의 이야기가 어차피 회사 이야기이기 때문일 터였다.

샤워를 마친 휴가 마실 것을 찾았다. 나는 휴에게 주스를 건네면서 물었다.

"위는 붕어 안 가지고 갔어?"

휴는 빈 컵을 건네주며 대답했다.

"어."

이 대답을 끝으로 휴는 방으로 들어갔다. 그리고 방에서는 티브이 소리가 들려왔다.

붕어를 잡는 손은 점점 빨라졌다. 칼등이 빗나가는 횟수도 드물어졌고 강도도 꽤 일정해졌다. 붕어에게 항문이라는 표현은 과분할 것 같긴 하지만, 항문에 칼끝을 꽂고 아가미 쪽으로 칼날을 긋는 선도 반듯해졌다. 그래서 유경험자를 우대한다고 하는 모양이었다. 내가 학습지 교사 말고 다른 일거리를 찾아야 한다면 그 일거리는 마땅히 수산시장 쪽에서 찾아야 할 것 같았다. 하지만 내가 늘 기웃거리는 곳은 구성작가나 기획사에 소속된 동화작가였다. 그런 쪽은 들어가기가 하늘의 별을 따는 것보다 더 어려웠다. 그나마 자서전 대필은 운 좋게 걸린 일거리였다.

내가 시청의 서기관으로 정년퇴직하게 된 중년남자의 자서전 초고를 완성하기까지는 여러 달이 걸렸다. 그 남자의 어린 시절부터 최근까지의 이야기를 듣고 메모를 하는 데 걸린 시간은 얼마 되지 않았지만 초고를 완성하는 데 생각보다 많은 시간이 걸린 것이다. 초고를 쓰는 동안 중년남자는 수시로 빠진 부분이 있다며 보충할 것을 부탁했다. 그리고 초고를 읽는 데 며칠이 흘러갔으며 다 읽고 나서는 수정할 부분을 지적했다. 초고의 수정은 거의 편집 수준이었다. 남자가 빨간 볼펜으로 콕콕 찍는 부분은 통째로 들어낸 뒤 다른 각도의 이야기를 집어넣었고 더 넣어 주었으면 하는 부분은 부풀린 이야기를 보태 주었다. 하지만 그 남자의 자서전은 내가 아니라 그 남자가 쓴 것이 될 터였다. 처음부터 그 남자는 자신의 이름으로 책을 낼 것이라고 했다. 그렇게 계약하고 시작한 일이었다.

그러나 휴는 내가 그 남자의 자서전을 대필하는 것을 보고 무심한 얼굴로 이렇게 물었다.

"그 책, 네 이름으로 나가는 거야?"

대필이라는데 내 이름으로 나가는 거냐고 묻는 휴가 나는 짜증이 났다.

"아―니. 난 돈 받고 대신 써주기만 할 뿐이라니까."

나는 휴의 얼굴을 빤히 쳐다보며 대답했고 휴는 귀를 후빈 새끼손가락을 후― 불었다.

"그럼, 그 사람 출판기념회랍시고 잔치를 열고 제가 이걸 쓴 것처럼 우쭐대겠구나."

그렇게 말하는 휴는 어딘가 불편한 사람처럼 보였다. 하나 뿐인 코딱지만 한 방으로 들어가는 휴의 뒷모습에 날이 서 있었다. 나는 그 이유를 알 수 없어 어리둥절했다.

다시 사장에게 돌아가고 얼마 지나지 않아서부터 휴와의 대화는 단답형이 되거나 중간에 끊어지는 일이 많아졌다. 내게 알려 주어야 할 일은 통고식이거나 보고식이 되었다. 그때 휴의 말은 문장으로 치면 한 줄이거나 두서너 줄이 고작이었다. 이를테면 '오늘 회식 있어.'나 '대표하고 면담이 있어서 늦어.' 또는 '대표의 말이 처음하고 많이 틀리네. 중식 제공도 해 주고 유류비도 지원해 준다더니. 월급이 생각보다 많지 않게 됐어.' 같은 식이었다. 또 이런 말도 했다. '재입사하고 얼마 동안은 대표하고 일대일 면담을 했는데 지금은 모든 지시가 팀장을 통해서 내려와.' '얼마 전까지만 해도 이곳 지점장 후보로 생각하고 있다더니. 그러니까 그게 다 미끼였던 모양이야.' 이런 말들을 할 때 휴는 참을 수밖에 없는 분노 때문에 심장이 타들어 가는 표정을 지었다. 하지만 그것이 다였다. 한숨을 한 번 쉬고 나면 휴는 일상이 하나도 재미없다는 얼굴로 다시 돌아가 버리곤 했다.

휴가 주스를 마시고 들어간 방에서는 굵직한 남자의 목소리가 들렸다. 영어권 남자의 내레이션이 귀에 익었다. 아마도 디스커버리의 무슨 상생직업에 관한 프로그램인 것 같았다. 밥보다 잠이 우선인 휴는 자면서도 자주 내레이션을 들었다.

나는 붕어의 배에 칼날을 겨누다 말고 문득 눈을 들었다. 시선은 창밖으로 향해졌지만 초점은 내가 언제부터 이렇게 잔인한 사람이 되었나 하는 생각에 맞춰졌다. 원래 나는 피라미 한 마리도 때려죽이지 못하는 사람이었다. 동그란 눈이 말똥말똥 나를 쳐다보는데 어떻게 그 배를 가르고 내장을 끄집어낼 수 있나. 하지만 몇 번 붕어를 잡고 나자 끔찍하던 감각이 점점 무뎌져갔다. 때로는 잔인함도 학습되는 모양이었다. 나는 이런 내가 끔찍하게 느껴졌다.

쓰레기 바구니에는 내장보다 알이 더 많았다. 강물에 산란되었다면 적어도 수만 마리의 붕어로 살아남았을 알들이었다. 나는 붕어를 잡을 때마다 살생의 책임을 휴의 탓으로 돌렸다. 휴가 잡아왔기 때문에 할 수 없이 배를 가르는 거다. 이렇게 중얼거리고 나면 얼마쯤은 마음이 한결 가벼워졌다. 눈치로 볼 때 휴도 나와 비슷한 점이 있는 것 같았다. 그에게는 항상 팀장이 문제였다. 휴의 말을 종합해 보면 팀장이란 작자는 여러 면에서 휴를 견제하고 있는 듯했다.

문득 붕어의 몸피가 얇다는 생각이 들었다. 배도 볼록하지 않았고 전체적인 체형도 알을 품고 있던 놈들보다 길쭉해 보였다. 배도 거무스름한 색깔에 가까웠다. 틀림없는 수컷일 터였지만 나는 놈의 배를 활짝 열어 보았다. 그리고 꾸불꾸불하고 시커먼 내장과 하얀 부레만 들어 있는 배 속을 확인했다.

사실 물고기의 성별 확인은 아무 의미 없는 일이었다. 베스만 아니라면 휴는 성별과 어종을 가리지 않는다고 했다. 휴에게 중요한 건 언제나 크기와 마릿수였다. 월척일수록 환호했고 구덕이 가득 차야 뿌듯해 했다. 그렇다고 한두 마리뿐이라 해서 도로 강물에 버리고 오는 것도 아니었다. 언젠가 휴는 붕어를 한 마리만 잡아들고 와서 이렇게 말한 적이 있었다.

"월척에 버금가는 놈이라 가져왔어. 잡아서 넣어 놔. 지점장이 될지 그것은 확실하지 않지만 어쨌든 팀장이라는 인간하고 잘 지내야 되니까."

그때가 초겨울이었다.

붕어는 척삭동물이야. 겨울에는 깊은 곳에 들어가 거의 움직이지 않고 봄이 되어야 물이 얕은 곳으로 나와 활개를 치지. 겨울에 붕어가 잘 잡히지 않는 건 이 때문이야. 이 녀석들은 햇볕이 따뜻해지기 시작하면 알을 낳기 위해 분주해지거든. 이월부터 사월까지가 붕어들이 알을 낳는 시기라서 낚시꾼들도 이때를 집중적으로 공략하지. 알을 낳는 때가 되어야 살도 통통하게 오르니까. 근데 붕어가 얼마나 커야 월척이라고 하는지 알아? 월척은 삼십 센티하고도 삼 미리 이상이라야 월척이라고 해.

겨울이 되면 휴는 가끔 남해에 있는 섬을 찾았다. 이때 통화에 자주 등장하는 섬은 진도나 금일도, 아니면 증도나 임자도 같은 섬이었다. 낚시는 대체로 위와 함께 가는 편이었는데 나는 알 수 없는 사람과 갈 때도 있었다.

팀장은 특히 섬에서 잡은 붕어를 좋아한다고 했다. 특별한 이유는 없었다. 섬사람들은 민물고기를 좋아하지 않는다. 바로 곁에 바다가 있고 바닷고기에서는 흙내가 아닌 바다 냄새가 난다. 때문에 저수지에서는 낚시하는 사람이 아무도 없다. 자연히 물도 고기도 깨끗하다. 그래서 휴는 한 번씩 가까운 곳에서 잡은 고기를 섬에서 잡은 고기로 둔갑시켰다.

그동안 휴가 팀장이란 인간에게 갖다 준 붕어는 헤아리기 어려울 정도로 많았다. 주말마다 휴는 빈 구덕으로 돌아온 적이 한 번도 없었다. 그렇게 많은 붕어를 받아먹고도 휴의 팀장은 입질조차 보이지 않고 있는 모양이었다. 봄이 되었는데도 휴의 팀장은 아직 결빙 상태에 있는 게 틀림없었다. 그러나 휴는 항상 내가 알아도 되는 만큼만 이야기를 했다. 그러니 모든 것은 강물에 뜬 붕어처럼 정확하지가 않다.

붕어가 절반쯤 남았을 때 갑자기 등 뒤에서 휴의 전화가 울었다. 몰두와 방심은 불가분의 관계여서 딴 생각에 빠져 있던 나는 화들짝 놀랐다. 그리고 일요일 한낮에 전화를 걸어온 사람이 위라서 또 놀랐다. 위는 내가 놀라서 웃었다.

"주무시는데 전화했나 봐요?"

"자고 있는 사람은 휴인데요. 바꿔 드릴까요?"

"아뇨. 깨면 전화 좀 주라고 전해 주세요."

위는 재빨리 전화를 끊었다. 함지박 안에서는 남아 있는 붕어가 퍼덕거리고 있었다. 동족의 피 냄새를 맡은 놈들의 퍼덕거림은 한층 격렬해졌다. 덩달아 내 손도 바빠졌다. 빨리 붕어를 잡고 점심을 지어야 했다. 이 모든 일이 끝나야 남은 자서전을 수정할 수 있기 때문이었다. 붕어 배에 칼을 넣는데 위의 전화가 자꾸 떠올랐다. 붕어 배에서 내장을 끄집어낼 때도 싱크대를 정리할 때도. 설명할 수는 없지만 위가 좋은 일로 전화를 한 것 같지는 않았다. 최근 휴에게는 많은 일들이 있었다. 저녁 식사 도중 전화를 받고 나갔다 자정이 넘어서 돌아온 일. 갑자기 불어났다 줄어든 급여. 가끔 기억을 잃을 정도의 폭음. 토요일의 밤낚시. 위의 전화는 휴가 얼마 전부터 보여준 행동들과 연관이 있을 것 같았다. 위는 위의 라인에 있는 딜러에게 휴에 관한 이야기를 들은 것이 틀림없었다. 그렇지 않다면 함께 밤낚시를 한 위가 헤어진 지 얼마나 됐다고 또 휴를 찾을 까닭이 없었다.

휴는 하나뿐인 방에서 위에게 전화를 했다. 목소리를 낮춘다고 낮춘 것 같은데도 휴의 목소리는 싱크대 앞까지 또렷하게 들려왔다. 티브이 소리와 압력 밥솥의 추가 돌아가는 소리와 그릇을 헹구는 소리 사이에서도 휴의 목소리는 유난히 귀에 쏙쏙 들어왔다.

나, 점심도 먹지 않았고 나가고 싶지도 않은데. 그냥 내일 출근해서 보면 안 되냐? ……. 그건 또 무슨 말이냐? 누가 그런 소리를 하고 다닌다는 거야? ……. 누구? 팀장? ……. 너한테까지? 너, 팀장하고 친하지 않잖아? ……. 그런 일이 있었어? ……. 그건 나도 알고 있었어. 휴일 당직을 도맡아서 하기 시작할 때부터 눈치채고 있었지. ……. 그래, 알아. 그걸 내가 모르겠냐?

한마디도 놓치지 않았는데 무슨 이야기인지는 하나도 알 수 없었다. 머릿속에서는 서너 개의 단어가 간추려졌다. 소리. 팀장. 휴일. 당직. 나는 이 단어들이 중심이 된 휴의 통화를 되짚어 봤다. 휴를 모함하는 소문이 돌고 있고 그 소문의 배후는 팀장인 것 같다. 이 정도 추리는 누구도 할 수 있는 것이었지만 나는 그 이상 알 수 없다는 사실이 답답했다.

압력 밥솥의 추가 멈출 때 휴는 전화를 끊었다. 너무 작아서 겨우 두 사람이 잘 수 있는 방에서는 티브이 소리만 흘러나왔다. 휴는 작은 티브이의 채널을 이리저리 바꾸고 있었다. 나는 묵묵히 냄비에 된장을 풀고 감자, 호박, 양파에 매운 청양고추를 넣어 된장찌개를 끓였다. 약이 바짝 오른 청양고추가 휴의 스트레스를 풀어 줄 것 같았기 때문이다. 경험해 본 바로 이런 경우 매운 음식은 약이 되기도 했다.

휴의 기분은 땀을 흘리며 밥을 먹고 나서도 그대로인 것 같았다. 휴는 거실에 있는 티브이 화면을 바꾸다 담배를 꺼내 물었다 다시 집어넣으며 어쩔 줄 몰라 하더니 결국 점퍼를 들고 외출을 했다. 그리고 저녁을 먹을 시간이 지나서도 돌아오지 않았다. 전화를 걸어도 기다리지 말고 먼저 먹으라는 말만 했다. 나는 자서전의 마지막 수정을 하며 휴를 기다렸다. 자서전은 아홉 시가 넘어서야 수정이 모두 끝났다. 차례까지 만들고 나자 그럴 듯한 책이 완성된 것처럼 느껴졌다. 내 생애 처음으로 단행본 한 권 분량의 글을 써냈다는 생각에 나는 뿌듯했다. 하지만 자서전은 내 책이 아니라 중년남자의 책이었다. 그러니까 나는 지난 몇 달 동안 중년남자의 삶을 산 셈이었다.

수정을 마친 원고를 USB에 저장하고 베란다로 나갔다. 보안 등이 군데군데 밝혀져 있는 아파트 단지는 조용했다. 너무 외지고 한적해서 대리운전기사들이 기피하는 이 소형 아파트 단지에는 고양이도 돌아다니지 않았고 일찍 귀가한 사람들의 차들이 제 그림자를 안은 채 납작 엎드려 있었다.

내가 붕어를 잘 낚는 비법이 뭔지 알아? 그건 밑밥을 많이 주기 때문이야. 붕어 미끼는 주로 지렁이와 떡밥이 쓰이는데 내가 쓰는 건 떡밥이야. 떡밥은 고기가 물지 않으면 물에 풀어져 버려. 그래도 계속 바늘을 건져서 떡밥을 끼워 던지는 거야. 그러면 물에 풀어진 떡밥이 바닥에 쌓이고 고기들이 그걸 먹으러 모여들어. 어떻게 그걸 알 수 있냐고? 계속 그렇게 떡밥을 던져 주다 보면 어느 순간부터는 쉴 사이 없이 입질이 올라오거든. 그건 꼭 봐야 알 수 있는 게 아니지 않아?

휴의 말에 따르면 포인트 못지않게 중요한 것이 밑밥이었다. 처음으로 구덕을 가득 채워 온 날 휴는 이렇게 말했다.
"붕어가 나오지 않는다고 이리저리 자리를 옮기는 건 초보들이나 하는 짓이야."
나는 바로 앞에 서 있는 하얀색 자동차를 내려다보았다. 내가 알기로 휴에게도 밑밥은 많이 뿌려졌다. 밑밥으로 책정된 급여와 인센티브는 꽤 높은 액수라고 했다. 그리고 그 밑밥은 자리보전에 급급한 팀장의 견제에 들어갔다. 휴에게 등을 돌리는 딜러들이 간혹 한 명씩 생겨나면서 휴도 그들에게 술자리 제공을 줄이는 것 같았다. 어느 날부터 간혹 피하는 회식이 하나씩 생겼다. 나는 팀장이란 인간이 궁금했다. 혹시 팀장도 부레 같은 장기가 하나 더 있는 것은 아닐까 하는 생각이 들었다. 있다면 휴의 부레보다 팀장이라는 작자의 부레가 아무래도 더 클 것 같았다.

밤이 이슥해진 것 같았다. 시계가 없어서 휴대전화기로 시간을 봐야 하는데 휴대전화기가 보이지 않았다. 현관 옆에 있는 작은 방과 그 옆의 화장실, 그리고 그 앞의 주방, 베란다 앞의 거실 어디에서도 전화기를 찾을 수 없었다. 모든 것이 한눈에 들어오는 집 안에서 눈에 띄는 것은 휴가 사다 준 칼뿐이었다. 도마 위에 놓인 칼은 거실의 불빛에도 유난히 날카롭게 빛나고 있었다. 나는 주방의 도마 위에서 쨍— 하고 빛을 튕기는 칼을 물끄러미 바라보았다. 그리고 저 빛나는 칼로 휴와 얽혀 있는 문제를 열어 보고 싶다는 생각이 들었다. 그것은 구역질이 날 정도로 비릿한 냄새를 감추고 있을 것 같았다.

혹시, 하고 냉장고까지 열어 보는데 어디선가 말다툼하는 소리가 들렸다. 밤이면 적막하기 짝이 없는 동네에서 말다툼은 처음 있는 일이었다. 베란다 밖으로 고개를 내밀고 사방을 둘러보았다. 싸우는 소리는 그렇게 멀지 않은 곳에서 들려오는 듯했는데 단지에 사람은 보이지 않았다. 온 동네가 괴괴한 것은 그렇다 치더라도 이상한 것은 불이 켜진 보안등이 몇 개 안 된다는 것이었다. 내 시야에 들어온 보안등은 170동을 지나서 171동 앞에 있는 보안등뿐이었다. 그리고 우리가 사는 111동 앞으로 길게 드리워진 두 개의 그림자가 보였다. 계속 움직이지 않고 있었다면 나무 그림자 때문에 알아보지 못할 뻔했던 그림자였다. 111동의 앞

동인 110동과 110동의 옆 동인 170동 사이의 도로 가에 서 있는 두 사람의 발과 그림자의 발이 맞닿아 있었다. 그러니까 말소리는 두 그림자가 싸우는 소리였다.

두 그림자의 싸움은 점점 거세졌다. 처음에는 허리에 손을 짚고 삿대질을 하더니 급기야 서로 멱살까지 잡았다. "야! 이 개새끼야." "개새끼? 야! 이 새끼야. 나, 네 상사야, 새끼야." "상사? 야! 이 새끼야. 상사가 어떻게 부하직원을 까고 다녀? 그런 상사도 상사냐?" "까? 내가 닭이냐, 까고 다니게?" "닭 같은 소리하네. 밤길이나 조심해라, 이 새끼야." "이 새끼가 정말?" 얼핏 닭 같은 소리한다는 목소리가 휴의 목소리처럼 들렸다. 내 귀가 휴의 억양을 분명하게 기억하고 있었다. 하지만 휴가 늦은 시간 아파트 한복판에서 싸움을 하고 있을 리 없었다. 닭 같은 소리한다는 목소리를 다시 들어보려 했지만 더 이상 고함 소리는 들리지 않았다. 내가 닭이냐는 목소리의 주먹질에 몸싸움이 시작되었고 그림자도 서로 주먹을 주고받았다. '닭 같은 소리하네.'라고 말한 사람의 주먹에 '내가 닭이냐?'고 말한 사람이 나가떨어졌다. "아-악!" 소리와 함께 그림자 하나가 바닥에 웅크리면서 작아졌다. 사방이 고요한데다 보안등 불빛이 멀어서 그 풍경은 비현실적으로 느껴지기도 했고 일종의 그림자놀이처럼 보이기도 했다.

하지만 쓰러진 그림자는 다시 일어나지 않았다. '닭 같은 소리하네.'라고 말한 그림자가 엄살 부리지 말고 빨리 일어나라며 쓰러진 그림자를 마구 걷어찼다. 그러나 쓰러진 그림자는 꿈쩍도 하지 않았다. 그제야 발길질을 하던 그림자가 쓰러진 그림자에게 다가가서 흔들었다. 주위도 살폈다. 나도 따라서 사방을 둘러보았다. 어디서도 사람의 그림자는 보이지 않았다. 이건 그림자놀이가 아니야. 저 사람이 휴일 리가 없어. 나는 여태 휴가 누구와 싸우는 것을 본 적이 없었고 싸웠다는 말도 듣지 못했다. 하지만 저 사람이 정말 휴라면……. 빨리 저 현장을 정리해야 한다. 나는 재빨리 베란다에서 몸을 돌렸다. 그때 불을 켜도 어두컴컴한 구석에서 배터리가 다 되어 가는 전화기의 소리가 들렸다.

복도는 봄이라는 말이 무색하게 조용하고 을씨년스러웠다. 엘리베이터가 있는 곳까지는 다섯 개의 현관문이 있는데 그 현관문들은 하나 같이 모두 굳게 닫혀 있었다. 조급한 발소리가 긴 복도에 울려 퍼졌다. 밤바람이 차갑게 불어왔고 저 멀리 주택단지 너머에서 밤 비행기의 이륙하는 소리가 들렸다.

엘리베이터는 지하 일 층에 있었다. 내 손이 버튼에 닿는 것과 동시에 숫자는 B1에서 1로 바뀌었다. 그리고 엘리베이터는 일 층에서 잠시 정지했다가 삼 층으로 올라왔다. 엘리베이터 문은 천천히 열렸다. 나는 문이 활짝 열린 엘리베이터를 뚫어지게 바라보았다. 삼 층에서 내리는 사람이 어쩌면 싸움을 목격한 증인이 될 수도 있겠다는 생각이 들었기 때문이었다. 그런데 뜻밖에도 엘리베이터에서 나온 사람은 휴였다.

"어디 가? 설마, 나를 마중 나온 거야?"

나는 잠깐 대답 할 말을 잃었다. 내 입에서 흘러나오는 말은 어, 그게 아니고. 같은 것들이었다. 그럴 수밖에 없는 게 방금 전까지 싸움을 했다고 보기에 휴는 너무도 멀쩡했기 때문이었다. 그렇다면 조금 전에 내가 본 사람은 누구일까 생각해 보았지만 목소리도 기억나지 않았다. 내가 기억하는 것은 그림자뿐이었다. 그제야 '닭 같은 소리하네.'라고 말한 그림자의 목소리에 귀를 기울이지 못했다는 사실이 생각났다. 나는 멍청한 눈으로 휴를 바라보았다.

"당신, 어디 갔다 와? 전화도 안 받고."

"위한테."

"위하고 뭐 했어?"

"팀장을 만났어. 그리고 좀 다퉜어. 팀장이 나를 고소하겠대."

하지만 그게 그렇게 걱정할 일은 아니라는 듯 내 어깨를 토닥거린 휴는 다시 엘리베이터를 눌렀다. 그리고 빈 담뱃갑을 들어 보였다. 나는 무작정 휴를 따라 탔다. 엘리베이터 안에서 나는 휴를 마주 보고 섰다. 휴의 등 뒤에 거울이 있고 거울에는 휘둥그레진 눈으로 휴를 바라보는 내가 비쳤다. 나는 휴와 거울 속의 나를 번갈아 보았다. 휴는 닫힘 버튼을 누르고 다시 나를 바라보았다.

"나, 내일 출근하면 사표 쓸 거야. 다른 곳으로 옮기려고."

나는 왜냐고 묻지 않았다. 어느 정도는 추리하고 있는 정황을 굳이 물어서 상처를 재차 확인하게 하고 싶지 않기 때문이었다. 거울 속의 내 얼굴은 일그러져 있었다. 연민과 분노 등으로 뒤죽박죽이 된 얼굴은 또 휴의 얼굴이기도 했다. 나는 입을 굳게 다물고 거울 속의 얼굴을 뚫어지도록 바라보았다. 그때 언젠가 들었던 휴의 말이 떠올랐다.

붕어의 몸은 옆으로 납작하고 머리는 짧으며 눈은 작아. 뒷지

느러미도 짧지. 그래도 놈은 잉어과야. 아무리 그런다 해도 붕어나 잉어나 내게는 다 물살의 그림자처럼 보여. 그러니까 물속의 사정은 물과 고기들만 아는 일이니 어쩌겠어. 그들의 일을 다 설명할 수 있는 언어는 없으니까 말이야.

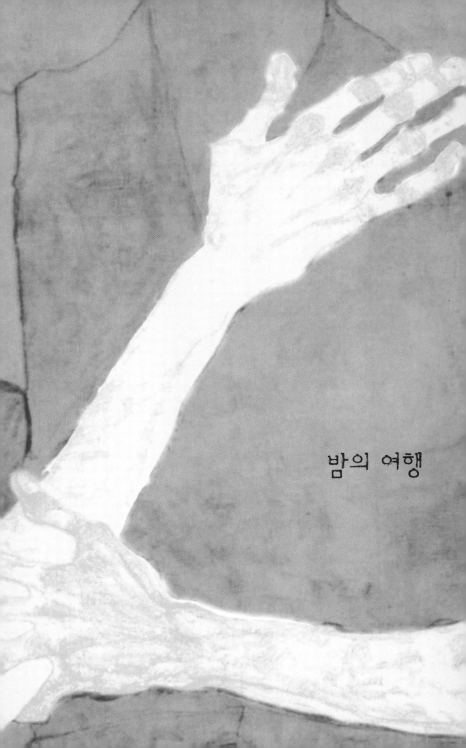

밤의 여행

창문에 불빛이 비쳤다. 해가 지기도 전에 플라이주차장의 남자가 켠 수은등 불빛이었다. 수은등은 수은증기압이 올라가서 제대로 빛이 나기까지는 몇 분의 시간이 걸린다. 수은등 불빛으로 어두워지던 방 안은 이 촉짜리 전등을 밝힌 것처럼 희미하게 밝아졌다. 불투명한 창문이 아니었다면 오 촉은 족히 넘을 밝기였다. 나는 수은등 불빛이 비치는 창문을 바라보며 자리에서 일어나 앉았다. 내가 일어나 앉은 자리는 티브이 앞이었고 티브이는 창문 아래 있었다. 리모컨이 바로 옆에 있었지만 나는 티브이를 켜지 않았다. 티브이는 주로 그녀와 섹스를 할 때만 켜졌다. 그것도 처음부터 끝까지 총알에 사람이 죽어 나가는 케이블 채널의 난투극으로. 그렇다고 해서 창문을 바라보지도 않았다. 플라이주차장의 진정한 하루는 해가 진 뒤 시작된다. 나는 두 귀에 온 신경을 집중시키고 있었다.

저기 차 놔두고 내리세요. 거기도요. 여보, 그 뒤 차 놔두고 그냥 가시라고 그래. 알았어. 창밖에서는 타워로 맞은편 주차장으로 뛰어다니는 남자의 발걸음 소리가 쉬지 않고 들려왔다. 끼니때마다 밥을 커다란 양푼으로 먹어 치우는 데도 앙상하게 말라 있는 사내의 발걸음 소리, 너무도 가벼운 발소리였다. 골목을 사이에 둔 주차타워와 백여 평의 주차장에 차들이 쉬지 않고 밀려드는 모양이었다. 돼지갈비 전문점 '백야'가 세일에 들어간 게 틀림없었다. '백야'가 세일을 때릴 때면 플라이주차장에 들어오는 차는 평소보다 서너 배쯤 많아졌다. 조용한 저녁을 보내기는 틀렸군. 나는 달무리처럼 불빛이 드리워진 창문을 바라보며 중얼거렸다. 그러자, 그녀가 이렇게 소란스러운 저녁에 찾아오면 좋겠다는 생각이 들었다. 이런 저녁이라면 나는 그녀와 참으로 편안하게 섹스를 할 수 있을 같았다. 긴 얼굴에 단단한 턱, 거뭇거뭇한 수염자국, 거기다 검은 양복을 입고 BMW를 몰고 다니는 남자가 생화학 박사의 아들을 구해 내는 영화를 보면서 섹스를 한다면 그녀는 신음을 조심하지 않아도 될 터였다. 하지만 그녀가 그린빌에 온 지는 보름도 넘었다. 처음에 그녀는 이틀에 한 번, 혹은 사흘에 한 번 그린빌 101호를 찾아왔다. 바람이 불고 저녁 구름이 붉게 물들면 당신이 보고 싶어지더라. 그랬던 그녀가 일주일에 한 번씩 다녀가더니 어느 때부터인가는 이주에 한 번 그린빌 101호에 다녀가기 시작했다. 그녀는 이제 의사표현을 이런 식으로 하고 있었다. 나 지겹다. 당신 이제 그만 떠나라. 나도 안다. 그린빌 101호에 너무 오래 머물러 있었다는 것을.

배에서 꼬르륵, 소리가 났다. 하루 종일 누워 있거나 앉아 있는 것이 전부인데도 끼니때가 되면 배가 고팠다. 아무 쓸모없는 생각만 해도 칼로리가 소모된다는 사실이 문득 쓸쓸하게 느껴졌다. 나는 어둑한 방 안 구석에 서 있는 냉동실 문을 열었다. 보름 전에 그녀가 갖다 준 라면과 햇반과 볶음밥은 이제 몇 개 남지 않았다. 그녀는 볶음밥을 한 끼 분량씩 담은 비닐봉지를 냉동실에 넣으며 이렇게 말했다. 전자레인지에 해동한 뒤 이삼 분 동안 가열시켜. 그러면 먹을 만한 볶음밥이 될 거야. 이 볶음밥과 시어 빠진 배추김치가 저녁이었다. 나는 창문을 바라보며 그녀가 사다 준 배추김치 한 조각을 천천히 씹었다. 시어 빠진 김치 가닥 씹히는 소리 사이로 플라이주차장의 남자가 분주하게 뛰어다니는 소리가 들렸다. 끊임없이 들리는 자동차 소리. 차문이 열리고 닫히는 소리. 플라이주차장의 남자와 그 아내의 목소리가 그 소리들에 섞여서 들리기도 했다. 나는 창밖에 귀를 기울이며 천천히 밥을 먹었다. 창문을 열어 보지 않았으므로 바람이 부는지는 알 수 없으나 어둠만은 분주하게 내리는 저녁이었다.

자전거 달리는 소리가 났다. 타르르르르. 녹두알만 한 당근을 씹는 소리 사이로 들리는 건 분명히 자전거 페달을 힘껏 돌렸다 멈췄을 때 나는 소리였다. 들어오고 나가는 차들이 뜸해지면 주차장 남자는 가끔 자전거를 타고 돌아다니곤 했다. 오전 아홉 시나 열 시, 혹은 오후 두 시나 네 시, 어쩔 때는 저녁에도 자전거 소리가 들리곤 했다. 남자의 자전거 코스는 언제나 똑같았다. 세무서 앞을 지나 뚜레주르 베이커리 골목으로 해서 베스킨라빈스 아이스크림 가게를 지난 뒤 성당 뒷골목으로 돌아오는 코스. 고작 한 블록을 도는 것이 남자의 자전거 코스였다. 나는 남자의 자전거 코스가 날마다 똑같다는 것을 남자와 그 아내의 이야기를 듣고 알았다. 남자는 오후에도 자전거로 한 바퀴를 돌고 온 뒤 그의 아내에게 이렇게 말했다. 뚜레쥬르 베이커리 골목에 있는 옷가게들이 텅텅 비었어. 곧 리모델링을 시작할 모양이야. 헤어스타일은 리모델링 중이고. 어쩐지 헤어스타일 손님이 없다 했더니. 곧 원룸 중도금을 치러야 하는데 손님이 줄어서 큰일이네.

자전거를 세우는 소리가 들렸다. 나는 남은 볶음밥을 한입에 몰아넣고 새끼손가락을 집어넣을 수 있을 만큼 창문을 열었다. 그리고 창문 틈에 오른쪽 눈을 갖다 댔다. 주차타워 옆에 자전거를 세운 남자는 골목까지 늘어선 차들을 향해 돌아서고 있었다. 꺼-억- 트림까지 하면서. 그런 남자의 때에 전 옷소매가 수은등 불빛에 반질반질 빛났다. 남자는 겨울이 시작되면서 입기 시작한 점퍼를 한 번도 벗은 적이 없었다. 한낮이면 삼사 미터는 족히 넘는 거리에서도 검은색으로 변해 버린 카키색 점퍼의 앞섶과 소매가 또렷하게 보였다.

약사가 뭐래? 남자의 아내는 언제나 걸음보다 말이 앞섰다. 401호 여자가 인사를 하며 엉덩이를 뒤로 빼고 어기적대는 남자의 아내를 지나오고 있었다. 빨간 립스틱을 바른 남자의 아내는 401호 여자가 주차타워 앞을 지나가자 남자에게 자동차 열쇠를 주기 위해 팔을 쭉 내밀었다. 체했대. 아까 손님이 준 호떡을 너무 급하게 먹었나 봐. 이제 좀 속이 편하네. 약을 강하게 지어 달랬거든. 남자도 손을 내밀며 그 아내에게 대답했다. 어쩐지 한동안 남자의 목소리가 들리지 않는다 했다. 차가 움직이는 소리도 조심스러웠고 한동안 가느다란 목소리만 들렸는데도 남자가 주차장을 비웠다는 사실을 깨닫지 못했다. 아무래도 소리보다 생각에 더 많은 지배를 받은 모양이었다. 나는 열린 창틈으로 좀 더 눈을 밀착시켰다. 차 열쇠를 받아 든 남자는 연신 배를 쓸어내리며 주차장과 주차타워 사이를 가로막고 있는 하얀색 차 앞으로 다가갔다.

주차타워 맞은편의 주차장에서 쉴 새 없이 자동차 엔진 소리가 끊었다가 꺼지기를 반복했다. 윈드밀 모텔 앞까지 늘어서 있는 차들을 주차 해 놓자면 주차장부터 정리해야 할 터였다. 차문을 여는 소리. 시동을 거는 소리. 차가 진행하는 소리. 리모컨으로 문을 잠그는 소리. 이런 소리들이 끊임없이 들려왔다. 가끔은 은색 마티즈와 검은색 코란도와 갈색 갤로퍼가 주차타워 앞까지 나왔다 들어갔다.

주차타워 앞까지 나왔다 들어가는 차들을 바라보는 내 눈에 자전거가 들어왔다. 남자는 어느새 자전거를 윈드밀 모텔과 이웃하고 있는 담에 기대어 놓았다. 자전거에는 사무실에서 흘러나온 형광등 불빛과 수은등 불빛이 환하게 실렸다. 그런 자전거는 어딘가 예전과 달라보였다. 분명하지는 않지만 손잡이 아래쪽이 더 반짝거렸고 바퀴는 고무 냄새가 날 것처럼 굴곡이 선명했다. 아무리 수은등이 밝다 해도 사 미터가 넘는 거리였다. 그런데도 내게는 기억 속의 자전거와 윈드밀 모텔 담에 기대어진 자전거의 차이가 또렷하게 느껴졌다.

창문 틈으로 들어오는 저녁바람에 눈이 시렸고 눈물이 났다. 나는 눈물을 닦고 다시 창틈으로 눈을 갖다 댔다. 언젠가 401호 여자가 동네 사람들에게 남자를 가리켜 도둑놈이라고 했던 말이 떠올랐다. 저 인간, 손님들 차 정리하면서 돈 있으면 슬쩍하는 인간이야. 어떤 손님하고 대판 싸우는 것도 봤어. 그렇지만 설마. 나는 고개를 저었다. 남자는 모두 마흔네 대의 차를 집어넣을 수 있는 주차타워와 서른 대의 차를 주차할 수 있는 주차장을 운영하고 있고 일요일마다 교회에 빠지지 않는 독실한 신자였다. 그런 남자가 자전거를 훔쳤을 거라고는 생각도 할 수 없는 일이었다. 나는 창문 틈에서 눈을 떼고 고개를 갸웃했다. 그래도 이상하다는 생각은 지우기가 어려웠다. 눈에 보이는 사실이 보이지 않는 진실과 반드시 일치한다는 법은 없었다. 지난밤에도 자전거를 타고 나온 사람은 있었을 테고 홀로 버려진 자전거 역시 있었을 터였다. 밤은 술을 부르는 시간이고 사람들을 유혹하는 술집은 이 도시 곳곳에 포진해 있다.

창밖은 이제 어느 정도 조용해졌다. 나는 집게손가락이 드나들 수 있을 만큼 창문 틈을 조금 더 넓혔다. 주차타워 앞면 한가운데 조립식으로 덧붙여 만들어 놓은 사무실에서 남자는 그 아내와 차들이 뜸해진 틈을 이용해 밥을 먹고 있었다. 겨우 두 평이나 될까 싶은 사무실은 형광등 불빛으로 수은등이 밝히는 주위 풍경보다 몇 배나 더 밝았다. 두 사람은 세상의 스포트라이트 중심에 있는 것 같았고 남자는 밥을 먹으면서 윈드밀 모텔 담 쪽으로 나 있는 창문을 가끔 바라보았다. 남자의 숟가락 위에서 불그스름하게 물든 밥이 함지박으로 흘러내렸다. 체기가 있었다는 남자는 쉬지 않고 수북하게 밥을 뜬 숟가락을 입으로 가져갔다. 그 아내의 숟가락도 만만치 않았다. 그때 젊은 남녀가 하얀 종이쪽을 들고 사무실로 다가갔다. 그들을 발견한 남자는 밥을 먹다 말고 정면에 나 있는 작은 창문을 열었다. 열린 창문으로 하얀 종이쪽과 자동차 열쇠가 교환되었다. 뒤를 이어 중년부부도 남자에게 종이쪽과 열쇠를 바꾸어 갔다. 남자는 주차권을 서랍에 넣고 주차타워 기계를 조작했다. 버튼 몇 개를 누르자 빨간색 모닝이 모습을 드러냈다. 오른쪽 타워에서는 검은색의 구형 소나타가 내려왔다. 일찍 들어왔던 차들은 벌써 나가기 시작하는 모양이었다. 하지만 주차장과 주차타워가 텅 비워지려면 앞으로도 네다섯 시간은 더 있어야 할 것이었다. 대체로 밤 열한 시가 넘어야 주차장은 거의 비워졌고 남자와 그 아내는 컨테이너 박스로 잠을 자러 들어갔다. 두 대의 차가 나가고 난 뒤 남자와 그 아내는 함지박을 마저 다 비웠다. 남자의 아내가 컵에 물을 따랐고 남자는 물을 마셨다. 그때 두 대의 차가 윈드밀 모텔 앞에서 나타났다. 하얀색과 검은색의 차가 연이어 들어오자 남자는 물을 마시다 말고 주차타워 앞으로 뛰어나갔다. 차, 거기 놔두고 내리세요. 두 차의 주인들이 '백야'로 통하는 성당 뒷골목으로 향하자 남자는 주차타워의 빈자리에 두 대의 차를 집어넣었다. 그동안 그 아내는 주차타워 앞 구석에 있는 수돗가에서 설거지를 했다. 설거지는 일 분도 안 되어서 모두 끝났다.

　나는 창틈에서 눈을 떼고 냉장고 옆에 있는 싱크대를 돌아보았다. 도무지 설거지를 하고 싶지 않은 날이었다. 하루 종일 앉았다 일어나는 일이 하는 일의 전부인데도 그런 날이 있었다. 하지만 빈 그릇들을 그냥 놔두고 잘 수는 없는 노릇이었다. 나는 고무장갑을 끼며 그녀가 왔다면 설거지를 해 줄 텐데…, 하고 생각했다. 싱크대에는 볶음밥을 담았던 접시와 라면을 끓였던 냄비와 김치를 담았던 반찬그릇이 몇 개 들어 있었다. 볶음밥을 먹은 접시부터 가만가만 씻기 시작했다. 불은 켜지 않은 채였다. 나는 그린빌에 온 뒤 불을 켜서 내 존재를 밝히지 않았다. 볶음밥을 먹은 접시를 닦고 물을 마셨던 컵을 닦는데 또 남자의 자전거가 떠올랐다. 제법 거리도 떨어져 있었고 밤이었다. 하지만 핸들의 광택이 분명 예전의 자전거와는 꽤 차이가 있었다. 내 눈썰미는 어렸을 때부터 알 만한 사람은 알아주는 눈썰미였다.

설거지를 마치고 나자 내친 김에 청소도 했다. 희미한 빛에 의지해서 다섯 칸짜리 서랍장과 미니 옷장 앞을 건성건성 걸레로 훔쳤다. 밖은 또다시 소란스러워지고 있었다. 예, 좀 더. 그대로 반듯이 나와요. 예, 예. 됐어요. 남자는 언제나 차들을 빼곡하게 주차했고 되도록 그 차들의 주인에게 직접 차를 빼 가도록 했다. 남자가 늦은 밤에 마음 놓고 빼내는 차는 자신의 작은 트럭뿐이었다. 그 순간 뭔가 머리를 스쳐 갔다. 주차장이 끝난 뒤 남자도 가끔 외출을 했다. 앙증맞은 트럭을 끌고 어딘가로 나갔다 자정이 넘어서 돌아오는 것을 본 것이 한두 번이 아니다. 그녀와 섹스를 나눈 뒤 창문 틈으로 담배 연기를 내뿜을 때나 돌아가는 그녀를 지켜보기 위해 밖을 내다볼 때, 나는 트럭에서 뭔가 끌어내리는 남자를 여러 번 보았다. 나는 이 사실을 티브이 앞을 닦다 깨달았다.

누군가 현관 로비로 뛰어 들어오는 소리가 연달아 들렸다. 타다다닥. 계단을 올라가는 소리도 났다. 야! 같이 가. 뒤에 들어오는 소리가 앞서 가는 소리에게 외쳤다. 네가 빨리 와. 앞서 가는 소리는 남자 목소리였고 뒤에 가는 목소리는 여자의 목소리였다. 이들은 201나 202호에 사는 사람들이 분명했다. 나는 머리를 노랗게 물들인 이십 대 초반의 남녀를 떠올렸다. 그들이 1톤 트럭에 몇 가지 짐을 싣고 그린빌에 들어온 것은 몇 주 전이었다. 창문 틈으로 차에서 내리는 그들을 보고 나는 얼마쯤 그린빌이 소란스러워질 것을 예상했다. 예상은 적중했다. 그들은 한 번도 조용하게 계단을 올라가고 내려오는 법이 없었다.

모두 열두 개의 원룸과 투룸이 있는 그린빌은 원래 작은 모텔이었다. 윈드밀 모텔이 주차타워 옆에 들어서자 주인이 원룸으로 바꾸었다고 했다. 리모델링을 하는 데 자그마치 석 달이 걸렸다. 그런데도 원룸에 들어오는 사람들은 자주 바뀌었다. 세탁실의 물이 잘 빠지지 않아서 가끔 복도까지 구정물이 넘치기 일쑤인데다 겨울이 지나면 벽에 곰팡이가 슨다고 사람들이 불평하는 소리를 나는 자주 들었다. 이 불평을 듣고 나면 얼마 뒤 작은 트럭에 올망졸망한 짐들이 실려 나갔다. 지난겨울, 나도 이 그린빌을 떠나고 싶어 했던 적이 있었다. 폭설이 내리고 강추위가 몰아치자 현관의 로비는 빙판으로 변해 버렸다. 얼어 버린 하수구로 배출되지 못한 세탁기의 물이 현관 로비까지 넘친 까닭이었다. 나는 세탁실에 가다 이 로비에서 미끄러졌고 다음 날 허리가 아파서 일어나지 못했다. 하지만 주인 남자는 파스 몇 장과 오렌지주스만 들이밀고 갔다. 내가 초보인데다 이십 분 넘는 길이 온통 빙판이라 어제는 올 수 없었어. 그래도 다행이네. 401호 아줌마 전화 받고 놀랐는데. 주인 여자는 로비의 얼음을 깨며 하수구를 고치려면 수리비가 많이 나올 거라고 투덜거렸다. 그때 나는 하수구의 물이 잘 빠지고 바람을 느낄 수 있는 집으로 이사를 하고 싶다고 생각했다. 그러나 내 생각을 들은 그녀는 팔짱을 끼고 이렇게 말했다. 여기는 언제든 내가 달려오기 좋은 곳이야. 주인이 멀리 있어서 드나들 때 신경이 쓰이지도 않잖아. 그녀의 말은 틀린 말이 아니었다. 그건 그러네. 나는 냉장고에서 물병을 꺼내 단숨에 절반을 비웠다.

소란스럽던 로비는 금세 조용해졌다. 나는 자리에 다시 드러누웠다. 설거지를 하고 방을 닦은 것도 일이라고 피곤이 아련하게 밀려왔다. 플라이 주차장에서는 또다시 차들이 분주하게 들어오고 나가는 소리가 들려왔다. 그냥 차 놔두고 내리세요. 타워는 빈자리가 없습니다. 주차권에 꼭 확인 받아 오세요. 남자와 그 아내의 목소리도 자동차 소리만큼 자주 들렸다. 차는 주차장과 주차타워에 가득 채워지고 골목까지 세워지는 모양이었다. 남자의 발소리가 성당 후문 앞에서 윈드밀 모텔 앞까지 이어졌다. 그런 어느 순간 남자의 희미한 발걸음 소리가 잠시 멎더니 가벼운 자루가 땅에 부려지는 소리가 들렸다. 조심해! 그 아내의 다급하게 외치는 소리가 날카롭게 창틈을 비집고 들어왔다. 괜찮아. 툭툭, 옷을 터는 소리도 났다. 나는 몸을 바닥에 붙인 채 고개를 들었다. 저렇게 극성을 떨다 사고를 내고 말지, 하는 생각이 들었던 것이다. 남자의 운전 실력이 뛰어나긴 하지만 누구도 운전석에서 두세 뼘 정도의 간격까지는 가늠하기 어려운 일이었다. '백야'의 세일 기간에 남자는 언제나 그렇게 빼곡하게 주차를 했다. 401호 여자는 조금 전에도 현관 로비를 들어서면서 욕심이 목젖까지 찬 놈, 저러니 항상 사고를 내지. 하고 욕했다.

문득 발이 시려 왔다. 더위로 숨이 막히던 때가 엊그제 같은데 어느새 늦가을이었다. 나는 서랍장 위에 개켜 놓은 얇은 이불을 끌어당겼다. 이불에서는 코에 익은 냄새가 훅- 풍겨 왔다. 그녀가 즐겨 쓰는 향수 냄새를 맡자 갑자기 아랫도리가 뻐근해져 왔다. 내가 그린빌에 온 지도 어느덧 사 년째인데 나는 아직 그녀의 냄새에서 벗어날 수 없었다. 이상하게 그녀의 향수 냄새만 맡으면 공장이 불에 타 버린 그 아침처럼 머릿속이 아득해진다. 나는 발에 이불을 걸친 뒤 눈을 꼭 감고 아랫입술을 앙다물었다. 나도 모르게 어금니 사이로 한숨이 새어 나왔다.

아무리 생각해도 그 아침은 악몽이라고 할 수 밖에 없었다. 꽤 전망이 밝다는 평판이 있는 사업이었으므로 아버지가 물려준 집을 담보로 대출받고 지인들의 돈까지 빌려서 공장을 지었던 나는 한동안 벌린 입을 다물지 못했다. 공장 외벽의 철판만 남은 화재 현장을 확인하는 순간 내게는 가장 먼저 다달이 들어가는 이자와 할부로 뽑은 새 차와 어렵게 들어간 아파트의 임대료가 떠올랐다. 그리고 할부로 끊은 카드대금도 있었다. 봄볕이 따갑던 날, 나는 차를 버리고 미친놈처럼 하루 종일 헤매다 저물녘에 수원지를 찾아갔다. 하지만 나에게는 죽을 용기가 없었다. 차마 죽을 용기가 없어서 그녀를 찾아갔다. 아무것도 묻지 않고 나를 받아들일 수 있는 사람은 그녀뿐이라고 생각했기 때문이었다. 나는 그녀의 집에서 오 일 동안 살았다. 하지만 내가 그녀를 볼 수 있는 시간은 섹스를 할 때뿐이었다. 그녀가 깨어 있는 시간에 대체적으로 나는 잠을 잤고 그녀가 잠든 시간에 나는 밥을 먹고 게임을 했다. 그녀는 이런 나를 보고 이렇게 말했다. 차라리 방을 하나 얻어 줄까? 아직 집으로 돌아갈 용기는 없는 것 같고. 나한테 왜? 당신처럼 섹스를 잘 하는 사람은 여태 만난 적이 없거든. 다음 날

아침 식탁에는 생활정보지가 놓여 있었다. 그 가운데서 그녀는 그린빌 101호를 골랐다. 대원아파트에서 세 블록 정도 떨어진 거리에 있는 그린빌. 101호로 이사한 날 밤에 그녀는 티브이를 켰다. 리모컨이 멈춘 화면은 독일인 한스가 뉴욕 중앙은행을 털기 위해 지하 터널을 파고 있는 장면이었다. 화면에서 수십 톤의 흙이 덤프트럭에 실려 나갈 때 그녀는 나를 안았다. 다시 세상과 맞설 자신이 생길 때까지 여기 있도록 해. 몇 달이면 충분하겠지.

고개를 돌려 냉장고 위에 모아 놓은 달력들을 바라보았다. 그녀가 말한 몇 달이 어느 덧 몇 년이 되고 있었다. 그린빌 101호에 들어온 뒤 나는 한 번도 밖으로 나가 본 적이 없었다. 그녀가 사다 준 비누로 빨래를 해 입었고 그녀가 만들어다 준 음식을 먹었으며 머리는 그녀가 가끔 짧게 깎아 주었다. 그렇게도 살아졌다. 아무런 불편 없이. 그린빌 101호에 틀어박힌 나를 궁금해 하는 건 101호 밖의 사람들이었다. 그 궁금증은 시간이 흘러도 좀처럼 열어지지 않았다. 방바닥에 눈을 감고 누워 있으면 현관이나 창문 밖을 지나다니는 사람들의 두런거림이 고스란히 들려왔다. 저기, 101호에 사는 남자는 한 번도 밖으로 나온 적이 없어. 어떻게 알아? 가끔 여자만 드나들어. 어떤 날은 자정이 넘은 시간에 남자와 여자가 싸우는 소리도 들리고. 열네 평 넓이로 울타리를 치고 그 안에 들어앉은 사람이구나. 이제 이 동네 사람들은 101호에 누군가 살고 있다는 사실도 잊었어. 101호는 이 세상에 없는 사람이 된 거야. 얼마 전 401호 여자는 입주한 지 한 달쯤 된 402호 여자와 이렇게 대화를 나누었다. 나 역시도 바깥세상은 까마득하게 잊어가고 있었다. 세상이 얼마나 빠르게 변하고 있는지는 그녀의 이야기로 어렴풋이 알아갔다. 이 도시 북쪽에 있는 작은 강 옆의 들판은 아파트 단지가 되었어. 서쪽 끝의 산은 깎아서 리조트를 만들었고. 그곳은, 돈과 시간은 많은데 어떻게 써야 할지 모르는 부자들이 많이 가는 곳이야. 그리고 이제까지 들어보지 못한 새로운 이름의 도시도 생겼지. 그녀의 이야기를 종합해 본 결과 그린빌이 있는 이 골목은 변화가 많지 않은 곳이라는 것을 알 수 있었다. 변화가 있어 봤자 골목 입구에 있는 세무서의 담이 사라진 게 전부였으니까. 나는 그다지 변하지 않는 이 골목이 마음에 들었다. 그만큼 빠르게 진화하는 또 다른 세상으로 나갈 자신이 없어지기도 했다. 그렇게 사 년째 되는 시간이 흘러가고 있다. 플라이주차장의 남자와 그 아내를 지켜보며.

어느덧 플라이주차장에는 들어오는 차보다 나가는 차가 더 많아졌다. 한 대씩 두 대씩 혹은 서너 대씩, 차들은 끊이지 않고 나갔다. 차들이 나갈 때마다 커다랗게 외치는 남자의 목소리가 들렸다. 예, 감사합니다. 안녕히 가세요. 바닥에 머리가 닿도록 차 꽁무니에 대고 허리를 굽히는 남자의 모습이 환하게 그려졌다. 나는 창문 틈으로 그런 남자를 한두 번 본 게 아니었다. 그때는 주차타워 앞에 세워 둔 차가 나갈 때였고 차가 빠지고 나면 군데군데 핸들의 은색 코팅이 벗겨진 자전거가 드러났다. 또다시 윈드밀과 이웃한 담 옆에 세워진 자전거가 떠올랐다. 바람이 부는지도 모르겠고 그녀는 올 것 같지 않은 시간, 나는 어스름 속에 잠겨 있는 천장의 꽃무늬를 뚫어지게 바라보았다. 401호 여자는 새로 이사 온 원룸 사람들에게, 가끔 자전거로 한 블록을 돌거나 주차장이 끝난 뒤 마트에 가거나 일주일에 한번 교회에 가는 일이 아니면 남자는 좀처럼 주차장을 벗어나지 않는다고 말했다. 그런 남자가 마트에서 자전거를 샀다는 말은 듣지 못했다. 남자가 마트에서 주로 사 오는 것은 마감 세일물품들이라고 했다. 나는 수은등 불빛이 드리워진 창문으로 고개를 돌렸다. 그린빌 101호에 입주하던 날 보았던 남자는 온순하고 인자한 모습이었다. 새로 이사 오시나 봅니다. 나에게 다정하게 말도 걸었다. 예. 나는 남자에게 고개를 숙여 보였다. 그때 까맣게 때에 전 카키색 점퍼의 앞섶과 소매를 보았다. 차마 바라보기가 민망한 옷이었다. 남자가 무슨 말인가 더 하려고 했지만 나는 그대로 등을 돌리고 말았다. 남자는 어느 작은 교회의 집사였다. 그 사실을 나는 몇 달쯤 지난 뒤 로비에서 들려오는 이야기를 듣고 알았다. 그렇게 커다란 목소리로 누군가에게 설명한 사람은 원룸 사람들의 전기세를 걷어서 주인에게 전해 주는 401호 여자였다.

자전거를 마트에서 사 왔는데 401호 여자가 몰랐던 것은 아니었을까? 나는 머리 뒤에 받쳤던 손을 빼냈다. 당장 나가서 자전거를 확인하고 싶었지만 내게는 그녀가 아닌 누구도 만날 자신이 없었다. 그것은 섹스를 하고 싶어도 그녀가 오지 않는 이상 방법이 없는 것과 같았다. 시간을 가늠해 보았으나 방 안은 언제나 어슴푸레해서 헤아리기 어려웠다. 그녀가 오기는 그른 날이었다. '백야'가 세일을 시작한 날이므로 다른 날보다 주차장도 늦게 끝날 것이었다. 이런 날은 남자도 자정 무렵의 외출을 하지 않았다. 남자는 일요일 오전에나 교회에 갔다가 정오가 지나서 주차장으로 돌아왔다. 교회의 식당에서 남는 밥과 반찬을 얻어

오기 위해서였다. 그 아내는 계절마다 지인과 친구들에게 전화해서 헌 옷과 이불을 얻어 왔다. 플라이주차장에 관한한 401호 여자는 모르는 게 없었다. 그런 남자가 새 자전거를 산다는 것은 있을 수 없는 일이었다.

이제 차가 들어오는 소리는 거의 들리지 않았다. 타워와 주차장에서 차가 나가는 소리만 들려올 뿐이었다. 차가 나갈 때마다 인사하는 남자의 목소리가 계속 들려오자 뭔가 참을 수 없는 것이 고이는 기분이 들었다. 급기야 나는 바지 속으로 손을 집어넣었고 곧 터질 듯이 팽창해 있는 그것을 잡고 눈을 감고야 말았다. 감은 눈 속으로 그녀의 몸이 환하게 떠올랐다. 문득 숨이 턱 막혔다. 그것이 절정이었다. 하지만 완벽하지 않고 완벽할 수 없는 그런 절정은 어딘가 허전하기만 했다. 그것은 그녀가 아무리 그린빌 101호를 자주 찾아온다 해도 아내는 아닌 것과 같았다. 그런 하루하루가 너무 길어서 나는 어느 날부터 창문 틈을 조금씩 열기 시작했다. 그리고 그 틈으로 날마다 플라이주차장의 남자와 그 아내를 구경했다. 아침이면 남자는 타워 옆의 컨테이너박스에서 나와 두어 컵 정도의 물로 세수를 했다. 까치머리도 단정하게 만들었다. 그리고 아침을 먹은 뒤에는 자전거로 한 바퀴 돌거나 사무실에서 꾸벅꾸벅 졸았다. 오전에 들어오는 차들은 대개 월차이기 때문이었다. 차들은 점심 무렵부터 정신없이 들고 났다. 남자와 그 아내가 주차장을 떠나는 시간은 차들이 거의 나간 밤 열한 시 무렵이었다. 날마다 이렇게 돈을 번 남자는 얼마 전 원룸을 계약했다. 401호 여자는 주차타워 앞에서 그린빌 주인에게 계약서를 보여주며 자랑하는 남자를 보고 난 뒤 침을 뱉으며 현관을 들어섰다. 정말 지독한 인간. 내게는 남자처럼 지독했던 때가 한 번도 없었다. 공장을 운영하는 동안 나는 고작 입출금 통장 두 개와 상해보험과 암보험 두 개를 들었다. 일이 끝난 뒤에는 친구들과 술집에서 술을 마셨고 휴일이면 가장의 역할을 충실히 이행하기 위해 아내와 아들을 데리고 외식을 했다. 전혀 아등바등할 이유가 없었다. 살아 있는 한 내일은 반드시 오고 문을 닫지 않는 한 수익금은 통장에 착착 입금될 것이었으므로. 세상에서 가장 믿을 수 없는 것이 내일이라는 거야. 그런데도 사람들은 내일이란 말에 괜한 희망을 걸고 살아. 자고 나면 결국 그게 그건데 말이야. 그린빌에 온 뒤 해 질 무렵이면 불안에 떠는 내 모습을 보고 그녀는 이렇게 말했다. 그러니까, 내일이라는 건 신용카드 같은 거야. 이 말을 하는 그녀의 몸에서는 어렴풋이 파마약 냄새가 났다. 나는 다음 날 아침 그녀가 미용실로 돌아가고 나서야 그녀의 말을 희미하게 이해할 수 있었다.

나는 등 뒤에 있는 보일러의 온도를 내렸다. 셔츠의 단추도 하나 풀었다. 그린빌에 오고 나서 몇 달이 지나자 나는 내일이라는 말을 잊어버렸다. 다음 날 해야 할 일이 없었으므로 굳이 내일을 생각할 필요가 없었다. 그와 함께 세상과 맞설 자신도 점점 사라져 갔다. 나는 점점 세상으로 나가는 길도 나가는 법도 잊어갔다. 거기에는 그녀의 책임도 있었다. 처음 한동안 그녀는 제법 근사하게 시장을 봐다 주었다. 나는 서서히 그런 그녀에게 의지했고 아내와 아들은 점점 마음에서 멀어졌다. 처음부터 햇반이나 라면을 갖다 줬더라면, 이 그린빌 101호에 나를 입주시키지 않았더라면 이야기는 훨씬 달라졌을 터였다. 나도 모르게 냉장

고로 시선이 갔다. 상대에 대한 감정과 비례하는 음식의 질. 그
것만큼 치사한 것은 없는 것 같았다. 그녀가 볶음밥보다 햇반을
더 많이 가져온 날 나는 그녀와 새벽까지 싸웠다. 이제 그만 세
상으로 나가. 나가서 다른 남자들처럼 일을 해. 나는 아직 세상
과 다시 맞설 자신이 없다고. 난 당신 아내가 아니야. 아내라 해
도 당신 같은 남자하고 산다면 미쳐 버릴 거야. 너도 내게서 가
져가는 게 있잖아? 그게 뭔데? 섹스. 야! 너만큼 섹스를 하는 놈
은 세상에 널리고 널렸어.

　가슴이 답답해져서 더 누워 있을 수가 없었다. 또 조용한 바
깥이 궁금하기도 했다. 나는 창문 틈으로 오른쪽 눈을 갖다 댔
다. 담에 기대어 놓은 자전거가 보였다. 성당의 후문 앞까지 세
워 놓았던 차들은 모두 나가고 없었다. 문득 담 옆에 세워진 자
전거 앞으로 하얀 차가 지나왔고 사무실 책상 앞에서 졸던 남자
가 뛰어나왔다. 예, 거기 놔두세요. 남자는 주차장으로 차를 집
어넣고 다시 자리로 돌아가 털썩 주저앉았다. 술도 마시지 않고
담배도 피우지 않는 남자, 지친 얼굴로 의자에 앉은 남자는 티브
이를 보는 그 아내 옆에서 눈을 감았다. 그때 안경 낀 남자와 짧
은 파마머리의 여자가 창문을 두드렸다. 깜짝 눈을 뜬 남자에게
안경 낀 남자가 주차권을 내밀자 벽을 더듬던 그 아내는 책상 위
에서 스마트키를 집어 건넸다. 바람이 그다지 많이 부는 것 같지
는 않았다.

　다시 자리에 누웠다. 여전히 창문은 열어 놓은 채였다. 바닥
에 닿은 귓속으로 계단을 올라가는 발소리들이 선명하게 들렸

다. 가벼운 힐과 묵직한 구두 소리였다. 발소리는 스무 번쯤 들리다 그쳤다. 조용하게 계단을 올라간 것을 보니 이 층 203호에 사는 서른 살 남자와 마흔다섯의 여자가 틀림없었다. 어디나 마찬가지겠지만 그린빌에 사는 사람들의 귀가 역시 일정하지 않았다. 아침에도 계단을 오르는 발소리가 들리는가 하면 한낮에도 102호의 현관문을 따는 소리가 났다. 두 개의 발소리가 이 층에서 멈춘 뒤 로비는 다시 정적이었다. 로비는 수명이 다 되어 가는 전등만이 흐릿할 것이었다. 나는 머리 밑에 팔을 받쳤다. 그때 주차타워 맞은편 주차장으로 떠들썩한 소리들이 모여들었다. 세일에 맞춰서 단체회식을 했거나 가족모임을 했을 사람들이 한꺼번에 나가는 모양이었다. 쉬지 않고 차들이 이리저리 움직이는 소리가 났다. 어떤 사람은 남자를 인도하기도 했다. 조금만 더 왼쪽으로. 예, 됐어요. 그대로 나오세요. 이렇게 말하던 목소리는 이내 곧 비명으로 바뀌었다. 아! 스톱! 쿵! 둔중한 소리는 서랍장이 있는 벽 쪽에서 들렸다. 보이지 않아도 그 상황이 환하게 그려졌다. 남자는 너무도 피곤한 나머지 잠시 브레이크 페달을 가속 페달과 혼동한 것 같았다. 나는 자리에서 벌떡 일어났다. 하지만 창문 틈으로는 아무것도 보이지 않았다. 그린빌은 북향이었다. 주차타워는 남향이었고 백여 평의 주차장은 그린빌과 나란히 위치해 있었다. 차 문이 열리는 소리가 났다. 담은 괜찮은데 범퍼에 흠집이 많이 났는데요. 남자를 인도하던 목소리였다. 범퍼를 갈아야겠다고 할지도 모르겠어요. 남자의 목소리는 들리지 않았다. 나는 창문의 틈을 조금 더 넓혔다. 윈드밀 모텔 쪽에서 누군가 커다란 목소리로 외치는 소리가 들렸다. 아, 빨리

와. 늦었어. 예, 가요. 남자를 인도하던 목소리도 커다랗게 대답
했다. 이어서 발소리와 함께 목소리도 멀어졌다. 어떻게 잘 해결
해 보십시오. 근데 수은등이 그렇게 밝은 건 아니구나. 자상한
목소리가 멀어지자 자동차를 움직이는 소리가 쉴 새 없이 들려왔
다. 남자가 빼놓은 차들을 제자리에 정리하는 소리일 터였다. 그
동안 그 아내는 주차타워 앞에 서서 팔짱을 낀 채 맞은편 주차장
을 바라보고 있었다.

창문 아래의 벽에 등을 기대고 앉은 나는 이 촉짜리 어둠 속
으로 시선을 풀어 놓았다. 무료하던 하루가 심심하지 않게 되었
지만 그다지 재미있다는 생각은 들지 않았다. '백야'의 세일 기
간 때면 남자는 자주 사고를 냈다. 주차장 뒷집의 담을 다시 쌓
아 준 것도 지난겨울 세일 때였다. 범퍼에 범퍼가 스치거나 범퍼
로 조수석 문에 흠집을 내는 사고는 사고 축에도 끼지 못한다니
까. 언젠가 뒤 범퍼의 표면이 벗겨진 차를 돌려놓는 남자를 본
401호 여자는 나쁜 놈이라고 욕을 하면서 로비를 지나갔다. 나
는 눈을 감았다. 감은 눈 속으로 캄캄한 어둠이 가득 찼고 타워
사무실의 알루미늄 문이 열렸다 닫히는 소리가 들려왔다. 아마
도 남자와 그 아내는 머리를 맞대고 수리비를 물어 주지 않기 위
한 거짓말을 짜낼 것이었다. 그동안 남자와 그 아내는 거의 모든
사고에 대해 오리발을 내미는 것으로 일관했다. 이 역시 401호
여자를 통해 알게 된 사실이었다.

밖은 조용했다. 가끔 창문이 열렸다 닫히고 주차장을 빠져나
가는 차들의 소리만 들릴 뿐 골목을 지나는 발걸음 소리도 들리

지 않았다. 낮 동안 먼지처럼 부유했던 하루가 고요하게 가라앉는 시간. 남자의 나약한 그림자 뒤에서 그럴듯한 거짓말을 조합하고 있을 그의 아내가 보고 있는 것처럼 그려졌다. 그때 문득 감은 눈 속으로 어느 낡은 건물의 좁다란 나무 계단이 떠올랐다.

오래된 나무계단의 중간 벽에는 프린터로 출력한 A4용지가 붙어 있었다. 토스트와 커피, 항상 넉넉하게 준비해 놓고 있습니다. 언제든 마음껏 드세요. 간식을 마음껏 먹으라는 말에 호기심이 생겼다. 마침 배도 고팠다. 그래서 갈색으로 염색한 머리에 검은색 앞치마를 두른 여자에게 머리를 맡겼다. 그 여자는 내 머리를 다 말고 나서 땅콩버터를 바른 토스트와 커피를 갖다 주었다. 롤을 다 풀고 난 뒤에는 머리도 감겨 주었다. 이마와 목덜미에 언뜻언뜻 닿는 그 여자의 손은 깜짝 놀랄 정도로 찼다. 그때 나는 얼음처럼 손이 차가운 여자는 어떨까 하고 궁금해 했다. 손만큼 차가운 인상이었지만 그 여자는 의외로 쉽게 열렸다. 그리고 뜨거웠다. 그것도 무지하게. 나는 눈을 감은 채 긴 한숨을 쉬었다. 지금 그녀는 보름이 넘도록 오지 않고 있고 아내는 달만큼 돌아가기 어려운 곳에 있기 때문이었다.

모르는 일이라고요? 나는 아저씨가 그냥 내리라고 해서 내렸고 키를 꽂아 놓으라고 해서 꽂아 놓았어요. 그런데 몰라요? 잠깐 눈을 감고 있는 사이에 남자가 사고를 낸 차 주인이 돌아온 모양이었다. 나는 재빨리 창문 틈으로 눈을 가져갔다. 하얀색 승용차가 윈드밀 모텔과 주차장 사이, 담 옆에 세워져 있고 뒤 범퍼 앞에서 키 큰 남자가 주차장 남자에게 삿대질을 하고 있었다. 키 큰 남자와 함께 돼지갈비를 먹었을 키 작은 여자는 범퍼를 들여다보며 흠집이 난 자리를 쓸어 보고 있었다. 하지만 빤한 상황 앞에서도 주차장 남자는 태연했다. 내가 주차장 경력이 십 년이요. 다른 데서 사고 내놓고 왜 나한테 뒤집어씌우는 거요? 주차장 남자가 삿대질을 할 때마다 카키색 점퍼가 헐렁하게 흔들렸다. 키 큰 남자는 웃으며 한쪽 손을 허리에 짚더니 휴대전화를 꺼내들었다. 아저씨. 여기 임시번호판 안 보여? 이제 막 출고된 찬데 무슨 소리를 하고 있는 거야? 자전거를 가리고 선 주차장 남자도 웃었다. 임시번호판? 임시번호판은 사고 안 나? 나는 눈을 가늘게 뜨고 플라이주차장 사무실에 걸린 시계를 바라보았다. '백야'가 문을 닫은 지 얼마 안 된 시간이었다. 나는 창틈에 더욱더 눈을 밀착시켰다. 바람이 꽤 부는 것 같았지만 그런 건 상관없었다. 두 명의 경찰은 키 큰 남자가 전화를 한 지 오 분도 되지 않아서 도착했다. 젊은 경찰과 나이가 지긋한 경찰. 그들은 키 큰 남자의 차와 차를 마주 세워 놓고 주차장 남자와 키 큰 남자에게 다가왔다. 경찰은 두 사람에게 번갈아 가며 사건을 진술하게 했다. 당연히 두 사람의 진술은 엇갈렸다. 나이 지긋한 경찰이 두 사람에게 손을 내밀었다. 두 분 신분증 좀 주세요. 키 큰 남자는 지갑에서 신분증을 빼서 경찰에게 건넸다. 하지만 주차장 남자는 자꾸 딴전을 부렸다. 나이가 지긋한 경찰이 주차장 남자에게 큰소리로 재촉했다. 아저씨도 신분증 주세요. 그제야 주차장 남자는 뭐라고 우물거렸지만 들리지 않았다. 조금 전까지 커다랗게 삿대질을 하던 주차장 남자는 두 손만 비비고 있었다. 젊은 경찰은 주차장 남자 앞으로 나섰다. 아저씨, 혹시 무면허 아닙니까? 주민등록번호 한 번 대 보세요. 주차장 남자의 목소리는 여전히 알아들을 수 없었다. 나이 든 경찰이 주차장 남자에게 고개를 기울여 가며 수은등 불빛에 의지해서 빠르게 볼펜을 놀렸다. 젊은 경찰은 무전기에 대고 남자의 주민번호 조회를 부탁했다. 곧 이어 무전기에서 젊은 경찰에게 보내는 답변이 흘러나왔고 나이가 지긋한 경찰이 주차장 남자를 보고 말했다. 아저씨, 뭐야? 주민등록에 등재가 안 되었어?

나는 벽에 등을 기대고 창문 앞에 스르르 주저앉았다. 마치 몽둥이로 뒤통수를 한 대 가격당한 기분이었다. 멍하니 넋을 놓고 있는 내 눈 앞으로 그동안 지켜보았던 남자의 모습이 빠른 화면처럼 지나갔다. 미니트럭에서 커다란 보퉁이를 꺼내던 남자. 쌀자루를 실은 자전거에서 내리던 모습. 시장에서 돌아오는 동네 사람들에게서 풋고추와 상추 따위를 한 줌씩 얻던 일. 그런 남자가 사실은 거리에서 맞아 죽어도 신원을 확인할 수 없는 사람이라니, 나는 허공에 시선을 놓고 헛웃음을 웃었다. 한참 동안 눈물이 날 만큼 웃어 대던 내 팔에 문득 소름이 오소소 돋아났다. 나는? 가슴에서는 문장을 끝맺지 못한 물음이 소용돌이를 쳤다.

드디어 수은등이 꺼졌다. 수은등이 꺼지고도 방 안은 완전한 어둠에 잠기지 못했다. 도시의 어둠은 언제나 완벽하지 않았다. 그린빌이 있는 이 골목만 해도 성당 후문 앞의 높은 전봇대에 달려 있는 안전등이 아침까지 환하게 켜져 있곤 했다. 그린빌처럼 컨테이너박스도 이 촉짜리 전등을 밝힌 것처럼 어둑할 것이었다. 경찰은 남자에게 수리비를 지불하도록 하는 선에서 사건을 일단락 짓고 돌아갔다. 키 큰 남자는 범퍼를 다시 들여다본 뒤 키 작은 여자와 함께 떠났다. 내일 정비공장에 차를 맡긴 뒤 연락드리겠습니다. 남자는 묵묵히 서 있다가 자동차가 출발하자마자 수은등을 끄고 그 아내와 함께 컨테이너박스로 들어갔다.

나는 창문을 닫았다. 그리고 창문 앞에 우두커니 서서 냉장고를 바라보았다. 냉장고는 현관 바로 옆 구석의 어둠 속에서 희미한 윤곽을 드러내고 있었다. 내게는 그 냉장고 속이 어둑한 방안보다 더 환했다. 시어 빠진 배추김치, 그리고 생수 한 병. 어느 구석에도 술 따위는 없었다. 반 병 남은 소주를 비운 것이 이틀 전이었다. 나는 사 년 동안 먼지를 뒤집어쓰고 있는 동전을 모조리 쓸어서 주머니에 담았다.

그린빌을 나서자 밤바람이 서늘하게 얼굴을 스쳤다. 안전등은 전봇대 중간 높이에 달려 있었다. 나는 히말라야시다나무 가지 사이에서 빛나는 안전등 불빛 아래서 주위를 둘러보았다. 굳게 닫혀 있는 성당의 후문. 소나무 사이의 불 꺼진 사제관. 어둠이 길고 깊은 성당 뒷골목. 이런 골목에도 이처럼 많은 대문이 있다는 사실에 나는 조금 놀랐다.

플라이주차장이 문을 닫고 난 시간에 술을 살 수 있는 곳은 편의점밖에 없었다. 그 편의점을 갈 수 있는 길은 성당 뒷골목과 윈드밀 모텔을 지나 세무서 앞으로 가는 큰 길, 두 개뿐이라고 얼마 전 소주를 사다 준 그녀가 알려 주었다. 나는 두 개의 길을 놓고 망설이다 안전등을 등지고 섰다. 그러자 담에 기대어진 남자의 자전거가 보였다. 자전거에는 열쇠가 단단하게 채워져 있었다. 세무서의 담장 자리에 나무들이 서 있었고 그 뒤로 늦은 귀가를 위해 질주하는 차들도 보였다.

뜻밖에도 자정이 가까워지는 거리에는 자전거들이 많았다. 세무서 옆 동물병원 앞에도 자전거가 있었고 P베이커리 앞에도 자전거가 세워져 있었으며 그 옆에 있는 생맥주를 파는 가게 앞에도 자전거가 서 있었다. 동물병원과 P베이커리와 생맥주를 파는 가게 앞을 지나칠 때 나는 자전거를 주의 깊게 들여다보았다. 자전거에는 모두 하나 같이 핸들이 새것처럼 보였고 열쇠가 단단하게 채워져 있었으며 가로등 불빛이 희미하게 비치고 있었다. 잠시 나는 술을 사러 나왔다는 사실을 잊어버렸다. 남자의 자전거를 볼 때만 해도 맥주를 살까 소주를 살까 하던 나였는데 P베이커리 앞에 세워진 자전거가 눈에 띄자 편의점을 깜빡 지나쳐 버렸다. 그리고 생맥주를 파는 가게 앞에 다다르자 편의점에서 술을 사가지고 그린빌로 돌아가야 한다는 사실이 왠지 절망스럽게 느껴졌다.

나는 플라이주차장의 남자가 돌던 코스를 벗어났다. 통신기기를 파는 가게를 지나자 또 사거리가 나왔고 자전거는 잊을 만하면 한 대씩 눈에 띄었다. 모두 열쇠가 채워져 있었고 밤에도 새 것임을 알아볼 수 있는 자전거였다. 열쇠를 채워 놓지 않은 자전거는 왜 보이지 않는 걸까. 아내의 얼굴이 희미하게 떠올랐지만 나는 방향을 알지 못했다. 밤이 되어도 어둠이 완벽하게 지배하지 못하는 도시. 도시의 끝 쪽에 커다란 산이 탁본처럼 밤하늘에 찍혀 있는 게 보였다. 나는 그 산을 이정표 삼아 또다시 사거리를 지났다. 그러자 편의점이 나타났고 그 앞에 서 있는 자전거가 보였다.

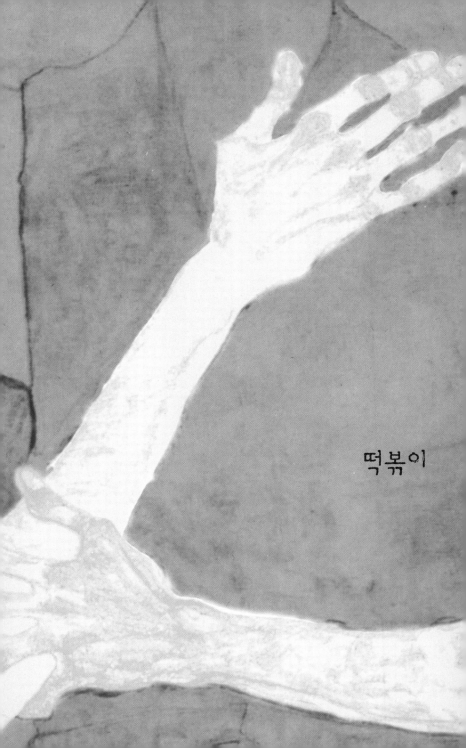

떡볶이

스카이플라자는 지은 지 이십 년이 다 된 아파트다. 얼마나 오래된 건물인지는 멀리서도 낡은 외벽으로 알아볼 수 있다. 가까이 다가가면 그 남루함은 어떻게 이런 곳에서 살 수 있을까 하는 생각이 들게 만든다.

이 도시에서 높은 곳에 위치한 스카이플라자는 불안한 아파트다. 바람 부는 날이면 세월에 헐거워진 스테인리스 창틀에서 덜컹거리고 삐걱대는 소리가 나고 장마철에는 현관 밖 천장에서 물방울도 떨어진다. 스카이플라자는 내벽 깊숙이 수없이 많은 균열을 감추고 있다. 가끔은 층과 층 사이의 균열이 아래층 천장에 얼룩이 지는 것으로 증명되기도 하지만 전문 기술자가 아니면 균열은 도무지 찾아낼 수가 없다.

몇 년씩 살면서도 전혀 찾아내지 못하는 균열. 이런 모든 균열은 대부분 화려한 벽지와 나무무늬 장판에 가려져 있다. 리모델링으로 낡고 오래된 균열을 가려 놓은 400세대의 사람들은 불안도 망각으로 가리고 산다. 가끔씩 수선충당금이란 항목이 추가되어 있는 관리비 명세서를 받아들 때는 처음 이사할 때의 불안을 떠올리기도 하지만 어디까지나 그때뿐이다.

그럼에도 사람들은 이 아파트를 쉽게 떠나지 못한다. 시장도 멀고 시내버스를 타려면 십 분 정도 걸어 내려가야 하는 곳. 저녁부터 아침까지는 여간해서 택시가 지나다니지 않는 동네. 저녁노을이 질 때면 쓸쓸한 고대의 성처럼 보이는 아파트. 이 아파트의 1805호로 나는 날마다 밤 열 시면 돌아온다. 1805호에는 작은 개 한 마리가 주인을 기다리고 있다.

도어 록 너머의 집은 조용했다. 여느 때 같으면 도어 록을 열기도 전에 태고가 달려와 현관문을 긁었을 테지만 작은 개는 하반신 마비였다. 동물병원 원장은 목 밑에 있는 작은 뼈가 혈관을 타고 돌아다니다 하반신의 신경을 건드린 것 같다고 했다. 뼈가 부러진 원인은 알 수 없다고 말했다. 다만 높은 곳에서 떨어져 뼈가 부러졌을 거라는 단정은 확실하게 했다. 동물병원 원장의 말에 나는 기억을 더듬어 보았지만 태고가 높은 곳에서 떨어지는 것을 본 적이 없었고 그 점은 남편도 마찬가지였다.

엘리베이터 위의 전등 불빛 아래서 하나씩 비밀번호 풀리는 소리가 날카롭게 울렸다. 어둠에 잠긴 집 안에도 번호 키 누르는 소리는 울려 퍼지고 있을 것이었다. 하지만 태고는 이제 현관을 발로 긁는 일 따윈 더 이상 할 수 없게 되었다. 현관문은커녕 단 한 발짝이라도 앞발로 뒷다리를 겨우 끌고 뛰는 상태였다. 그 한 발짝도 언제나 숨이 넘어갈 것 같은 비명이 함께 했고 남편과 나는 태고의 비명을 가슴이 무너지는 심정으로 듣곤 했다. 아마 태고의 뒷다리가 마비된 다음 날 동물병원을 찾지 않았다면 도어록 안에서는 처절한 비명이 새어 나오고 있었을 터였다. 나는 비밀번호를 누르다 손을 멈추고 귀를 기울여 보았다. 그러나 태고의 가냘픈 울음소리가 들려오기에는 현관문의 두께가 너무 두꺼웠다.

비밀번호는 오류가 났다. 다시 비밀번호를 누르는데 떡볶이와 어묵이 든 비닐봉지가 왼손에서 묵직하게 느껴졌다. 팔고 남은 떡볶이와 어묵은 이미 미지근하게 식어 있을 것이었다. 가게에서 스카이플라자까지는 걸어서 십여 분 거리여서 나는 언제나 떡볶이와 어묵이 차갑게 굳지 않은 것만도 다행이라고 생각했다. 떡볶이와 어묵이 남지 않는 날은 없었다. 조금 전에도 남편은 일인 분 정도의 떡볶이와 어묵이 남은 것을 보고 친구들과 술을 마시러 갔다.

아마도 남편은 자정이 다 되어서 집으로 돌아올 터였다. 그리고 비틀거리는 걸음으로 겨우겨우 현관을 들어설 것이었다. 머릿속으로 좀처럼 익숙해지지 않는 그림이 지나갔다.

나는 머리를 흔들고 잠금장치가 풀린 현관문을 열었다. 그러자 봉인이 풀리기를 기다렸다는 듯이 지독한 악취가 달려들었다. 고여 있는 공기 안에서 고약하게 발효된 똥냄새에 나는 진저리를 치며 현관문 밖으로 뒷걸음질 쳤다. 그제야 피리 소리 같은 태고의 울음이 다급하게 나를 쫓아 나왔다. 하루 종일 사료는커녕 물 한 방울도 핥지 못한 태고의 울음은 떨고 있었다.

태고가 뒷다리를 움직이지 못하게 된 건 이틀 전 저녁부터였다. 비가 내리던 그 저녁 남편과 나는 갑작스러운 비명 소리에 현관으로 달려가 종량제 봉투 앞에 넘어진 채 자지러지고 있는 녀석을 보았다. 그리고 다음 날 동물병원 원장에게서 앞다리 윗부분에 있는 아주 작은 뼈 하나가 보이지 않는다는 말을 들었다. 원장은 태고의 사진을 보여주며 말했다.

"개에게 이 뼈들은 날개처럼 쌍을 이루는데, 여기 보이시죠? 이 뼈는 있는데 반대쪽은 없잖아요? 이 사라진 뼈가 태고의 몸을 떠돌다 하반신 신경을 건드린 모양입니다. 그러니 뒷다리에 손이 닿기만 해도 자지러질 수밖에 없죠."

남편은 태고의 사진을 바라보며 말했다.

"그럼, 일단 진통제부터 놔주시겠습니까? 그 다음에 사라진 뼈를 찾기로 하죠."

동물병원 원장은 난처한 표정을 지었다. 수술 시간도 오래 걸릴 뿐더러 사라진 뼈도 찾을 자신이 없다는 것이었다. 내 생각에도 태고에게 내릴 수 있는 최선의 처방은 진통제뿐이었다.

진통제를 맞은 태고는 더 이상 비명을 지르지 않게 되었다. 그 대신 쌕쌕거리는 숨소리가 높아졌다. 몸은 사시나무처럼 떨었고 겨우 쇠고기 통조림이나 조금씩 먹었으며 그나마도 제대로 소화시키지 못하고 똥을 질퍽하게 쌌다. 아침에 잠에서 깨거나 가게가 끝난 뒤 집에 돌아와 보면 거실 바닥과 태고가 덮고 있던 이불은 온통 똥으로 범벅이 되어 있었다. 벌써 이틀째 태고는 헌 이불을 세 개나 버려 놓았다. 뒷다리가 마비된 뒤부터 태고는 쇠고기 통조림만 먹었고, 소화되지 않은 단백질의 악취는 편두통을 앓을 정도였다. 나는 이런 태고를 언제까지 돌볼 수 있을지

걱정했다.

그 점은 남편도 마찬가지였던 모양이었다. 태고가 진통제를 주사 맞은 날 남편은 담배 한 개비를 오래 피우고 난 뒤 내게 이렇게 말했다.

"수술 성공확률이 몇 %랬지? 그런데 몇 백만 원을 들여서 수술을 시켜야 할까?"

나는 거실바닥을 내려다보며 대답했다.

"내가 그 돈을 벌려면 두 달 동안 쉬지 않고 떡볶이와 어묵을 팔아야 할 거야."

내 말에 남편은 고개를 끄떡였다.

"알지! 그러니까 보내야겠어."

남편의 말은 안락사를 의미했다. 그것을 깨닫는 순간 내 가슴 깊은 곳으로 부피를 알 수 없는 슬픔이 파고들었다. 그 슬픔 때문에 태고를 바라보았는데 태고는 글썽글썽한 눈으로 남편과 나를 바라보고 있었다. 나는 무거운 마음으로 남편에게 시선을 돌렸다.

"태고가 사람이었다면 우리는 이런 대화를 할 수 없을 텐데……"

그러자 남편의 미간에는 작은 주름이 잡혔다.

"조금이라도 고통을 덜어 주는 게 진짜 사랑이야. 개를 사랑하지 않으면 갖다 버리지 안락사를 시키지는 않아."

광주항쟁 당시 레지던트가 된 중학교 동창 덕분에 목숨을 구할 수 있었다던 남편은 안락사의 의미를 이렇게 정의 내렸다.

"……그래, 그럴지도 모르지."

이 말을 낮은 소리로 겨우 뱉어 내면서 나는 수술의 성공 확률이 20%도 되지 않는다고 했던 동물병원 원장의 말을 떠올렸다. 하지만 남편의 친구는 20%도 되지 않는 확률을 보고 남편을 수술대에 올렸다고 했다. 이 말까지 남편에게 할 수는 없었다. 남편은 개를 사랑하지만 똥오줌 한 번 치운 적이 없는 사람이었고 나는 날마다 저녁 아홉 시까지 떡볶이와 어묵을 만들어 팔아야 했다. 그러니까 나는 우리의 편리에 따라, 사랑이라는 말로 포장해서 태고를 보내자는 뜻에 암묵적으로 동조한 셈이었다.

　남편은 25년 동안 다니던 회사를 퇴직한 지 이 년쯤 지나자 어디선가 작은 개를 한 마리 데려왔다. 정확하게 말하면 혹독한 정신공황을 앓고 난 직후였고 막 편의점의 문을 연 무렵이었는데 꽃샘추위가 기승을 부리던 그 봄에 남편은 품에서 티 컵(tea cup) 사이즈의 개를 자랑스럽게 꺼내 놓았다.
　"어때? 예쁘지? 우리, 이 녀석 한 번 키워 보자. 그러면 우리, 다시 할 이야기가 많아질 거야. 예전처럼."
　아들은 녀석에게 '태고'라는 이름을 붙여 주었다. '태고'는 옛날이야기를 좋아하는 아들다운 작명이었고 나는 개를 좋아하지 않았지만 '해피'나 '메리'만 아니면 상관없다고 했다.
　태고를 데려오고 난 뒤 남편은 다시 너그러운 사람이 되었다. 태고를 데려오기 전까지만 해도 사사건건 꼬투리를 잡거나 걸핏하면 화를 내곤 하던 사람이 어지간한 실수에는 웃어넘기게 된 것이었다. 남편의 변화는 거기에서 그치지 않았다. 퇴직을 하고 나서 주로 술집과 낚시터에서 시간을 보내던 남편은 회사에 다닐 때보다도 더 열심히 일을 했다. 편의점을 찾는 손님들에게는 친절했고 가게는 웬만한 마트 이상으로 매출이 올랐다.

나는 이 사실에 속으로 조금 놀랐다. 하지만 한편으로는 남편이 단순히 개 한 마리 때문에 그렇게 변했다고 인정하기도 어려웠다. 사람이란 누구나 동기부여가 있고 성과가 따르면 무슨 일이든 열심히 하기 마련이었다. 날마다 손에 두툼하게 쥐어지는 돈을 보고 게으름을 피울 사람은 아무도 없을 터였다.

하지만 태고를 키우는 사람은 나였다. 매일같이 똥오줌을 치우고 가끔 목욕을 시키는 사람은 남편이 아니었다. 거기다 태고는 수컷의 본능대로 영역표시를 하기 위해 여기저기 오줌을 갈기고 다녔고 나는 하루에도 수없이 노란 오줌을 닦아야 하는 일이 지겨웠다. 그러니까 남편에게 개에 대한 내 감정을 솔직하게 말하게 된 것은 뜻밖이라고 할 수도 없는 일이었다.

"난, 개를 키워 본 적이 없어. 좋아하지 않으니까. 그런데……."

그러자 남편은 내 말이 끝나기도 전에 나를 어이없다는 표정으로 노려보는 것이었다. 나중에 내가 하려던 말이 무엇인지 끝까지 들으려고도 하지 않았다.

"그럼, 개를 좋아하지 않으면서도 좋아하는 척했던 거야? 나한테도 그런 거야?"

갑작스러운 남편의 말에 나는 남편의 얼굴을 빤히 쳐다보았다.

"당신은 무슨 말을 그렇게 해?"

"난 몰랐어. 당신은 나를 좋아하고 내가 좋아하는 것을 좋아하는 줄 알았지⋯⋯."

　부부 사이의 싸움은 언제나 그렇듯 사소한 문제로부터 시작되고 유치하게 진행되며 치사하게 끝이 난다. 남편과 나는 결혼한 지 이십 년이 넘어서도 '좋아한다.'와 '좋아하는 척한다.'라는 문제를 가지고 삼십 분이 넘도록 서로 얼굴을 붉혔다. 남편으로서는 의미 있는 싸움이겠으나 나로서는 소모적인 싸움일 뿐이었고 결국은 각자 안방과 비어 있는 작은방에 들어가서 이불을 뒤집어쓰는 것으로 끝났다.

　이 일은 남편의 변화 가운데 가장 큰 것이었다. 그때 남편은 남성으로서의 기능을 잃어 가고 있었다.

　남편은 태고가 우리에게 온 지 삼 년째 되던 무렵 편의점을 넘겼다. 하루 스물네 시간 동안 쭉 매여 있어야 하기 때문에 쉬다가 좀 더 마땅한 일거리를 찾겠다는 것이 편의점을 넘긴 이유였다.

　편의점을 넘긴 것은 여름이 막바지에 이르렀을 때였다. 무더위 속에서 아들과 나는 가게 안쪽의 창고를 대청소했고 남편은 한쪽에서 삼십 대 초반의 젊은 남자와 계약서를 쓰고 남은 잔금을 정산했다. 나는 조금만 더 편의점을 운영하길 바랐지만 남편은 단호하게 고개를 저었다. 나는 그런 남편을 보고 정말 남편이 한두 달쯤 쉬고 나서 다시 일을 할까 하고 속으로 걱정했다.

　그때 태고의 머리털은 황금색이 섞인 갈색으로 등은 허연 털끝이 쥐색으로 변해 있었다. 여전히 태고는 요크셔테리어 가운데서 가장 작았다. 태고에게 예방접종을 해 준 동물병원 원장은 좀처럼 보기 드문 희귀 사이즈라고 했고, 예쁜 두상과 얼굴에 빼어 문 혀를 보고 반한 편의점 근처의 애견센터 사장은 종견으로 팔라고도 했다. 하지만 태고는 그때까지도 발정을 하지 않고 있었다. 그 점이 내내 궁금했던 나는 누구에게든 물어보아야겠다고 생각했으나 정작 물어볼 기회가 생기면 잊어버리곤 했다. 내가 오랫동안 궁금해 하던 것을 물어보게 된 건 편의점을 넘긴 늦여름 저녁이었다. 태고를 목욕시켜 주고 난 뒤 배의 털을 말리는데 고요하게 잠겨 있는 수컷 상징이 눈에 띄었던 것이다.

"왜, 애는 발정을 안 하는 걸까? 개들도 발기부전이라는 게 있는 건가?"

개를 좋아하는 남편은 혹시 알고 있지 않을까 하고 쳐다보았 지만 남편의 표정은 의외로 딱딱하게 굳어 있었다. 육포를 질겅 질겅 씹다가 갑자기 소주를 단숨에 털어 넣는 남편은 마치 화가 난 것처럼 보였다.

"글쎄, 그걸 누가 알겠어?"

나는 남편이 화를 내는 이유를 알 수 없었고 또 괜히 머쓱해 서 이렇게 얼버무렸다.

"개들도 사람처럼 늦되기도 하나 봐……."

더 이상 남편은 아무 대꾸도 하지 않았다. 다만 속도를 내서 술을 좀 더 빨리 마실 뿐이었다. 나는 애견용 빗으로 태고의 털 을 빗겨 주며 남편이 또다시 공황상태에 접어든 것이 틀림없다 고 생각했다. 그럴 수밖에 없는 것이, 남편의 일상은 술집과 낚 시터의 순례로 다시 돌아왔기 때문이었다.

그런데 그날 나는 생애에서 가장 길고도 고통스러운 밤을 보내야 했다. 남편의 남성이 번번이 발기한 뒤 금세 무너져 버리곤 했기 때문이었다. 그래서 남편은 밤새도록 내 몸에 한 번도 들어오지 못했고 새벽 무렵에는 절망에 젖은 욕을 술 냄새와 함께 뱉어 냈다.

"에이, 이런 씨팔!"

남편의 발기부전은 오랫동안 앓고 있는 당뇨에서 비롯된 것이었다. 남편은 늦은 밤에 기름진 안주와 함께 술 마시기를 좋아했고 자동차로 갈 수 없는 곳과 자동차를 탈 수 없는 상황을 제외하고는 언제나 자동차를 타고 다녔다. 수년 째 남편을 치료하고 있는 의사는 언제나 술을 끊고 운동을 하라고 했지만 남편이 이 말을 지킨 적은 한 번도 없었다.

태고의 몸과 태고가 깔고 있는 이불과 거실바닥은 똥으로 범벅이 되어 있었다. 아마도 화장실로 가려던 태고의 마비된 다리가 아침에 덮어 준 이불에 걸려 버린 모양이었다. 장애물을 벗어나기 위해 몸부림을 친 흔적이 낡은 이불과 온 거실바닥에 또렷하게 그려져 있었다.

나는 이불을 비닐봉지에 담아 놓았다. 버리기 아깝긴 했지만 다시 빨아 쓰기에는 범벅으로 칠해진 똥과 냄새가 너무도 역겨웠다. 거실바닥은 세제를 풀어서 닦았다. 그래도 거실바닥에서는 희미하게 똥 냄새가 났다. 태고는 따뜻한 물에 담가 똥을 불려서 씻어 주었는데 뒷다리를 만질 때마다 쌕쌕대는 숨소리가 더욱 거세졌다. 비명을 거세당한 개는 안쓰러웠다. 그런 태고를 보자 진통제가 꼭 바람직한 것만도 아니라는 생각이 들었고 축 늘어진 뒷다리를 만질 때마다 눈이 동그랗게 커지는 태고를 바라보는 것만으로도 나는 충분히 고통스러웠다.

털이 젖은 태고는 심하게 몸을 떨었다. 물기가 가득한 눈에는 두려움이 번질거리고 있었다. 마른 수건으로 젖은 털을 닦고 드라이어로 말려 주어도 여전히 태고는 오들오들 떨며 나를 바라보았다. 이런 경우는 살아 있음이 축복이라는 말이 맞는 것 같지 않아 보였다. 그럼에도 태고의 눈은 살고자 하는 것의 간절함으로 빛나고 있었다.

베란다 창으로 공원의 숲에서 솟아오르는 달이 보였다. 남편은 태고를 목욕시키고 보일러 온도를 높인 뒤 헌 이불로 감쌀 때까지도 돌아오지 않고 있었다. 시간을 확인하는 내게는 남편이 마신 술병과 침을 튀기며 하는 말들이 환하게 그려졌다. 남편은 소주를 세 병 이상 마시면 과거 속으로 빠져드는 버릇이 있었고 다음 날이면 간밤의 일을 하나도 기억하지 못했다. 나는 그렇게 술에 취했을 남편이 두려웠다. 과거의 풍요와 현실의 빈곤, 그 차이를 극복하지 못하는 남편은 술집에서 돌아오기만 하면 죽고 싶다는 말을 쉬지 않고 내뱉곤 했다. 하지만 이 빈곤은 다른 누구의 탓도 아니었다.

자정 무렵 남편은 스카이플라자 1805호로 돌아왔다. 하현에 가까운 달이 베란다 창의 중간에 걸려 있을 때였다. 예상대로 남편은 만취상태였다.

간신히 구두를 벗고 들어온 남편은 겨우 서너 발짝 걸음을 옮겨서 거실 한가운데 쓰러졌는데 그런 남편의 모습은 어딘지 불

길해 보였다. 나는 달빛에 잠긴 남편의 얼굴과 베란다 창문의 중간에 떠 있는 달을 번갈아 보았다. 베란다 창문에 떠 있는 달에서는 푸르스름한 살얼음 빛이 흐르고 있었다. 2월은 아직 달빛이 투명한 달이었다. 남편은 눈을 감은 채 계속 뜨겁고 거친 숨결을 달빛 속으로 뿜어냈고 태고는 구석에서 피리 소리로 울었다. 남편이 고개를 돌릴 때마다 눈두덩과 콧잔등의 음영이 이리저리 바뀌다 제자리로 돌아왔다. 그러다 남편은 태고를 보았다.

"아—! 그래, 태고야! 너한테 미안해서 어떻게 하냐?"

태고는 계속해서 피리 소리로 울었다. 태고의 울음과 남편의 숨소리 사이로 시계 바늘 소리가 끼어들었고 달빛이 소리 없는 강물처럼 거실로 흘러들었다. 금요일이었으므로 아들은 회식을 끝낸 뒤 새벽까지 이어갈 술자리로 옮겼을 터였고 잠자리에 드는 것 말고는 다른 할 일이 없는 시간이었다. 남편이 이대로 조용히 잠이 든다면, 그러기만 한다면 더 바랄 것이 없는 밤이었다. 나는 자고 싶었다. 죽은 듯이 잠에 빠졌다가 날마다 되풀이되는 의식처럼 깨어나는 그런 아침이 말도 못하게 그리웠고 떡볶이와 어묵을 만들어 파는 매일매일 그런 밤을 바라지 않은 적이 한 번도 없었다. 그러나 나는 한 번도 편한 잠을 자 보지 못했다. 제대로 등을 펴고 눕지 못하는 시간, 나는 우리의 집이 18층이라는 사실을 저주했다. 18층은, 자살하기에 잔인한 높이라는 것이 절망스러웠고 전망이 좋은 집이 반드시 좋은 것도 아니라는 것을 번번이 다시 깨닫곤 했다. 물론 남편의 말대로 사월의 베란다 창문 밖에 펼쳐진 공원이 그림 같긴 했다. 하지만 남편은 옳은 선택을 한 게 아니었다. 우리는 외곽지역 아파트의 이 층에 그대로 살았어야 했다. 그곳에서 헐겁게 서로를 확인하고 남편은 시내 편의점에서 그리움처럼 집을 간직하고 있어야 했다. 그랬다면 남편이 죽겠다고 베란다 바깥 난간에 매달린들 내가 그토록 끔찍해 할까. 가능하다면 내 삶의 배역들을 다시 짜고 싶어 했던 것을 남편도 알 것이었다. 그러나 그보다 더 힘든 것은, 사람들이 긴장을 풀어놓는 밤, 그토록 긴장을 하고 산 시간이 무색하게 남편은 숨을 쉬고 술을 마시며 걸핏하면 베란다로 뛰쳐나간다는 것이었다.

이윽고 낮고도 규칙적인 숨소리가 들려왔다. 토끼잠을 자는 남편이 언제 깰지는 알 수 없지만 일단 잠이 든 것만은 확실했다. 차가운 달빛 속 두꺼운 눈꺼풀 아래서 눈동자가 쉬지 않고 움직이는 게 보였다. 무언가에 쫓기듯 불안한 움직임이었다.

나는 그런 남편의 잠이 너무도 불편했다. 그 불편함은 오래전 남편의 상사가 찾아왔을 때와 비슷했다.

그는 분명히 이 땅의 원주민이었다. 그럼에도 그의 말은 일본어의 대화법을 복사하고 있었고 말의 핵심을 먼 곳에 둔 채 다람쥐 쳇바퀴처럼 빙빙 돌고 있었다. 그의 말뜻은 비 오는 날의 풍경처럼 흐릿했다. 교통사고로 어깨뼈가 깨진 남편과 일 년여 동안 다니던 마트를 그만둔 나는 몇 번이나 지점장인 그가 무슨 말을 했는지 다시 물어야 했다. 그때마다 얼굴이 긴 그는 헛기침을 내뱉은 뒤 이미 했던 말을 또다시 반복했다. "지금 퇴직하는 분들에게는 남은 근무 연수의 연봉을 두 배로 정산해 드릴 겁니다. 또 여기에 알파도 더해질 거구요. 앞으로 이런 계획은 없을 거라 했으니 앞으로 일이 년 사이에 퇴직을 생각했던 분이라면 지금이 최고의 기회라고 할 수 있지요. 지금 병상에 계시니 오해할 소지가 많긴 합니다만." 몇 번을 다시 물어도 그는 이 말만 되풀이했고 비로소 나는 그와 남편을 번갈아 보았다. 그제야 남편은 수술한 어깨를 어루만지며 그의 말이 맞다 했고 그는 자신의 말이 반드시 맞는 것도 아니라고 했다. 남편은 정년까지 남은 근무연수에 자신의 연봉과 봉급 인상율을 곱했고 책임의 소재를 떠날 자에게 떠넘기는 화법에 능한 그는 그쯤에서 입을 다물었다. 나는 혼란스러웠다. 마흔을 넘기면서부터 은퇴를 하고 싶어 했던 남편과 자신이 찾아온 목적을 이루기 전에는 쉽사리 돌아갈 기미를 보이지 않는 지점장, 그들 사이에서는 물고 뜯기는 동물들의 피비린내도 어렴풋이 느껴졌다. 하지만 싸움은 어디까지나 그들만의 것이었고 남편은 결국 은퇴를 결정하고 말았다.

만약, 그때 내가 남편을 좀 더 적극적으로 말렸다면 삶이 어떤 구도로 진행되고 있을까 생각해 보았다. 어쩌면 적당히 게으르고 적당히 오만하며 또 적당히 자족하는 일상을 진행하고 있을지도 몰랐다. 과거는 과거대로 찬양하면서 말이다.

남편은 과거 속에 사는 사람이다. 제법 넉넉한 조부 아래서 지낸 유년 시절을 떠올릴 때면 더욱더 남편의 눈빛이 꿈꾸듯 멀어진다. 그러는 남편이 이해가 안 되는 것도 아니다. 유년 시절, 그의 집에는 모든 것이 풍요롭게 넘쳐났으며 조부모와 형제들은 아버지의 얼굴도 기억하지 못하는 그에게 더없이 관대하고 너그러웠다고 했으니. 그에 대한 삶의 특혜는 거기서 그치지 않았다.

광주항쟁 당시 뜻하지 않은 총상으로 하마터면 목숨을 잃을 뻔하기는 했으나 그 일로 그는 전기회사에 특채되었고 권고사직에 응하기 전까지 평범했지만 잘 살았다고 할 수 있는 편에 속했다.

이 때문인지 그의 의식 속에는 부부관계를 상하관계로 이해하려는 습성이 배어 있었다. 이 도시의 빈민가에서 자랐고 건물경비를 지낸 노인과 식당에서 잔뼈가 굵은 노인을 부모로 둔 내 이력은 그와 좋은 대비가 되었다. 그는 바로 이 점을 의식 속에 심어 놓고 살았고 나는 자주 자존심을 다쳤다. 그때마다 우리는 허기가 질 때까지 싸웠고, 싸움은 대개 새벽 무렵 그의 길고 굵은 흉터를 만지며 섹스를 나누는 것으로 끝이 났다.

돌이켜보건대 그것은 결코 피와 하트만이 섞이듯 간절한 섹스가 아니었다. 남편과 나는 그저 싸움에 지친 나머지 기갈에 들린 듯 섹스를 나눈 것뿐이었다.

나는 그렇게 이해한다. 삶이 점점 내리막으로 치달으면 누구나 가끔 과거 속으로 숨어들려고 할 것이다. 그렇지 않으면 그만 삶에 질식하고 말 테니까 말이다. 하지만 이건 어디까지나 이해일 뿐이다.

나도 달빛 속에 누워 눈을 감았다. 고단한 하루가 주마등처럼 감은 눈 속으로 흘러갔다. 태고가 똥을 싼 이불을 빨고 똥이 묻은 녀석의 몸을 씻기고 제대로 소화되지 않은 배설물의 악취가 밴 거실을 환기시키고 청소기를 돌린 뒤 영화관 앞에 있는 가게에 나갔을 때는 열한 시가 훌쩍 넘어 있었다. 그 때문에 나는 여느 날보다 바빴다. 재료들은 어묵 국물과 떡볶이 양념을 준비할 때 도착했고 떡볶이와 어묵이 완성되기도 전에 조조할인 프로를 보러 오는 손님들이 간단한 요기를 하러 들렀다.

"어? 어묵이 아직 안 됐네요?"

"네……, 십 분은 더 있어야 될 것 같은데요."

대학생들로 보이는 네 명의 남자들이 영화관 일 층에 있는 편의점으로 달려가고 난 뒤에는 두 명의 여자들이 다가와 이제 막 끓기 시작한 떡볶이를 들여다보았다.

"야! 떡볶이 아직 안 됐어."

"그러게? 좀 얼큰한 것이 먹고 싶었는데……."

아직 상영 시간이 남아 있는 여자들은 가게 뒤에 있는 'The Sun'으로 갔다. 그곳은 매운 짬뽕을 파는 곳이었다.

떡볶이와 어묵은 정오가 다 되어서야 완성되었다. 어묵 국물은 순한 갈색으로 우러났고 양념과 어묵이 어울린 육수 맛은 진하고 깊었다. 떡볶이의 고추장 소스도 걸쭉했고 붉은빛이 윤기가 흘렀다. 마치 어느 정도 생을 살아낸 삶처럼, 맵고 뜨거우나 은근하면서도 조용하게 끓어오르는 그런 맛이었다. 같은 음식도 유난히 혀에 짝짝 붙게 만들어지는 날이 있다. 바로 그런 날이었던 모양이다. 손님을 여럿 그냥 보냈지만 나는 그 뒤로도 여덟 번이나 더 떡볶이를 만들어야 했고 어묵도 국물과 함께 헤아릴 수 없을 만큼 자주 채웠다. 떡볶이가 나가면 어묵 국물은 필수였기 때문에 국물은 언제나 부족했고 가게는 저녁 아홉 시가 넘어서야 겨우 한가해졌다. 이렇게 내가 떡볶이와 어묵을 만들어 파는 동안 남편은 가게 옆에서 담배를 피우다가 멀지 않은 강에서 낚시를 했으며 가게 문을 닫은 뒤에는 친구들과 함께 술을 마시러 갔다. 나는 술집을 향해 멀어지는 남편의 뒷모습을 바라보다 스카이플라자로 돌아왔다. 그런데 집이 가까워질수록 마음이 포근해지는 것이 아니라 면도날이 지난 것처럼 가슴이 쓰리고 아팠다. 가로등 밑에서도 남루한 내 생이 너무도 비참해 보였다. 나는 아파트 입구에 서서 잠시 어두운 하늘을 올려다보았다.

"하늘이 너무 캄캄하다. 별이 하나도 보이지 않네."

이 말을 뇌까리고 나자 피곤한 몸이 물에 젖은 것처럼 더 무거워졌다. 결국 여느 날과 다를 것 없는 하루였다.

아무리 눈을 감고 있어도 잠은 좀처럼 오지 않았다. 고요한 공기 속에서는 단백질이 소화되지 못한 태고의 똥 냄새가 더 진하게 느껴졌다. 달은 베란다 천장에 닿아 있었고 남편의 곁에 누워 달을 바라보는 기분은 쓸쓸했다. 기분은 이런데 어이없게도 눈물이 났다. 그런데 나를 더 쓸쓸하게 하는 것은 우리의 상황을 다시 바꾸거나 개선시킬 힘이 나에게는 전무하다는 것이었다.

"혹시 하트만을 아시오?"

아주 오래전, 친구의 소개로 만난 지 불과 여덟 시간 만에 키스를 나눈 뒤 그는 이렇게 물었다. 나는 하트만이라는 단어 자체가 생소했으므로 잠자코 고개를 저었다.

"하트만은 혈액대용제로 심한 탈수증상이 있을 때 투여하는 것이오. 설사나 구토, 또는 출혈이 심한 경우에 말이오. 나는 하트만을 구하러 가다 총을 맞았고 하트만을 맞으며 수술을 받았소. 그래서 내 배에는 아주 커다란 전갈이 한 마리 자리 잡게 되었소."

그때 나는 이 말을 듣고 매우 큰 감동을 받았다. 갑자기 밖이 소란스러워서 집을 나섰다가 집 옆에 있는 적십자 병원에 들르게 되었고, 수혈할 피가 모자라는데도 아무도 나서지 않아 맨 먼저 헌혈을 하였으며, 부족한 하트만을 구하러 가다 총을 맞았다는 이야기는 만난 지 몇 시간 만에 듣기에는 좀 버거운 내용이었다. 하지만 그것은 광주항쟁에 관한 새로운 이야기였기에 나는 어떤 판단도 하지 못했다. 게다가, 그가 가망 없는 총상 환자로 분류되어 복도에 방치되어 있다가 외과 레지던트인 중학교 동창을 만나서 수술을 받게 되었고 50센티의 장을 잘라낸 뒤 기적적으로 살게 되었다는 이야기와 그때 제거하지 못한 총알이 아직도 폐 바로 뒤에 있다는 이야기에는 그를 짠한 눈으로 바라보기까지 했다. 그 순간 그가 내 손을 잡았다.

"나는 지금도 하트만이 필요하오. 내 삶도 탈수증상이 심해서 말이오."

흔히 사람들은 사랑으로 상처받은 사랑을 치유할 수 있다고 믿는다. 대개는 그것이 일종의 보상 심리이며 사랑이라고 믿었던 감정이 착각이었다는 것을 깨닫는 순간 지나간 사랑과 사랑이라고 믿었던 대상을 비교하게 된다는 것을 모른다. 또한 그런 치사한 행동이 상대에게 얼마나 가혹한 상처가 되는지도 모르고 설령 알게 된다 해도 자신을 정당화시키는 데만 급급할 뿐이다.

하지만 그 무렵의 나는 무지했다. 무지했으므로 기꺼이 착각했고 그의 과거 이력을 살피지 않았으며 그의 손을 마주 잡았다.

그러나 하트만은 어디까지나 혈액 대용제일 뿐이었다.

또 아무리 죽을 고비를 넘겼다고 해도 개인의 지난 일은 과거라 하지 역사라 부르지 않는다. 광주항쟁 또한 조선 말기의 동학란과 다름없는 민란의 하나다. 약품을 구하기 위해 나섰던 일은 숭고하다 할 수 있겠으나 그는 당시 총칼에 맞서지도 않았고 흔한 구호 한 번 외친 적이 없다.

결론적으로 말해서 나는 나를 위한 선택에 서툴렀다. 삶에 있어서 그는 지나치게 소극적이었고 현실과 융화되는 데 서투른 사람이었다.

달은 어느덧 아파트 지붕으로 오르고 있었다. 나는 숨을 죽이고 베란다 창문 끝에 반쯤 걸린 달을 바라보며 모처럼 단잠을 잘 수 있을지도 모른다는 생각을 했다. 남편의 숨소리는 이런 생각을 해도 좋을 만큼 고르고 또 고요했다.

내가 묵묵히 삶을 견디는 이유는 한 가지뿐이었다. 나는 이 삶에서 벗어날 용기가 없었고 결코 아무 수확도 없는 싸움에 나를 소모시키고 싶지도 않았다. 그런 싸움이라면 이미 할 만큼 했으므로 어떤 것도 바꿀 수 없다면 최소한 평화라도 누려야 한다는 것이 내 생각이었다. 그러니까 남편의 곁에서 내가 원하는 것은 아무런 꿈도 기억나지 않는 단잠과 하루하루를 버틸 힘, 이 두 가지밖에 없었다.

나는 팔을 베고 옆으로 누운 채 다시 눈을 감았다. 나도 모르게 다리가 구부려지면서 몸이 바닥으로 기울었다. 의식은 까마득한 바닥으로 떨어졌다.

그때, 남편이 가래를 게워 내는 소리와 함께 신음을 커다랗게 뱉어 냈다. 나도 느끼지 못하는 사이 내 다리가 남편의 다리에 닿은 모양이었다. 남편의 신음을 듣는 순간 나락으로 떨어지던 잠이 한순간에 확 – 달아나 버렸다. 나는 재빨리 일어나서 남편을 보았다.

남편은 참았던 숨을 토해 내듯 다시 길고 커다란 신음을 내뱉었다. 나는 이 모습에서 남편이 참았던 가슴속의 것을 토해 낼 기회를 기다렸다는 걸 알 수 있었다.

별안간 남편의 비명이 고막을 찢을 듯 울려 퍼졌다.

"으–아아–! 죽고 싶어!"

순간 가슴이 양쪽으로 쭉 갈라지는 느낌이 들었다. 죽고 싶다는 말은 아무리 자주 들어도 편하게 들을 수 있는 말이 아니었다. 나는 속으로 잠깐의 방심을 후회했고 내가 그렇게 두려워하는 밤이 또 시작되고 있음을 본능적으로 느꼈다.

내가 가슴을 웅크리는데 남편이 커다랗게 눈을 치떴다. 달빛이 고인 눈에는 무언가 분명하지 않은 분노가 가득 차 있었고 그래서 더욱 공허해 보였다. 구석의 이불 속에서 엎드리지도 못하고 있는 태고의 눈은 어둠 속에서 파랗게 빛났다.

"나는 죽어야 해. 죽어야 해. 죽어야 해!"

남편은 말을 마치자마자 비틀거리며 베란다로 향했다. 베란다로 나가서는 창문을 열고 난간에 다리를 걸칠 다음 수순은 보지 않아도 뻔했다. 남편은 며칠 전에도 베란다 바깥 난간에 매달린 적이 있었던 터라 나는 재빨리 일어나서 남편의 팔을 붙잡았다.

"왜 또 이래? 왜……."

나도 모르게 입술이 떨렸다. 매번 그렇듯 아무에게도 이런 상황을 알릴 수 없다는 사실에 화가 났고 나 혼자 모든 것을 감당해야 한다는 사실에 치가 떨렸다. 남편은 언제나 그랬듯 부들부들 입술을 떠는 나를 빤히 쳐다봤다.

"왜 이래? 난 그냥 죽고 싶을 뿐이라니까!"

"그러니까 그 이유가 뭐냐고?"

"넌……! 에이, 그만둬라. 그 개새끼들은 친구라고 할 수도 없으니까."

말을 마친 남편은 팔을 잡은 내 손을 뿌리쳤다. 술에 취했음에도 남편의 완력은 완강했고 나는 남편이 뿌리치는 힘을 감당하지 못하고 휘청거렸다. 그 순간 나는 왜 남편이 내 삶의 주요 역할을 하고 있는지 이해할 수 없다는 생각을 했다. 동시에 아득한 18층 아래로 떨어져 두개골과 사지가 박살난 남편의 모습도 그려졌다. 나는 죽었다 다시 깨어난다 해도 남편의 그런 마지막을 확인할 자신이 없었고 평생 그런 기억을 안고 살아갈 자신은 더더구나 없었다.

내가 몸의 균형을 잃는 그때 남편은 베란다 창문을 열었다. 뿌옇게 먼지가 끼어 있는 창문이 열리자 푸른 달빛에 잠긴 도시의 야경이 선명하게 드러났다. 밤의 도시는 고요했고 또 찬란했다. 누구 한 사람쯤 떨어져 죽는다 해도 깨지지 않을 고요였으며 꺼지지 않을 불야성이었다. 이는 베란다 난간으로 다리를 걸치려는 남자와 극명한 대비를 이루고 있었고 이로 인해 내 이성은 마비되고 말았다.

나는 있는 힘을 다해 남편의 허리를 안아 베란다 바닥으로 끌어 내렸다.

"왜?! 대체 왜! 왜!"

그 이상의 말은 이어지지 않았다. 단발마의 비명처럼 짧은 외마디가 맞은편 아파트에서 메아리로 되돌아올 뿐이었다. 그런데도 창문을 열고 밖을 내다보는 사람은 아무도 없었다. 여전히 술에 취해 있는 남편은 베란다 바닥에서 일어나지 못하고 있었고 나는 처음으로 내가 서 있는 곳이 세상의 절벽 끝이라는 것을 깨달았다.

또 태고가 똥을 쌌다. 새벽이라고 하기에는 너무 밝고 아침이라고 하기에는 어슴푸레한 시간이 제대로 소화되지 못한 쇠고기 통조림의 악취에 절여져 있었다. 하반신이 마비된 태고가 사료를 거부하기 시작하자 남편은 그런 태고를 위해 쇠고기 통조림을 사 왔다. 하반신이 마비되었어도 태고는 살아 있고 살아 있는 것을 굶길 수 없으니 어쩔 수 없는 일이었다. 태고도 먹었으니 똥을 싸고 개가 똥을 쌌으니 치워야 하는 것도 어쩔 수 없는 일이긴 마찬가지였다. 일단 나는 베란다로 통하는 거실 문을 열었다. 집은 난장판이었다. 베란다에는 화분들이 넘어져 깨져 있고 태고가 깔고 앉은 헌 이불은 또다시 똥으로 범벅이 되어 있었다.

나는 따뜻한 물에 태고를 씻겨서 드라이어로 말린 다음 새 이불을 꺼내 덮어 주었다. 이것이 내가 태고에게 해 줄 수 있는 마지막이라는 생각이 들었다. 사실이 그랬다. 그래서 나는 코끝이 아렸고 태고를 조용하게 불러보았다.

"태고야! 태고!"

그러나 내 부름에 태고는 피리 소리로 울기만 했다.

이런 상황에서도 남편은 시큼한 술 냄새를 뿜어내며 코를 골고 있었다. 벌린 입 속으로 까맣게 아말감을 박아 놓은 어금니가 보였다. 바지에는 화분에서 쏟아져 나온 흙이 희뿌옇게 묻어 있었고 발에는 시커멓게 얼룩이 져 있었다. 남편이 옷을 입은 채 잠든 모습을 본 것은 처음이 아니었지만 차가운 공기 속에서도 곤하게 잠을 잘 수 있다는 사실이 생소하게 느껴졌다.

'모든 것을 쏟아놓았으므로 당신은 이렇게 잠을 잘 수 있는 것이다.'

나는 태고가 똥을 싼 두 개의 헌 이불을 바라보다 쓰레기 종량제 봉투에 담았다. 이불 빨래가 아니더라도 할 일이 많았고 무엇보다 이 이불을 계속 덮으면서 태고를 기억하고 싶지 않았다. 뒷다리가 마비되기 전까지 태고는 한 번도 똥이나 오줌을 가린 적이 없었다. 그런 녀석이 화장실에 가기 위해 몸에 감긴 이불에서 허우적대다 똥을 싸 버린 것이었다. 남편도 나도 태고가 앞다리로 뒷다리를 끌면서 화장실에 가려다 넘어지는 모습을 한두 번 본 게 아니었다. 작은 개는 생존의 위기를 느끼고 있었다. 최소한 똥과 오줌만이라도 화장실에 가서 싸면 살 수 있을 거라고 여긴 게 틀림없었다. 진통제가 아니면 엄청난 고통을 잠시도 이겨 낼 수 없는 상태에서도 한 줌밖에 안 되는 개는 진정으로 살고 싶어 하고 있었다. 그런 태고의 촉촉한 눈이 내 심장으로 짠하게 박혀 왔다.

마지막 한 개 남은 쇠고기 통조림의 뚜껑을 딴 나는 부드러운 육질을 조금씩 손으로 떼어서 태고의 입에 갖다 대 주었다.

"그래, 태고야! 일단 먹어라."

태고는 살아 있는 것의 본능으로 쇠고기를 허겁지겁 먹어치웠고 내가 다시 쇠고기를 손가락으로 뜨는 동안 몸을 부들부들 떨었다. 나는 살기 위해 안간힘을 쓰는 작은 개의 처절한 본능이 너무도 안쓰러웠다.

이제 남편은 잠에서 깨어나면 태고를 안고 동물병원으로 달려갈 것이었다. 그것이 남편과 내가 찾은 최선의 방법이었다. 그러나 이 작고 여린 것의 목숨을 어떻게 강제로 끊어야 하는 것인지, 생각만으로도 머리가 지끈거렸고 가슴으로는 뻐근한 통증이 지나갔다. 이토록 살고 싶어 하는 짐승의 생사여탈권을 인간이라고 해서 함부로 행사해도 되는 것인지 싶기도 했다. 하지만 영원한 약자에게는 선택권이 없다.

이불을 뒤집어쓰고도 부들부들 떠는 태고는 깡통까지 핥는 것으로 마지막 한 개 남은 통조림을 다 비웠다.

욕실에서 손을 씻으며 처음으로 나는 떡볶이를 만드는 일을 하게 된 걸 다행이라고 생각했다. 남편은 내가 떡볶이를 만들고 어묵 국을 끓이는 동안 태고를 안락사 시킬 것이고 나는 태고의 마지막을 전해 듣기만 하면 될 것이기 때문이었다.

아들의 말에 의하면 개들의 시간은 인간의 이삼십 배라고 한다. 그러니까 태고의 혈기왕성한 시절은 이제 마감되었다는 이야기다. 사람이든 짐승이든 한창 때에는 암컷을 쫓아다니고 혼자서도 발정을 한다. 하지만 태고에게는 그런 것이 한 번도 없었고 우리는 그런 태고를 한 번도 이상하게 생각해 보지 못했다.

백 마리 가운데 한 마리 나올까 말까 하다는 생김새와 작은 체구. 이대로 태고가 안락사를 당하면 만화 속에서 튀어나온 것 같은 개는 좀처럼 다시 찾아보기 어려울 것이다. 그런데 왜 태고는 발정을 하지 않은 것일까. 정말 개들에게도 발기부전이라는 게 있는 것일까.

갑자기 비명을 지르기 시작한 태고를 데리고 동물병원으로 달려갔을 때 얼굴이 깡마르고 눈이 길쭉하게 찢어진 동물병원 원장은 심각하게 태고의 엑스레이 사진을 들여다보았다.

"뼈가 부러진 부위는 육안으로 확인이 되는데 부러진 뼈는 보이지 않는군요. 수술해도 그 뼈를 찾을 수 있을지 모르겠습니다."

나는 쉬지 않고 비명을 지르는 태고를 보며 동물병원 원장에게 물었다.

"태고를 그냥 이대로 살게 하면 안 될까요?"

내 말에 동물병원 원장은 길게 찢어진 눈을 더욱 가늘게 만들었다.

"하지만 삶의 질이 문제지요. 이 상태로는 제대로 된 삶을 살수 없을 테니……."

나는 어이가 없었다. 하루 종일 주인이 돌아오길 기다리며 사료를 먹고 똥과 오줌을 싸는 것밖에 달리 할 일이 없는 것도 삶의 질이라고 할 수 있는지 우스웠다. 나는 동물병원 원장을 뚫어지게 쳐다보았다.

"개에게도 삶의 질이라는 게 있나요?"

그때 남편은 태고의 머리를 붙잡고 있었다. 동물병원 원장은 내 시선을 피하며 태고의 엑스레이 사진을 만지작거렸다.

"그래도 이런 상태로 살게 한다는 것은 서로에게 고통스러운 일이지요."

그 말에는 더 이상 대꾸할 말이 없었고 나는 그쯤에서 입을 다물었다. 그러자 남편은 태고에게 진통제를 놓아줄 것을 부탁했다.

"생각해 보겠습니다. 좀 더 부대껴 보아야 결정을 내릴 수 있을 것 같군요."

태고가 진통제를 맞은 그날도 나는 떡볶이와 어묵을 만들었다. 그리고 떡볶이와 어묵을 팔면서 남편의 말을 생각했다. 조금 더 부대껴 보아야 결정을 내릴 수 있을 것 같다는 말이 우리 사이에도 적용될 수 있는 것인지 생각해 보았지만 알 수는 없었다.

잠든 남편의 얼굴을 한참 동안 들여다보았다. 여전히 벌건 남편의 얼굴은 푸석했고 눈을 깜빡일 때마다 내 눈꺼풀 밑에서 모래알 같은 것이 버스럭거리는 느낌이 들었다. 우리는 아직도 서로 부대끼는 과정에 있는 것인지 잠든 사람에게 물을 수는 없는 노릇이었다.

다진 마늘과 식용유를 넣은 고추장이 끓기 시작하자 고추장과 마늘 냄새가 코로 올라왔다. 언제 맡아도 고추장이 볶아지는 냄새는 뜨겁고도 매웠다. 나는 점점 부글거리며 끓어오르는 고추장을 젓다 물을 붓고 설탕을 넣었다. 가스 밸브를 절반 정도 열어 놓은 상태에서 나무주걱을 들어 고추장이 물에 풀어지도록 젓기 전에 설탕이 작은 기포들을 일으키며 녹아들었다. 센 불에서 볶아진 고추장과 설탕이 서로 분별없이 섞이는 것은 순식간이다. 떡볶이 떡과 양배추와 대파는 이때 넣어야 한다. 그리고 모든 것이 한 번 끓으면 불을 약하게 줄이고 참을성 있게 기다리면 된다.

떡볶이는 가장 낮은 불 위에서 은근하게 끓어야 맛이 깊고 길게 여운이 남는다. 그 시간은 길어야 오 분이지만 맛의 절정의 순간은 그보다 훨씬 짧다. 마치 삶처럼. 서서히 농도가 걸쭉해지는 고추장을 들여다보는 내 발바닥이 뜨겁다. 마치 내가 뜨거운 삶의 밑바닥을 밟고 있는 것처럼 말이다. 그렇게 떡볶이를 만드는 내내 나는 태고를 생각했다.

떡볶이를 두 번째 완성했을 때 남편은 담배를 입에 문 채 가게에 나타났다. 술기운이 가시고 숙연한 얼굴에는 간밤의 광란이 하나도 남아있지 않았다.

"태고, 보냈어."

남편은 애써 담담한 목소리로 말했다. 나도 애써 태연했다.

"어떻게……?"

"애를 수면제로 잠재우고 심장을 멎게 하는 주사를 놨어. 그렇게 갔어."

남편의 말이 끝나기도 전에 코끝이 시큰거렸다. 남편은 창문이 컴컴한 맞은편 술집을 바라보며 계속 말했다.

"병원에 가니까 마지막이라는 걸 느꼈나 봐. 의사한테 건네는데 나한테 다시 오고 싶어 울면서 자꾸 버둥거리는 거야. 그런 태고가 지금도 눈에 선해.”

책을 읽듯 건조하게 말하는 남편의 눈에서 눈물이 흘렀다.

“애는 45번 버스 종점 위에 있는 삼나무 숲 속에 묻어 주었
어.”

태고를 왜 삼나무 숲속에 묻었는지 그 이유까지는 말하지 않
았다. 살얼음처럼 맑은 햇빛 아래서 남편의 눈물이 투명하게 빛
났다. 거의 매일 같이 베란다로 달려가서 죽겠다고 하던 사람이
개 한 마리 죽이고 와 소리 없이 눈물을 쏟으며 울고 있었다. 나
에게 이런 남편의 모습은 너무도 뜻밖이었고 그래서 더욱 낯설
었다.

간밤의 광란도 개의 안락사도 감당하기 벅찬 나는 가슴이 먹
먹해서 그만 떡볶이 위로 시선을 돌리고 말았다. 떡볶이 위에는
바람도 없는 햇빛이 가득 쏟아지고 있었다. 그 모습이 마치 햇빛
이 붉게 자글자글 끓고 있는 것처럼 보였고 나는 고추장 소스가
가장자리에 눌어붙지 않도록 주걱으로 떡볶이를 저었다. 그때
머리를 하나로 묶은 여자가 다가와 떡볶이를 들여다보았다.

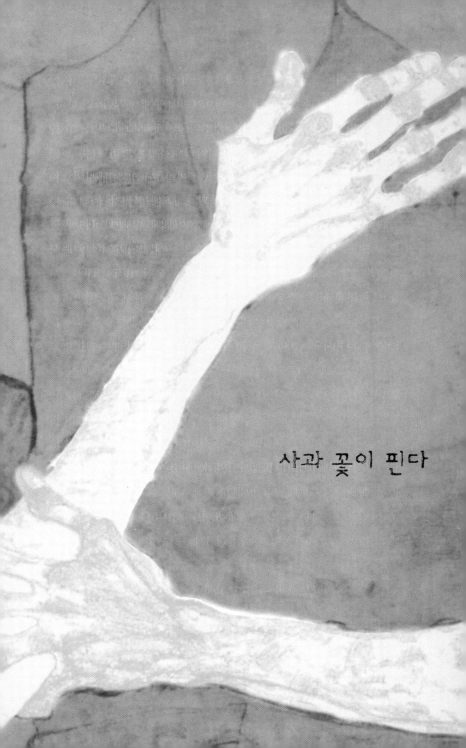

사과 꽃이 핀다

나에게 일요일은 안식일이 아니다. 일주일에 단 하루, 마음 놓고 늦잠을 잘 수도 없고 이불 속에서 뒹굴며 게으름을 피울 수도 없는 일요일은 백 번을 다시 생각해도 안식일이라고 할 수 없었다. 하느님이 세상 만물을 창조한 첫째 날부터 여섯째 날까지 나 역시도 죽어라고 일을 했으니 일요일만은 느긋하게 쉬고 싶은데 엄마는 그런 나를 가만히 놔두지 않았다. 엄마는 언제나 일요일 오전 아홉 시면 어김없이 방문을 두드리며 나를 깨웠다. 미사에 늦겠다. 빨리 일어나라.

　그때마다 나는 엄마에게 항변하고 싶었다. 하느님께서 천지를 창조하신 뒤 안식일에 드신 것처럼 나도 일요일 하루만큼은 철저하게 쉬고 싶다고 말이다. 그러나 그런 항변은 엄마에게 하나 마나라는 걸 나는 잘 알고 있었다. 엄마는 모든 동네 사람이 인정할 정도로 믿음이 독실한 사람이었다. 일요일은 물론이고 평일에도 새벽 미사에 빠지는 법이 없는 엄마. 그런 엄마가 나를 그냥 집에 놔두고 성당에 갈 리가 없는 것이다.

방바닥에 닿은 귀에 마루를 건너오는 발소리가 들려왔다. 쩔뚝쩔뚝. 낡은 양말 속에 담긴 엄마의 발소리는 지구 반대편 오지의 여인네가 흙을 밟는 것처럼 부드럽게 들렸다. 나는 쩔뚝거리는 다리로 엄마처럼 부드럽게 마루를 걷는 사람을 보지 못했다. 서투른 타악기 연주처럼 조심조심 다가오는 발소리. 조용한 진동이 느껴지면 나는 뒤꿈치가 갈라진 발을 떠올렸다. 한 번도 우리가 사는 도시를 벗어나 본 적이 없는 발. 언젠가부터 내 한 손에 꼭 쥐어지는 발. 내가 어려서부터 엄마를 따라 성당에 나가게 된 이유를 꼽으라면 그 첫 번째가 엄마의 발 때문이었다.

여름이 되어도 양말을 벗지 못하고 한여름에도 땀이 나지 않아서 늘 건조한 발이 방문 앞에서 멈추었다. 방문 밖에서는 숨을 고르는 소리가 들렸다. 다음은 메마른 발과는 달리 촉촉하게 윤기 흐르는 목소리가 울려올 차례였다. 엄마가 마루를 건너올 때까지 만이라도 이불 속에서 뭉개고 싶었던 나는 그제야 천천히 이불을 아래로 끌어내렸다. 때를 맞춰서 엄마가 나직한 목소리로 나를 불렀다.

"율희야."

나는 자리에서 벌떡 일어나며 대답했다.

"예. 일어났어요."

그 순간 콧속이 간질간질하더니 재채기가 나왔다. 그리고 말간 콧물이 가느다랗게 흘러내렸다. 나는 감기인가 생각했지만 재채기와 콧물 말고 다른 증상은 없었다.

집에서 성당까지는 빠른 걸음으로 십 분 거리였다. 하지만 한

쪽이 불편한 엄마의 다리 때문에 언제나 우리는 일찍 서둘러서 집을 나서야 했다. 그렇지 않으면 입당 성가가 시작될 때나 첫 번째 성호를 그을 때 성당 문을 들어서기 때문이었다. 그때마다 엄마는 기우뚱거리는 몸으로 어쩔 줄 몰라 했다. 성수를 묻힌 손으로 성호를 그으며 죄를 씻어 달라 청하지도 못했고 간혹 눈이 마주치는 뒷자리의 신자들에게 목례를 하며 헐렁한 자리를 살피기 바빴다. 그때마다 나는 허둥지둥 바닥을 찾아 딛는 엄마의 발을 불안한 눈으로 좇아야 했다. 양쪽이 크기가 조금 다른 발. 미사에 늦는 날이면 일주일에 한 번 새 양말에 담긴 작고 메마른 발은 비집고 들어가 앉을 만한 자리를 찾아가느라 심하게 절뚝거렸다. 그렇게 엄마의 걸음걸이가 위태로워 보이면 엄마의 팔을 붙들어 주어야 한다. 그리고 엄마 대신 헐렁해 보이는 의자를 찾아야 한다. 그때는 문에서 제일 뒷자리까지 그 짧은 거리도 왜 그렇게 멀게만 느껴지는지. 거기다 이 층에서 성가대가 부르는 성가는 어떻게 천사들이 부르는 노래처럼 들리는지. 머리 위에서 은총처럼 성가가 쏟아지면 잠시 가슴이 뭉클해지면서 나도 엄마와 함께 입당을 하고 있다는 생각이 다 들었다. 그러면 엄마는 나를 이끌며 숨이 차는 목소리로 낮게 속삭였다.

"그러게, 빨리 일어나면 좀 좋았겠니? 기왕 따라오는 거……."
"알았어요."
그리고 조금이라도 헐렁해 보이는 긴 의자 옆에 서면 사람들은 다리를 옆으로 비켜 주거나 안쪽으로 자리를 당겨 주었다. 그때마다 나는 사람들이 내준 자리에 엄마를 먼저 들였다. 내가 엄마 옆에 앉고 나면 우리는 그제야 숨이 턱까지 찬 가슴을 가만히 쓸어내리고 신부님을 따라 경건하게 성호를 그을 수 있었다. 주님의 은총이 여러분과 함께! 또한 사제와 함께!

이윽고 엄마와 나는 자동차 대리점과 웨딩 숍 앞에 다다랐다. 구불구불한 골목길을 내려와서 화강암으로 지은 다리를 건너고 천변을 따라 걸은 지 이십 분이 다 되어서야 성당이 보이는 작은 도로의 입구에 이르렀다. 자동차 대리점과 웨딩 숍 앞까지 오면 성당은 다 온 셈이었다. 이십여 미터 앞에 성당의 울타리가 푸르렀다. 저 멀리, 세종미용실까지 곧게 뻗은 도로는 도시의 복도처럼 보였다. 일요일 오전 열 시 십오 분의 시내 풍경은 정숙했다. 겨우 서너 사람이 보일 뿐인 거리. 성당 앞과 베스킨라빈스 아이스크림가게 사거리와 놀부뷔페가 있는 삼거리 군데군데 햇빛이 떨어지고 있었고 성당 앞에서 주차장을 하는 남자가 일 년 내내 쓰고 다니는 모자마저도 하얗게 눈이 부셨다.

자동차 대리점과 웨딩 숍 사이에 들어서서도 엄마는 속도를 줄이지 않았다. 엄마의 몸은 여전히 심하게 기우뚱거렸다. 약속된 시간 안에 미리 가서 앉아 있어야 직성이 풀리는 엄마의 걸음은 조급했다. 아무리 그래도 은사시나무와 뽕나무와 무궁화나무와 미루나무와 철쭉과 사과나무로 이루어진 울타리는 느리게 지나쳐졌다. 정문 앞에서는 나이든 안내봉사자가 차들을 성당 마당 안으로 안내하고 있었다. 엄마는 안내봉사자 앞에 이르러서야 비로소 걸음을 늦추었다. 내 턱 밑에서 가쁜 숨소리가 올라왔다. 바로 옆에서는 때마침 불어온 바람에 연두색 나뭇잎들이 팔랑거렸다. 나는 리본이 달린 하얀색 싸구려 단화에 들어 있는 엄마의 작은 발을 내려다보았다. 저 높은 현대 아파트 앞에서부터 엄마를 데리고 온 발이 유난히 창백하게 느껴졌다.

"발, 많이 아파?"

안내봉사자에게 인사를 하고 난 엄마는 나를 올려다보며 웃었다.

"그냥 숨이 좀 찬다."

나는 엄마의 맑고 천진해 보이는 웃음이 안쓰러워서 성당 울타리를 바라보았다. 부드러운 바람에도 여린 연두색의 나뭇잎들이 팔랑거려서 가지와 꽃을 온통 드러내고 있었다. 은사시나무 옆에서 나풀거리는 사과 꽃은 울타리에서 유일하게 피어 있는 꽃이었다. 하얗거나 엷은 분홍색의 꽃잎이 햇빛에 쨍- 하고 빛났다. 드문드문 피어 있는 작은 꽃을 보자 봄볕에 쨍- 하고 빛나던 두 개의 안경알이 떠올랐다. 동시에 콧속에서는 간질간질하면서 재채기가 터져 나오려고 했다.

나에게 봄은 사과 꽃으로 대변된다고 해도 과언이 아니다. 내가 사과 꽃을 알게 된 건 아우구스티누스 신부님 때문이었다. 일년 전 일이다. 미사가 끝난 뒤 열여덟의 내가 까리따스 나눔터에 간 엄마를 기다리며 사과 꽃을 바라보고 있을 때 누군가가 등 뒤에서 말을 걸어왔다.

"그 꽃, 무슨 꽃인지 알아요?"

조금 전까지 들었던 목소리임에도 나는 놀라서 뒤를 돌아보았다. 등 뒤에서 주임신부님이 나를 바라보며 웃고 있었다. 아, 신부님 얼굴이 이렇게 크구나. 나는 놀란 눈으로 신부님을 바라보며 고개를 저었다.

그러자 주임신부님은 얼굴만큼 커다란 손으로 작은 꽃을 만졌다. 꽃술 부근에 아주 엷은 분홍색 물이 든 꽃이었다.

"사과 꽃을 모른다고? 하긴 사과가 한 번도 열린 적이 없었다니……."

내가 생각해도 그렇게 오랫동안 성당에 다니면서 사과 꽃을 몰랐던 이유는 그 이유밖에 없을 것 같았다. 나도 물끄러미 사과 꽃을 들여다보았다. 은사시나무와 뒤엉켜 피어 있는 사과 꽃을 보자 사과나무가 성경 속의 무화과나무 같다는 생각이 들었다. 때가 되어도 열매를 맺지 못하는 나무. 나도 엷은 분홍색의 꽃을 가만히 쓰다듬어 보았다. 나뭇잎에서도 꽃잎에서도 사과 향기가 나는 것 같았다. 그래서 사과가 열린 적 없다는 말이 슬프게 느껴졌다. 그러면 이 나무도 말라 죽어야 마땅한가. 이 생각이 드는 순간 뒤를 돌아보았다. 그러나 주임신부님은 사목회장에게 가고 있었다. 나는 혼잣말로 중얼거렸다.

"신부님. 예수님이 아니라서 다행이에요."

그때 까리따스 나눔터에서 엄마가 나왔다. 엄마는 사목회장과 이야기를 나누는 주임신부님을 지나치며 인사했다. 그제야 주보의 맨 뒷장에서 보았던 주임신부님의 이름이 생각났다. 아우구스티누스 김진욱 주임신부. 잠시 이 긴 이름이 입안에서 맴돌았다. 그러자 내 입에서도 사과 향기가 나는 것 같았다. 순간 갑자기 세상의 명도가 높아지고 사과 향기는 눈길이 닿는 모든 곳까지 퍼져 날아갔다. 초등학교에 다닐 때, 아버지가 살아 있었을 때, 아버지가 가끔 엄마 몰래 준 용돈으로 만화책방을 드나들었을 때. 골목의 어두컴컴한 책방에서 보았던 만화의 한 장면이 떠올랐다. 소녀 혹은 소년이, 소년 혹은 소녀를 처음 만났을 때 사방에 흩날리는 꽃잎들.

　지금까지 내가 가장 열심히 성당에 나갔던 때를 꼽으라면 그 때는 두 말 할 것도 없이 아우구스티누스 신부님이 주임신부로 있었던 때였다. 아우구스티누스 신부님이 사과 꽃을 가르쳐 주 던 그 봄부터 도시의 교구청으로 떠나기 전까지. 하지만 아우구 스티누스 신부님의 강론이 그렇게 강렬하지 않았다 해도 내가 그의 이름에서 사과 향기를 느낄 수 있었을까, 그럴 일은 없을 것 같았다.

　한반도의 사과 꽃이 무수히 피어나기 시작하는 어느 일요일. 아우구스티누스 신부님은 여느 날보다 천천히 강론을 시작했다. 아우구스티누스 신부님이 입을 연 것은 이백여 명에 가까운 신 자들과 일일이 눈을 맞춘 뒤였다.

　"신부는 사람을 죽이는 사람입니다."

　밑도 끝도 없이 불쑥 던져진 이 말에 나는 깜짝 놀랐다. 이백 여 명 모든 신자들의 등도 꼿꼿하게 느껴졌다. 엄마의 두 눈도 커다랗게 벌어졌다. 하지만 누구도 대놓고 왜냐는 질문은 하지 않았다. 놀라긴 했지만 신부님의 말은 절대적이라고 생각했기 때문이었다. 이백여 명의 신자들은 고요한 침묵으로 자신들의 물음을 대신했다. 신부가 사람을 죽이는 사람이라니, 어떻 게……. 모두가 아우구스티누스 신부님의 다음 말을 기다렸다. 아우구스티누스 신부님은 또다시 일일이 모든 신자들과 눈을 맞추었다.

"종부성사는 마지막 도유(extrema unctio)를 번역한 것으로 병자성사라고도 하는데, 종부성사를 하다 보면 신부가 도착하기 전까지는 가쁜 숨을 몰아쉬며 어떻게든 살아 있던 사람이 신부의 얼굴을 보자마자 숨을 거두어 버리는 경우를 종종 겪게 됩니다. 왜일까요? 저는 그들이 신부에게서 생의 마지막에 대한 안도감을 얻기 때문이 아닐까 생각했습니다."

그날 내가 들은 강론은 이것이 전부였다. 분명히 아우구스티누스 신부님은 십여 분에 걸쳐 강론을 했다. 하지만 그 모든 말들이 내게는 '신부는 사람을 죽이는 사람입니다.' 라는 말로 들렸다. 엄마만큼 성당에 다니지는 않았지만 그동안 이런 강론은 처음이었다. 미사가 끝난 뒤 나는 아버지의 죽음을 생각했다. 내가 보지 못한 아버지의 죽음. 머릿속에는 아우구스티누스 신부님이 누워 있는 아버지의 이마에 성유를 바르는 그림이 그려졌다. 그러나 엄마는 아버지를 저 세상으로 보낸 뒤 세례를 받았다.

그리고 나는 열여덟에 청소년레지오단체에 가입했다. 그 단체는 아우구스티누스 신부님이 지도하는 단체였다. 하지만 아우구스티누스 신부님은 겨울이 오기 전에 교구청으로 떠났고 대신 베드로 신부님이 주임신부로 왔다.

엄마와 말간 콧물을 흘리는 나는 맨 뒷자리에 앉아 베드로 신부님의 강론을 경청했다. 강론을 들을 때마다 느끼는 것이지만 베드로 신부님의 목소리는 성악 가수나 팝페라 가수가 되었어도 좋을 목소리였다. 그러나 강론이 아우구스티누스 신부님처럼 강렬하지 않았다. 베드로 신부님의 강론은 언제나 부드럽고 다정했다. 적절한 비유와 조리 있는 전개에 이해가 쉽게 전해지는 강론 내용. 그 때문인지 베드로 신부님이 강론을 하면 여기저기서 탄식하듯 아멘! 하고 부르짖는 소리가 끊이지 않았다. 아멘! 아멘! 심지어 엄마는 두 손을 꼭 마주 잡고 머리를 조아리기까지 했다.

마이크의 키를 맞춘 베드로 신부님은 먼저 일주일 동안의 안부를 물었다. 그리고 준비한 A4 용지를 펼쳤다. 강론할 내용을 요약한 A4 용지에서는 강론을 준비하느라 고심했을 베드로 신부님의 밤이 읽혀졌다. 베드로 주임신부님은 홀로 된 노모가 차려 주는 저녁 식사를 마친 뒤 사목회 회원들과 시간을 보낸다. 시간을 보내는 방식에 대해 여러 말들이 있긴 하지만 확인된 바는 없다. 사목회 회원들은 아홉 시나 열 시쯤 돌아간다. 네댓 명의 회원들이 돌아가고 나면 그제야 베드로 신부님은 책장과 책상과 구형 데스크 탑 한 대가 가구의 전부일 사제관의 이 층에 올라가 불을 밝힌다. 한 번도 목욕을 시킨 적이 없어서 본래 털색깔을 알아볼 수 없는 발발이가 가끔 짖어 대는 밤, 불은 자정 무렵이나 자정이 넘어야 꺼진다. 내가 읽은 베드로 신부님의 밤은 직접 보았던 장면에다 들어왔던 이야기와 직접 밝힌 이야기가 더해진 것이었다.

미사를 집전하는 동안 베드로 신부님의 몸은 오른쪽으로 기울어졌다. 베드로 신부님은 강론할 때 강단에 팔을 짚고 무릎을 기댔다. 강단에 기대는 다리는 스물세 살 때 불이 나서 붕괴된 건물의 잔해에 깔렸던 다리라고 했다. 그러나 인명은 구하지 못하고 자신만 죽음의 문턱을 구경했노라고 베드로 신부님은 부임 첫날 강론의 말미에서 밝혔다. 그리고 그렇게 무모했던 이유를 이렇게 말했다. "그건, 그곳에 제가 있었기 때문이었어요. 그래서 불 속에 뛰어들 수밖에 없었죠. 불에 탄 건물이 무너질 거란 것도 몰랐고."

이 말에 나는 누구보다 깊이 공감했다. 아버지도 단지 공사장을 지나고 있었다는 이유로 죽었기 때문이었다. 뚫린 안전망을 통해서 시멘트 벽돌 하나가 아버지의 머리 위로 떨어졌다고 엄마에게 들었다. 병원에서 하룻밤도 넘기지 못하고 숨을 거둔 아버지. 아버지의 마지막을 지킨 엄마는 또 식당 일을 끝내고 집으로 돌아오다 질주하는 오토바이와 부딪혀 다리가 부러지고 말았다. 하필, 그 시간에 그 도로의 횡단보도를 건너고 있었다는 그 이유 하나만으로.

베드로 신부님은 미사를 마치기 전에 공지사항을 전했다. 나는 코가 간질간질할 때마다 손수건으로 코를 틀어막으며 공지사항을 들었다. 언제나 그렇듯 공지사항은 주보 뒷면을 빼곡하게 채우고 있었다. 화요일에 성경공부를 하는 모임이 있습니다. 안나회 모임은 수요일입니다. 산악회에서는 금요일에 산행을 한다고 합니다. 그리고……. 성당 안에는 잠시 정적이 흘렀다. 베드로 신부님이 갑자기 말을 끊은 이유는 간단했다. 한참 계속되던 이야기가 갑자기 끊어지면 듣는 사람의 관심은 더 높아지기 마련이었다. 모든 사람의 고개는 베드로 신부님에게 집중되었다. 조바심을 유발하는 정적은 몇 초간 지속되었다. 그리고 성당 안의 사람들이 정물처럼 느껴질 무렵 사람들과 일일이 눈을 맞춘 베드로 신부님은 잠깐 헛기침을 했다.

"다음 공지사항은……, 여러분의 도움이 필요한 일입니다. 잘 듣고 많은 도움 주시기 바랍니다."

이런 식의 공지사항은 주로 어느 곳에 도움이 필요할 때 하는 방식이었다. 베드로 신부님은 미사의 진행을 돕는 사회자가 있는 쪽을 향해 손을 내밀었다. 이백여 명의 시선이 베드로 신부님의 손끝을 좇아갔다. 모든 사람의 호기심 어린 시선과 베드로 신부님의 손끝은 또 다른 사제의 머리 위에서 만났다. 고개를 숙인 채 주먹 쥔 손으로 입을 가리고 헛기침을 하는 듯 하는 모습이 어딘가 낯익다는 생각이 들었다. 그때 앉은키도 작은 엄마는 내게 몸을 기울여 이렇게 속삭였다.

"저번 때처럼, 또 어느 공소를 짓는데 부족한 자금을 모으러 왔나 보다. 이번에는 또 뭘 팔러 왔을까?"

앞 사람의 앉은키가 너무 커서 엄마에게는 고개 숙인 신부님의 모습이 보이지 않은 모양이었지만 나는 아무 말도 하지 못했다. 주먹 쥔 손으로 입을 가리고 마이크 앞에 서는 신부님은, 마이크 앞에 이르러서야 고개를 드는 신부님은, 다름 아닌 아우구스티누스 신부님이었기 때문이다.

아우구스티누스 신부님이 고개를 들자 가슴이 마구 뛰기 시작했다. 심장의 펌프질에 가속도가 붙기 시작할 때, 점점 팽창하는 가슴이 느껴질 때, 나는 가만히 엄마를 불렀다.

"엄마! 아우구스티누스 신부님이에요."

엄마는 내 말을 잘 알아듣지 못했다.

"누구?"

나는 활짝 펼친 손으로 입을 가리고 엄마에게 몸을 기울였다.

"아우구스티누스 신부님이요."

생각보다 엄마는 놀라지 않았다. 나는 그런 엄마를 의아하게 생각하지 않았다. 엄마는 한 번도 사과 꽃을 눈여겨본 적이 없었다. 당연히 사과 꽃에서 사과 향기가 느껴진다는 것도 모를 터였다. 이백여 명의 사람들이 우리 모녀의 존재를 잘 모르는 것처럼. 사람들은 성탄절의 자정미사 때 한 탁자에서 떡국과 돼지고기숯불구이를 먹으면서도 말 한 마디 섞지 않는다. 엄마의 걸음걸이는 언제나 눈에 띄지만 눈여겨보거나 기억하는 사람도 드물었다. 우리 모녀는 분명히 일요일마다 긴 의자의 일부분을 차지하곤 했지만 알아보는 사람은 손으로 꼽기 어려웠다. 그래서 슬프다고 느꼈던 적은 없었지만 놀라지 않는 엄마를 보니까 그냥 그런 생각이 났다.

아우구스티누스 신부님은 잠시 침묵으로 인사를 건넸다. 굳게 다물고 있는 입 때문에 짧은 침묵은 백 마디의 말보다 강렬했다. '우리는 주일마다 서로 평화를 빌어 주는 인사를 나누죠. 그 인사처럼 모두 평화롭게 보이는군요. 하지만 여러분이 도움을 주실 곳은 평화롭지 않습니다. 결코.' 딱딱하게 경직된 어깨에서는 대충 이런 말들이 전해졌다. 오만하고 상대를 나무라는 듯 보이는 침묵이었다. 나태하고 타성에 젖은 믿음을 질책하는 것처럼 보이기도 했다. 아우구스티누스 신부님에게서는 더 이상 사과 향기가 느껴지지 않았다. 세상의 명도도 그대로였다. 한반도의 사과 꽃들은 한창 꽃망울을 펑펑! 터뜨리고 있는데. 대체 무슨 말을 하려는지, 침묵은 산처럼 크고 또 무거웠다.

나는 고개를 숙였다. 엄마의 작은 발이 눈에 들어왔다. 일주일에 하루, 안식일에 참석하기 위해 수년 동안 작은 시장 입구에서 어둑해질 때까지 푸성귀를 파는 엄마의 발. 팔다 남은 푸성귀로 딸의 저녁을 짓기 위해 허둥지둥 골목을 오르곤 하는 엄마의 발. 의자 그늘 아래서 작은 발은 더 작아 보였다. 큰 맘 먹고 마련했을 만 원짜리 구두 속에서 꺼내 만지고 싶은 발. 아우구스티누스 신부님은 비장하게 침묵을 깼다.

"저는 얼마 전에 아프리카의 어느 작은 마을에 다녀왔습니다."

나는 나도 모르게 고개를 번쩍 들었다. 아프리카? 교구청이 아니고 아프리카라고? 아우구스티누스 신부님이 말한 아프리카는 마치 이웃 동네의 이름처럼 들렸다. 비행기를 타고 수천수만 킬로미터를 달려가야 다다를 수 있는 대륙이 아니고 잠깐 틈 내서 택시를 타고 다녀올 수 있는 그런 곳. 하지만 대여섯 달이라는 시간은 비행기를 타지 않고도 아프리카가 아니라 전 세계라도 다 돌아볼 수 있는 긴 시간이었다.

"그 마을에는, 한 집에 아이들이 보통 아홉열 명씩 됩니다. 열 명이 넘는 가족이 한 공간에서 끼니를 끓여 먹고 잠을 자죠. 먹을 것은 대체로, 커다란 그릇에 끓여서 함께 손으로 집어 먹습니다. 어른 두 사람이 먹을 수 있는 양을 온 식구가 나눠 먹는 것입니다. 한 번도 씻은 적 없는 것처럼 보이는 그릇에다요."

'그 마을에는' 이라는 말에는 아우구스티누스 신부님이 다녀온 마을이 정말 강원도 산골의 오지처럼 들렸다. 그 이웃 마을의 정황은 딱했다. 아낙들은 맨발로 물을 길어 오고 샘물은 겨우 바닥을 드러내지 않을 정도라고 했다. 여벌의 옷은 물론 상상도 할 수 없는 사치였다. 아우구스티누스 신부님의 목소리는 격앙되었다. 침묵으로 예비했던 전언 속에는 또 울음을 예비하고 있었다. 아우구스티누스 신부의 얼굴은 곧 터질 것처럼 붉었다.

하지만 이백여 명의 사람들은 잔잔했다. 두 손을 앞으로 가지런히 모으고 등을 꼿꼿하게 세워서 다만 먼 이웃 마을을 다녀온 신부님의 말을 경청할 따름이었다. 마치 신부님의 말을 따라 눈으로 주보를 읽듯 아프리카의 공지사항을 들었다. 아우구스티누스 신부님의 말은 아프리카의 대기처럼 뜨겁고 눅눅했다. 많은 사람들은 잘 느끼지 못했지만, 그의 숨결에서는 기린이나 물소 혹은 코끼리 냄새가 났다. 이상하게 이웃 마을 주민의 체취나 함께 먹은 음식 냄새가 아니라 초식동물의 냄새였다. 수천수만 킬로미터를 날아온 동안 옅어지긴 했을 것이나 그의 숨결에는 아직도 초식동물의 체취가 남아 있었다. 그가 울분을 토하듯 그 먼 이웃 마을의 정황을 말할 때 그가 허파에 담아 온 초식동물의 냄새는 성당 안에 가득 퍼졌다. 그러나 희미한 냄새는 이백여 명의 체취에 곧 희석되어 버렸고 이백여 명의 사람들은 빨리 미사가 끝나기를 조용히 기다렸다. '주여!' 나 '아멘!' 도 부르짖지 않았다.

그럼에도 먼 이웃 마을의 토속어로 말해진 그 마을 소녀의 바람을 아우구스티누스 신부님은 한국어로 옮겼다. 아우구스티누스 신부님의 통역은 직역과 의역이 섞였다. 독일유학파답게 한국어와 영어와 독일어를 구사하는 신부님은 그 마을의 토속어밖에 모르는 소녀의 말을 옮기는 데 최선을 다했다.

"한창 자라는 나이에 있는 소녀는 이렇게 말합니다. '우리는 늘 배가 고파요. 뭐든지 실컷 먹고 싶어요.' 그 소녀는 음식물 쓰레기라는 말을 모른답니다."

의역된 먼 이웃 마을 소녀의 말에 사람들은 자신들의 집에 있는 음식물 쓰레기통을 생각했다. 아마도 미처 먹지 못해 썩어 버린 과일과 생선이나 빵 따위가 들어 있을 음식물 쓰레기통. 나는 채소 뿌리와 겉잎, 그리고 퉁퉁 불은 라면 가닥이나 밥알 몇 개가 들어 있는 우리 집 쓰레기통을 생각했다. 하지만 직역된 그 먼 이웃 마을 소녀의 말에도 사람들의 등은 무표정했다. 그저 성실하게 의무를 이행하듯 미사가 끝나기를 기다리는 이백여 명의 등에서는 지루함이 흘러내렸다.

아프리카의 열기를 머금었던 신부님의 열정은 피부가 검고 팔다리가 앙상한 소녀의 말을 옮긴 뒤 식어 버렸다. 그래서 신부님이 마지막 끝을 맺는 말은 풍선에서 바람이 빠지는 소리처럼 들렸다.

"그 마을은 이름이 없습니다. 그래서 사람들은 부족의 이름을 붙여 마을 이름을 지어 부르고 있습니다. 그 마을의 아이들이 기다리고 있습니다. 우리가 도와주지 않으면 그들은 죽습니다. 부디……"

아우구스티누스 신부님은 말을 다 끝맺지 못했다. 다만 마이크 앞으로 올라올 때와 마찬가지로 주먹 쥔 손으로 입을 가리고, 나무로 조각된 예수님이 매달린 나무 십자가 아래 보좌신부의 자리로 물러났을 뿐이었다. 마이크 앞에서 물러난 아우구스티누스 신부님 앞에는 다시 커다란 침묵의 바다가 가로놓였다. 이상하게 그 순간 오래전 아우구스티누스 신부님이 했던 말이 떠올랐다. '신부는 사람을 죽이는 사람입니다.' 그 먼 이웃 마을 사람들에 게 아우구스티누스 신부님은 이 말을 하지 않은 것 같았다.

베드로 신부님은 손을 높이 들어 이백여 명 신자들의 축복을 빌었다. 그리고 미사가 모두 끝났다. 이상하게 아프리카의 공지 사항을 듣는 동안에는 재채기가 나오지 않았다.

마을의 이름이 없어서, 부족의 이름이 마을의 이름이 된 그 먼 이웃 마을은 아프리카에 있는 수많은 부족 마을 가운데 하나 였다. 외우기도 어렵고 잘 외워지지도 않는 마을의 이름들. 피부 색만큼이나 서로 닮은 마을들. 그 숫자는 대륙을 휩쓸고 다니는 동물들의 숫자와 비슷할지도 모른다. 아우구스티누스 신부님은 그렇게 많은 마을 가운데 한 마을을 다녀왔다. 그리하여 멀고도 낯선 그 마을은 우리의 이웃 마을이 되었다. 아우구스티누스 신 부님의 공지사항 속에서 아주 잠깐, 동안 이웃이 되었던 그 먼 마을을 사람들은 오래 기억하지 않았다. 맨 뒤 의자 뒤에 놓인 바구니에는 드문드문 돈이 들어갔다. 바구니에 들어간 돈은 모 두 천 원짜리였다.

내 손을 잡은 엄마는 습관처럼 맨 뒤에 줄을 섰다. 세 개의 통 로를 가득 채웠던 사람들은 출입구에서 사탕 바구니를 들고 있 는 베드로 신부님과 인사를 나눈 뒤 한 줄로 성당을 빠져나갔다. 초등학교에 다니거나 아직 다니지 않는 아이들의 손에는 츄파춥 스가 들려졌다. 줄은 매우 느리게 줄어들었다. 주보도 천천히 출입문 옆에 도로 쌓였다. 애당초 회수되기 위해 제작되었던 것처럼. 주보를 다른 주보 위에 올려놓은 사람들은 까리따스 나눔터 앞에 마련된 차를 마시며 사람들과 이야기를 나누다, 걷거나 차를 타고 돌아갔다. 이야기를 나누거나 말을 붙이는 상대는 자신보다 조금 더 부자이거나 사회적 지위가 있는 사람들이었다. 그 먼 이웃 마을 주민들을 위한 모금 바구니에 더 많은 돈을 넣은 사람은 관심을 두지 않았다. 엄마는 바구니에 만 원짜리 지폐를 넣은 유일한 사람이었지만 엄마에게 뜨거운 매실차를 권하는 사람은 일일 자원봉사자뿐이었다.

우리는 김이 모락모락 나는 종이컵들이 즐비한 탁자 앞에서 차를 마셨다. 미사를 보듯 경건하고 조용하게. 차를 마시는 동안 우리를 아는 체 하거나 말을 거는 사람이 아무도 없었으므로. 엄마와 나는 우리끼리 말을 주고받았다. 차를 다 마신 엄마는 나를 돌아보고 말했다.

"화장실 좀 다녀오마."

나는 남은 차를 재빨리 목으로 넘기며 정문 옆의 등나무 아래를 가리켰다.

"저기서 기다리고 있을 게요."

엄마는 고개를 끄떡이고 화장실로 갔다. 나를 깨우기 위해 집에서 마루를 건널 때처럼 부드러운 걸음걸이가 아니었다. 빠르게 내딛는 걸음걸이 때문에 쿵쿵! 지표면이 울리는 것 같았다. 아우구스티누스 신부님의 공지사항 속에서 만난 그 먼 이웃 마을까지 다다르기에는 다소 미약한 그 진동에 나는 말없이 귀를 기울였다.

나는 등나무 아래서 엄마를 기다렸다. 등나무에는 벌써 꽃망울이 부풀어 오르는 등나무 꽃이 주렁주렁 걸려 있었다. 바람이 불어오면 곧 떨어질 것처럼 등나무 꽃은 위태롭게 흔들렸다. 엄마도 걸을 때마다 세상이 바람에 흔들리는 등꽃 같다고 느낄지 모르겠다는 생각이 들었다. 내가 열세 살 때, 그러니까 내가 만화책을 아버지 얼굴만큼 잊어버리게 되었을 때, 그때부터 그렇게 느껴 왔을지도 몰랐다.

바람이 불 때마다 등나무 꽃의 꽃봉오리는 아주 조금씩 부풀어 오르고 있었다. 성당에 온 사람들은 모두 등나무 꽃을 알아보았다. 아직 피지도 않은 꽃을. 한 번씩 돌아보며 감탄사를 연발했다.

"어? 등나무 꽃이네? 얼마 안 있으면, 곧 꽃이 피겠다."

"정말!"

나는 등나무 아래를 벗어났다. 엄마가 아직 화장실에서 돌아오지 않고 있었기 때문에 등나무 옆으로 비껴났다. 그리고 또 엄마를 기다렸다. 바로 옆에 서 있던 까만색 자동차가 갑자기 시동을 걸더니 곧바로 성당을 떠났다. 잊었던 재채기가 또 터져 나왔다. 나는 콧물을 닦고 맞은편에 서 있는 성모 마리아님을 바라보았다. 파티마의 성모상. 성모 마리아님의 머리 위에서 햇빛이 환하게 부서져 내리고 있었다. 햇빛 때문에 나는 누구에게든 말을 걸고 싶어졌다. 많은 사람들의 언저리에 서 있는 나에게 누군가 문득 말을 걸어왔으면 싶기도 했다. 나는 성모 마리아님을 불렀다. 언제나 그렇듯 성모 마리아님은 자애로운 눈빛을 띠었다. 엄마가 좀 늦네요. 이런 적이 없었던 것 같은데……. 사제관을 돌아 나온 바람이 성모 마리아님 뒤에 있는 소나무를 흔들었다. 이해해요. 엄마는 다리가 불편하니까. 또 한 대의 자동차가 성당을 빠져나갔다. 사람들한테 물어보고 싶지만 사람들은 엄마를 잘 몰라요. 엄마가 다쳤을 때 성당에 나오는지 안 나오는지도 몰랐으니까. 최근 들어 가장 햇빛이 맑고 화창한 날이었다. 성모 마리아님의 손에서 햇빛이 주르륵 흘러내렸다. 이상하게 전요. 아직도 여기만 오면 외롭답니다. 엄마도 그럴까요? 참새 서너 마리의 무게에 소나무 가지가 출렁거렸다. 아무래도 엄마에게 물어봐야겠어요. 그때 무슨 일 때문인지 베드로 신부님이 혼자서 텅 빈 성당으로 들어가고 있었다. 문득 모금함 바구니에 엄마가 넣은 만 원짜리 지폐가 떠올랐다. 아무래도 엄마는 너무 많은 돈을 냈다. 그 먼 이웃 마을이 아프리카 어디에 있는지도 모르면서. 성모 마리아님이 밟고 있는 긴 뱀이 꿈틀거리는 것도 같았다. 하지만 그건 어디선가 날아온 꽃잎을 잘못 본 것이었다. 그런데도 무엇 때문인지 발이 좀처럼 바닥에서 떨어지지 않았다. 무심코 돌아본 눈에 까리따스 나눔터에서 나오는 엄마가 보였다. 엄마는 분명히 화장실에 갔었는데. 내가 열세 살 때, 무릎이 부서지고 다리가 부러졌던 엄마. 가해자도 엄마도 돈이 없어서 끝내 메말라 버린 발. 우리 집은 이 도시의 아프리카였다. 참, 아우구스티누스 신부님의 모습은 그새 아프리카로 갔을까, 어디에도 뚱뚱한 아우구스티누스 신부님의 모습은 보이지 않았다. 성당 마당도 점점 텅 비어 가고 있었다. 가방에 또 무엇을 사서 넣었는지 엄마는 유난히 기우뚱거리는 걸음으로 나에게 다가왔다. 엄마의 걸음이 너무 느려서 나는 배가 고팠다. 눈도 시큰해졌다.

내 눈이 시큰한 건 모두가 햇빛과 바람 때문일지도 모르겠다는 생각이 들었다. 바람이 너무 부드럽고 햇빛이 또 너무 맑아서 나는 갑자기 엄마에게 소리쳐 외치고 싶었다.

'엄마! 우리 아프리카에 가면 안 될까요? 점심은 멸치를 듬뿍 넣어 끓인 국수 말고 더 맛있는 것을 먹고요. 예를 들면 포크커틀릿 같은 거요.'

엄마가 나를 보고 웃었다. 엄마의 입술이 달싹이는 것 같은데 엄마의 말은 하나도 들리지 않았다. 사방에서 펑펑! 꽃망울 터지는 소리가 엄마의 말을 다 먹어 버렸다. 아프리카에 가면 우리는 부자 축에 낄 거예요. 내 목소리도 음소거가 되어 버린 것 같았다. 목젖이 간지러웠다. 엄마. 거기에 가면 아우구스티누스 신부님을 만날 수 있을지도 몰라요. 그런데 햇빛이 너무 눈부셔요. 엄마는 계속 웃으며 걸어오고 있었다. 이번에는 콧속이 간질간질했다. 어디선가 날아온 꽃가루가 자꾸 콧속을 후비는 것 같았다. 재채기를 하고 싶지 않은데, 그런데 콧속이 너무 간지러워서 눈물이 나오려고 그랬다. 나는 눈을 질끈 감은 채 쉬지 않고 숨을 들이마셨다. 그러자 가슴이 점점 부풀어 올랐다. 자전거 바퀴처럼. 허파에 더 이상 햇빛과 바람을 주입할 수 없을 때, 내 입에서는 자전거 바퀴 터지는 소리가 터져 나오고 말았다.

"으-취!"

너무 큰 재채기 소리에 엄마는 자지러질 듯이 놀랐다.

나는 엄마에게 아프리카 이야기는 입도 뻥긋하지 않았다. 아프리카는 비행기 속도로도 열두 시간이 넘는 거리에 있는 곳이고 당장은 배가 고팠다. 우리는 곧장 집으로 가는 대신 돈가스 전문점으로 갔다. 병원처럼 약국도 문을 연 곳이 없어서 우리는 그럴 듯한 곳에서 점심을 먹고 집으로 돌아가기로 했다. 콧속은 식당에서도 어김없이 간질거렸고 잊을 만하면 콧물이 줄줄 흘러 내렸다. 엄마는 튀긴 돼지고기 한 점을 우물거리다 말고 냅킨을 집어서 건네주었다. 네모반듯하게 두 번 접어진 냅킨에는 장미 한 송이가 그려져 있었다.

"꽃가루 알레르기인 것 같구나."

나는 엄마가 준 냅킨으로 코를 풀었다. 콧물은 점액성이 없었 다. 그냥 물이었다.

"설마요. 작년에는 멀쩡했는걸요."

"그런 건 사랑처럼 갑자기 오는 거란다."

엄마는 냅킨으로 입을 닦았다. 기름에 튀겨진 빵가루가 하얀 냅킨에 묻어 나왔다.

"맛있구나. 이게, 돈가스라고?"

우리는 접시를 깨끗하게 비웠다. 아버지가 저세상으로 떠난 뒤 처음으로 가진 외식자리를 엄마와 나는 경건하고 정중하게 끝냈다. 엄마는 멸치를 듬뿍 넣고 끓인 국수가 아니라서 정중했 고 나는 내가 처음 번 돈으로 마련한 식사 자리라서 경건했다. 그렇게 정중하고 경건한 자리는 커피로 마무리되었다.

식당을 나서기 전 엄마는 또 냅킨을 챙겼다. 투명한 플라스틱 용기에 꽂혀 있는 냅킨을 한 줌이나 가방에 집어넣었다. 덕분에 가방에 들어 있던 주보가 귀퉁이로 삐져나왔다.

"사방이 꽃가루 천지잖니? 또 필요할 거다."

나는 성당 앞에서 또 재채기를 했다. 이번에도 큰 것을 제대로 한 방 터뜨린 느낌이었다. 얼마나 큰 재채기였는지 눈앞에서 하얀 꽃들이 펑펑! 터지며 하늘로 날아오르는 것 같았다. 성당의 울타리 위로 반짝반짝 빛나며 날아오르는 꽃들. 꽃들은 가장 큰 미루나무 끝에서 사라졌다. 엄마가 냅킨을 내밀었다. 시장에서 산 싸구려 가방에서 꺼내 준 냅킨에 코를 묻는데 누군가 나를 부르는 소리가 들렸다. 나는 코를 풀다 말고 귀를 기울였다. 그리고 목소리의 주인이 누군지 금방 알아차렸다. '신부는 사람을 죽이는 사람입니다.' 내가 눈이 멀게 되면 아우구스티누스 신부님을 찾을 수 있는 것은 이 말투와 목소리뿐일 것이었다. 나는 코 주위에 묻은 콧물을 대충 닦으며 눈을 들었다. 거짓말같이 눈앞에서 아우구스티누스 신부님이 웃고 있었다. 콧물은 또 가느다랗게 입꼬리까지 흘러내렸다. 나를 보다 못한 엄마는 가방에서 또 냅킨을 꺼내서 건네주었다.

"이따 나눔터 이 층 식당에서 모임이 있다는데. 참석할 거지?"

아프리카의 열기가 제거된 아우구스티누스 신부님은 예전 그대로였다. 통통한 볼과 넓은 이마. 테가 두꺼운 안경에 약간 곱슬곱슬한 머리. 그리고 짧고 굵은 목. 내가 모임에 가면 엄마는 혼자서 기우뚱거리며 집으로 돌아가야 했지만 나는 고개를 끄떡였다. 등 뒤에서 불어온 바람에 머리카락이 마구 흩날렸다. 사월의 햇빛에 아우구스티누스 신부님의 얼굴이 그을리고 있었다. 머리카락을 마구 헤집는 바람에도 머리칼이 단정한 아우구스티누스 신부님이 또 웃었다.

"네 연락처를 아는 애들이 없어서 한참 찾았다. 그동안 내가 얼마나 보고 싶어 했는지 아니?"

순간 나는 내 귀를 의심했다. 내가 보고 싶었다니. 아우구스티누스 신부님은 하지 말았어야 할 말을 했다는 생각이 들었다. 이런 말은 믿으면 안 된다, 그러자 또 콧속이 간지러워지기 시작했다. 그때, 누구라도 먼 이웃 마을에 다녀오면 이런 말을 할 수밖에 없으리라는 생각이 떠올랐다. 어쩌면 모임의 정원을 채우기 위한 말일지도. 신부님은 거짓말을 하는 사람이 아니지만 바람이 그렇게 통역을 하고 있었다. 봄은 거짓말이 꽃보다 더 많이 피어나는 계절이니까. 나는 아우구스티누스 신부님에게 무슨 말인가를 하려고 했다. 하지만 그보다 먼저 재채기가 터져 나와 버렸다. 엄마는 기우뚱거리는 걸음으로 자동차 대리점과 웨딩 숍을 향해 가다가 나를 돌아보았다.

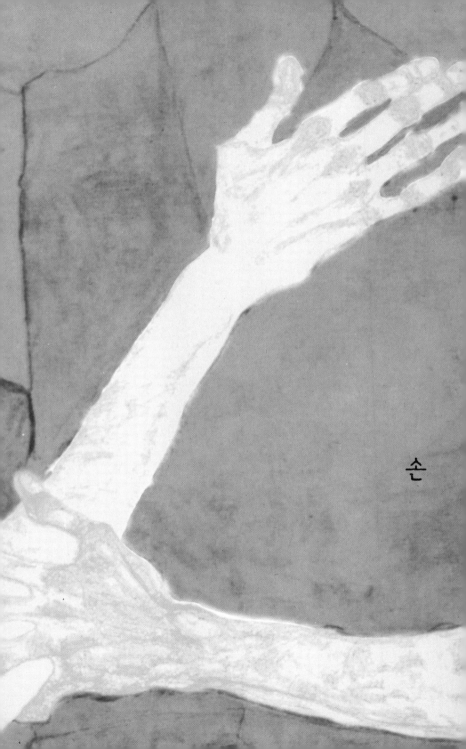

당신은 키가 큰 편이었다. 당신이 베드의 구멍에 얼굴을 묻자 당신의 발등이 베드 끝에 걸쳐졌다. 굵은 발목과 큰 발이 한눈에 들어왔다. 나는 베드 양쪽으로 늘어뜨린 당신의 손도 내려다보았다. 당신은 작은 얼굴에 비해 모든 골격이 굵직굵직하고 컸다. 수기실의 문을 열고 들어설 때의 당신을 생각하면 시각적인 차이가 많이 났다.

　　수기치료실의 문을 열리고 당신이 고개부터 들이밀 때 나는 와이와 제이와 케이와 함께 커피를 마시고 있었다. 이야기는 시시한 농담이 대부분이었다. 자정 무렵 술집을 나온 와이가 케이를 닮은 뒷모습을 보고 뒤쫓았더니 케이가 맞더라는 이야기를 할 때 수기실 문이 조용히 열리는 소리가 들렸다. 그리고 복도의 공기가 안으로 스미듯 당신이 들어섰다.

　　순간 떠들썩하던 수기치료실은 갑자기 조용해졌다. 스물다섯의 와이에게서는 숨소리마저 들리지 않았고 모두의 시선은 당신에게로 향했다. 당신은 볼썽사납게 일그러진 얼굴을 하고 있었다. 윗입술과 왼쪽 볼은 퉁퉁 부어올라 있었고 피가 말라붙은 상처가 보였다. 당신은 손으로 흉측하게 부어 있는 얼굴을 가리며 접수증을 내밀었다.

접수증을 받은 나는 숨이 멎는 것 같았다. 폭설이 내리던 날 눈 속으로 사라져 버린 당신이 다시 굿모닝 코리아로 돌아간 것만 해도 가슴이 벅찬데 내가 있는 곳을 찾아줄 줄은 꿈에도 몰랐기 때문이다. 하지만 나는 당신을 똑바로 바라보지 못했다. 함박눈이 펑펑 쏟아지던 그날 밤의 풍경이 선명하게 떠올라서 시선을 접수증에다 두기만 했다.

모두가 정지된 화면처럼 당신을 바라보고 있을 때 나는 당신이 내민 접수증을 들여다보았다. 접수증에 적힌 당신의 이름은 둥글었다. 은이영. 나는 일지에 당신의 이름을 적으며 속으로 가만히 불러보았다. 어쩐지 당신의 이름은 당신과 잘 어울리지 않는다는 생각이 들었다. 내가 볼 때 당신은 레드 칼립소였다. 그런데 레드 칼립소에게 은이영이라니, 부드러워도 너무 부드러운 이름이었다. 그러나 나는 잠자코 당신을 나에게 지정된 베드로 안내했다.

"여기, 엎드리세요."

나는 당신이 베드로 올라가기 전에 녹색 수건을 얼굴 크기의 구멍에 둘러 주었다. 녹색 수건은 환자들의 이마나 볼이 베드에 직접 닿지 않도록 둘러 주는 것이었고 얼굴을 묻는 구멍은 환자들이 고개를 돌리지 않고도 자유로운 호흡을 하도록 하기 위한 것이었다. 나와 맞은편에 서 있던 당신은 내가 허리를 펴자 곧바로 구멍에 얼굴을 묻고 엎드렸다.

당신의 등은 바람이 잔잔한 한낮의 들판처럼 고요해 보였다. 이름처럼 둥그스름한 당신의 등. 엄지발가락이 허공에 들려 있는 당신의 발뒤꿈치도 둥글었고 평균 여자들보다 커 보이는 발은 꽤 두툼했다. 당신의 발은 노란색 면 셔츠 위에서 푸르게 빛나는 머리칼 다음으로 눈길을 끌었다. 나는 당신의 복숭아 뼈에 닿는 바지를 반듯하게 펴서 잡아당겼다. 폭설이 내리던 날, 내가 보았던 것 말고 또 무슨 일이 있었는지 알고 싶은 내 손에는 필요 이상의 힘이 들어가 있었다. 당신은 반사적으로 허리춤을 잡았다. 나는 괜히 머쓱해서 헛기침을 했다.

"어디가 어떻게 불편해서 오셨을까요?"

목이 멘 것 같은 당신의 대답은 멀고도 아득하게 들려왔다. 엎드린 당신의 인후를 힘겹게 넘어와서 베드 아랫바닥을 치고 올라오는 목소리를 나는 겨우 알아들었다.

"허리가 아파요. 어깨는 팔을 들어올리기 힘들고요."

나는 둥글고 두툼한 당신의 발뒤꿈치를 잡고 양옆으로 젖혀 눌렀다. 당신의 신음이 베드 아래서 힘겹게 들려왔다. 상체의 무게를 실은 내 힘에 당신의 발과 다리가 팽팽하게 긴장하고 있었다. 그러나 이건 전초전에 불과했다. 그 점을 나는 당신의 바지를 다시 내려 주는 것으로 알려 주었다.

그때 입원 환자들이 우르르 몰려들었다. 하다 만 이야기를 이어가던 와이와 제이와 케이도 녹색 수건을 베드의 구멍에 둘렀다.

보통 수기치료사들의 치료는 발에서 시작해서 등과 목을 지나 앞쪽 어깨에서 끝이 난다. 기억도 그런 치료의 순서를 따라가기 마련이다. 나 역시 이 순서를 거스른 적이 한 번도 없다. 당신의 발뒤꿈치를 쥐는 순간 잠시 잊고 있던 기억 속으로 강력한 전류가 관통했다. 눈앞으로는 폭설이 내리던 겨울밤이 다시 반짝하고 지나갔다. 그러자 바깥쪽으로 누른 당신의 둥근 발뒤꿈치에 얼음이 박힌 것처럼 느껴졌다. 나는 그 느낌이 알고 싶어 조바심이 났다.

당신의 발바닥이 내 발바닥 아래서 뭉클뭉클했다. 당신의 발바닥을 밟는 동안 나는 벽을 바라보았다. 벽에 당신이 다녔던 길들이 환하게 보이는 듯했다. 당신이 다닌 길은 당신의 발바닥과 비슷할 터였다. 내 생각에 요즘의 도로는 발바닥의 뼈와 근육처럼 복잡했다.

그 길을 당신은 언제나 빠른 걸음으로 걸어 다녔다. 또각또각. 구두 소리가 다른 사람보다는 배가 빨랐다. 나는 한 번도 당신이 천천히 걷는 것을 보지 못했다. 당신은 당신의 아파트로 올라갈 때도 굿모닝 코리아에서도 언제나 빠른 걸음이었다. 당신이 일하는 굿모닝 코리아는 이 병원에서 두 블록 거리에 있었다. 그곳은 일상생활에 필요한 거의 모든 물품을 취급하는 방문판매대리점이었다. 내가 일하는 한방병원보다 출근시간이 한 시간 빠른 곳이기도 했다. 조금 전에도 당신은 출근해서 한 시간 정도 급한 일을 처리한 뒤 허겁지겁 달려왔을 터였다. 발가락 아래 두툼한 부위를 밟을 때 베드 아래서 올라오는 신음을 듣고 나는 그것을 알았다. 당신의 신음은 잠시 당신의 체중과 지구의 중력 사이에서 해방된 발의 비명이었다.

나는 당신의 다리를 누르고 문지를 때도 발을 이용했다. 보통 사람들은 잘 모른다. 발바닥이나 종아리를 풀어줄 때는 손보다 발이 훨씬 더 효과적이라는 것을. 베드 아래서 통증을 참는 숨소리가 앓는 소리처럼 들려왔다. 장딴지라고들 알고 있는 비복근과 가자미근이 다른 사람들보다 단단하게 뭉쳐져 있었다. 그만큼 당신이 많이 걸어 다녔다는 증거였다. 다리에는 자잘한 근육들이 발목까지 길게 자리하고 있고, 이 근육들이 수축과 이완을 통해 발까지 내려간 피를 심장으로 다시 올려 보낸다. 정맥을 흐르는 피는 우리의 기억과 감정의 찌꺼기까지 수거해서 방광과 항문으로 나른다. 그런데 당신의 정맥은 뭉친 근육 사이를 가까스로 흐르고 있는 것 같았다.

당신의 다리를 꾹 꾹 누르고 굴리듯 문지르는 동안 당신의 다리가 베드 가장자리까지 밀려났다. 당신의 다리에 힘이 들어간 것이 느껴졌다. 당신은 아픈 만큼 힘을 주고 있었다. 나는 당신의 발목 부근에서 발을 멈추며 말했다.

"힘 빼세요."

눈처럼 내 말이 당신에게 내려앉자 당신의 어깨가 다시 느슨하게 풀어졌다. 나는 가장자리로 밀려난 당신의 다리를 베드 가운데로 모았다. 당신의 다리는 등을 기대고 싶은 나무 같았다. 순간 당신에게서 나무 냄새가 나는 것처럼 느껴졌다. 이런 체취도 있는 건가. 통나무를 굴리듯 당신 다리의 근육을 풀던 내게는 향기 나는 어느 계절이 떠올랐다.

늦여름 아니면 초가을이었다. 어느 집 담장 위에서 퍼지는 은목서 향기에 걸음을 멈추던 밤길에서도 나는 당신을 본 적이 있었다. 그때 당신은 혼자가 아니었다. 당신보다 머리 하나는 더 있는 남자가 당신을 한 걸음 앞서 걷고 있었다. 건너편 인도에서도 데면데면해 보이는 남자가 갑자기 걸음을 멈추고 당신을 돌아보았다. "어? 너한테서 나는 냄새가 아닌데? 그럼, 꽃향긴가? 이게 어디서 나는 거지?" 당신은 당신이 서 있는 인도 아래의 낡은 집 담 위로 무성한 나무가 은목서라는 걸 모르는 것 같았다. "이 근처에 꽃은 없어. 근데 넌 나보다 꽃향기에 더 관심이 많구나. 난 다리가 이렇게 아픈데……" 남자는 다시 당신을 앞장서서 걸었다. "난, 너한테 나를 좋아해 달라고 한 적 없어. 나도 피곤하다." 그때 당신의 핸드폰이 울렸다. "다 왔어요, 아빠. 그리고 아직 열두 시도 안 됐잖아." 당신의 아파트는 은목서 향기가 맴도는 곳에서 백여 미터 거리에 있었다. 남자는 당신에게 말했다. "이제, 가도 되지?" 당신은 몸을 돌려 올라왔던 길을 다시 내려가는 남자를 바라보았다. 신학대학 쪽에서 넘어온 자동차 한 대가 한적한 이 차선 도로를 빠르게 지나갔다. 그러자 당신은 그 자동차가 남자를 태우러 가는 자동차라도 되는 것처럼 뒤쫓아 달려갔고 삼 분도 지나지 않아서 다투는 소리가 들렸다.

당신의 신음이 잦아들자 나는 베드에서 내려왔다. 대개 대퇴와 하퇴는 서비스 개념이 강했다. 달리 말하면 직립보행을 하는 인간에게 베푸는 친절 정도라고도 할 수 있었다. 그래도 다른 사람보다 당신에게는 좀 더 긴 시간을 할애했다. 당신이 다른 곳이 아닌 이곳으로 왔으므로. 당신이 다닌 모든 곳을 다 기억하는 다리이므로.

그러니까 당신의 발과 다리도 그런 내 기억의 하나가 되고 있다는 말이었다. 나의 수많은 기억 중의 하나. 나는 하루면 열 명 이상의 발과 다리를 만진다. 그 가운데서도 당신의 발과 다리는 좀 특별한 것 같았다. 이 생각이 들자 갑자기 발바닥이 근질거렸다. 그것은 바다가 발바닥을 핥는 느낌과 비슷했다. 사실 내가 당신을 자주 보긴 했지만 한마디라도 말을 나눈 적은 없었다. 그러니 당신 때문에 바다를 찾을 일은 전무할 터였다.

허나, 그러기엔 당신의 노란색 셔츠와 푸른빛이 나는 머리칼은 너무도 강렬한 것이었다. 당신의 뒷모습은 머리를 하나로 묶은 초원의 인디언을 연상시켰다.

나는 당신의 엉덩이 옆에 섰다.

팔을 들어올리기 힘들 정도로 어깨가 아픈 경우에는 대개 골반의 후방 경사일 가능성이 농후했다. 하지만 당신이 수기치료실에 들어올 때 나는 당신의 배가 들어갔다는 것을 느끼지 못했다. 골반이 앞쪽으로 기울면 배가 나오지만 뒤쪽으로 기울면 눈에 보이는 모습은 반대일 수밖에 없었다. 또 골반의 전방 경사는 어린아이들에서 많이 볼 수 있는 것이었다.

아무리 생각해도 당신은 골반의 전방 경사가 아니었다. 버스를 타러 갈 때, 내가 사는 빌라의 뒤편 아파트로 들어갈 때, 그때 당신의 몸집은 너무도 반듯했다. 그렇다면 당신이 어깨가 아픈 이유는 한 가지밖에 없었다. 내 머릿속으로는 또다시 폭설이 내리던 겨울밤이 또렷하게 스쳐갔다.

나는 당신의 사오 번 요추 부분과 등과 어깨를 번갈아 가며 함께 눌렀다. 당신의 등과 어깨가 납작해졌고 우드득! 뼈들이 제자리로 돌아가는 소리가 들렸다. 같은 동작이 네 번이나 반복될 때까지도 당신은 뼈가 재조립되는 것 같은 통증을 감당하기 힘들어했다. 둥그스름한 당신의 구릉은 요추 부분을 누르는 내 오른손 아래쪽에 있었다. 그곳은 대둔근과 중둔근과 소둔근이 있는 자리다. 이상근은 바로 옆에 있다. 이 부위는 삶에 대한 긴장과 발통점이 자리하는 곳이었다. 절단과 반사를 하는 지점을 나는 천천히 문질렀다. 깊숙한 곳에 있는 당신의 동통 부위를 이완시켜 주자면 누르면서 문질러야 했고, 몸이 견딜 수 있을 만큼 힘을 잘 조절해야 했다.

베드 아래서 또다시 당신의 신음이 올라왔다. 그것은 아스라한 고대의 지층을 거슬러 올라오는 것 같은 소리였다. 나는 양손의 엄지에서 약간 힘을 빼 보았다. 당신은 거듭 숨을 토하듯 신음을 뱉었다. 하! 보통 사람은 아무렇지 않을 정도인데, 당신은 다섯 손가락을 힘주어 펼쳤다. 나는 하마터면 손을 뗄 뻔했다.

아! 그러고 보니까 나는 횡단보도 신호를 기다리던 인도에서도 하마터면 차도로 내려설 뻔했던 적이 있었다. 그날은 오 년 넘게 사귀던 여자와 헤어진 날이었다. 또 당신이 남자를 쫓던 다음 날이기도 했는데 그때 나는 세 대의 트럭이 연달아 추돌하는 광경을 목격했다. 추돌사고가 날 만한 곳이 아닌데 추돌이 일어났고 순식간에 세 번째 차의 찌그러져 벌어진 문 사이로 운전자의 손이 축 늘어졌다. 그때 나는 반대편 인도에 있었고 다른 사람들처럼 그 광경에 경악했다. 119요원은 겨우겨우 두 번째 트럭의 핸들과 운전석 사이에서 시체로 변한 남자를 끌어냈다. 그동안 세 번째 트럭의 문틈으로 삐져나온 손은 한낮의 햇볕에 그을리고 있었고 나는 그 손을 트럭 안으로 넣어 주고 싶어 어쩔 줄을 몰랐다. 하지만 신호는 오래도록 바뀌지 않았고 여자와 헤어지고도 숨을 쉬고 있는 나는 오래도록 그 트럭 기사의 손을 잊지 못했다. 그 손은 발통점을 느끼지 못하는 손이었다.

오랜만에 나는 당신과 그 남자의 추돌사고를 생각했다. 온 신경은 깊이 통증을 감추고 있는 당신의 발통점을 찾기 위해 손끝으로 모았다. 노란 셔츠로 감싸인 당신의 몸. 당신의 몸을 구석구석 흐르는 강물에는 기억의 운반과 퇴적이 함께 이루어지고 있었다. 손끝의 느낌은 저물녘의 지평선처럼 멀고도 또 흐릿했다. 그 느낌을 좀 더 또렷하게 느끼고 싶은 나는 손끝에 힘을 좀 더 세게 주었다. 순간 당신은 아! 하고 어깨를 움찔했다. 당신의 통증은 생각보다 깊은 곳에 있었다.

"여기가 흔히들 고통을 많이 호소하는 부위에요."

베드 밑에서는 아무 소리도 들리지 않았다. 통증의 여운 때문에 당신은 바닥의 나뭇결만 헤아리고 있을지도 몰랐다. 아마도 당신에게는 나뭇결만큼이나 많은 기억이 바닥에 펼쳐지고 있을 터였다. 근육의 결 같은 나뭇결이 내 발밑에서 꿈틀거리는 것 같았다.

골반 주위는 환자에게 민감한 부위라서 치료사에게는 조심스러운 곳이다. 나는 집게와 중지로 당신의 둔부 근육을 가볍게 문지르며 호흡을 낮게 골랐다. 집게와 중지 끝에서 당신의 둔부는 하나의 근육으로 만져졌다. 잠시 베드에서 내려서는 와이와 눈이 마주쳤다. 내가 당신을 안다는 것을 모르는 와이는 동공을 뒤룩뒤룩 굴렸다. 나는 웃으며 와이의 눈을 외면했다. 척추와 요추를 중심으로 길게 유선형으로 자리 잡고 있는 흉극근과 흉최장근은 배를 닮은 근육이다. 붉은 나뭇결이 선명한 배다. 내게는 그런 당신의 붉은 살점이 마치 눈앞에 보이는 듯했다. 양손으로 척추기립근을 스트라이핑 할 때 긴 유선형의 배가 먼 바다로 나아가는 것도 같았다. 얼마 전에 다녀온 동해바다가 떠올랐다. 나는 '상생의 손'을 보고 있는 것 같아서 당신의 척추 위에서 잠시 손을 멈추었다.

척추는 배에게도 중심이고 당신에게도 중심이었다. 다만 배의 중심은 물살을 가르고 앞으로 나아가는 힘이고 당신에게는 당신을 세워 주는 자존심이라는 게 다를 뿐이었다. 나는 척추를 중심으로 당신의 심장과 허파와 장기들을 감싸고 있는 늑골을 생각했다. 베드의 구멍에 얼굴을 묻고 있는 당신의 몸통은 이름처럼 둥그스름했다. 보기에 참 편안한 등이라는 생각이 들었다.

당신은 기립근에 통점이 생길 정도로 노동을 하는 사람이 아니었다. 당신이 하는 일은 주로 굿모닝 코리아를 찾아오는 고객들이 원하는 물품을 창고에서 꺼내다 주고 돈을 정산하는 것이었다. 정산을 하는 문서작업은 당신의 자리에 있는 컴퓨터로 했다. 내가 볼 때 당신은 자리에 앉아 있는 시간이 창고에 드나드는 시간보다 많은 것 같았다. 눈은 화면에 둔 채 키보드와 마우스를 움직이는 손만 분주해 보였다. 당신은 잠깐이라도 창밖을 바라볼 줄 몰랐다. 그래서 나는 당신을 유심히 들여다보며 굿모닝 코리아 앞을 지나다닐 수 있었다.

견갑골의 약간 아래 방향의 부위를 스트라이핑 할 때 당신은 고요했다. 보통은 통점을 많이 느끼는 부위지만 당신에게서는 숨소리도 들리지 않았다. 나는 당신의 등을 내려다보았다. 문득, 활기에 넘치는 이십 대 여자의 고요는 주위의 공기마저 긴장하게 만드는 것 같다는 생각이 들었다.

나는 맞은편 벽에 높이 걸린 시계를 바라보았다. 초침이 빠르게 움직이고 있었고 시침과 분침은 아홉 시 사십 분을 가리키고 있었다. 다시 말해 당신이 이 수기실에 온 지 삼십 분이 다 되었고 베드에 엎드린 지는 이십오 분이 넘었다는 말이 되었다.

하지만 내가 당신을 보게 된 지는 육 개월이 넘었다. 공교롭게도 새로 이사 간 빌라가 담 하나를 사이에 둔 당신의 아파트 앞에 있었다. 당신을 처음 본 날은 집들이 준비를 하는 날이었다. 마지막으로 술을 사러 당신의 아파트 입구에 있는 마트에 가는데 당신이 경비실 앞을 지나오고 있었다. 나는 나도 모르게 걸음을 멈추었다. 순간 느닷없는 생각이 머릿속을 빠르게 스쳐갔다. 저토록 아름다운 여자가 이곳을 오래 기억하게 할 것이다.

은목서 향기가 그윽한 곳에서 남자와 다툰 날, 당신은 당신의 아버지와도 싸웠다. "너, 나가! 당장 나가지 못해?" 쩌렁쩌렁한 목소리가 내 빌라까지 내려왔다. 우렁우렁한 목소리의 주인은 당신의 아버지였다. 당신 아버지의 목소리는 약간의 시간을 두고 울려 퍼졌다. 고함 소리와 고함 소리 사이에 당신의 변명이 있는 것 같았지만 당신의 목소리는 잘 들리지 않았다. 나는 칠 층 당신의 아파트 쪽으로 나 있는 작은 창문을 열고 귀를 기울였다. 하지만 삼 층의 빌라로 내려오는 것은 "너는 약속을 어겼다. 당신도 조용히 해. 내 말을 듣지 않을 거면 다들 내 집에서 나가! 여긴 내 집이야."하는 소리들뿐이었다. 나는 당신이 아파트를 떠날까 봐 걱정이 되었다. 고함 소리만 들어도 당신의 아버지가 어떤 사람인지 환하게 그려졌다. 당신을 걱정하는 말은 그저 말뿐인 것 같았고 당신이 결혼이라도 하겠다고 할까 봐 두려워하는 것처럼 들렸다. 나는 당신의 아파트 담 밑에서 한 시간이 넘도록 서성였다. 그리고 서성이는 내내 남자가 당신에게 했던 말과 당신 아버지의 고함을 함께 떠올렸다. "너하고 만날 때마다 나는 네 아버지와 함께 밥을 먹고 술을 마시고 키스를 하는 것 같더라. 섹스도 그런 기분으로 하라고? 너 미쳤냐?" "이렇게 네 멋대로 할 거면 당장 나가라!" 하지만 나는 당신이 당신의 아파트에서 나가는 것을 보지 못했다. 다음 날 나는 늦잠을 잤고 당신이 당신 아버지에게 비는 꿈을 꾸었다.

나는 당신의 아버지를 딱 두 번 보았다. 한 번은 일요일 정오 무렵이었고 또 한 번은 토요일 저녁 무렵이었다. 당신은 중년의 남녀와 함께 아파트 경비실 앞을 지나쳐 나오고 있었다. 나는 마트에 가던 걸음의 속도를 늦추었다. 한눈에 중년의 남자가 당신의 아버지라는 것을 알아볼 수 있었다. 닮은 이목구비는 별로 없는데 전체적인 인상이 부녀관계를 여지없이 증명해주고 있었다.
눈빛이 날카로운 당신의 아버지는 뒷짐을 진 채 당신 앞에서 걸었다. 걸음걸이는 묵직했고 한 발 한 발 뗄 때마다 온 체중을 다 싣는 느낌이 들었다. 나는 마트 앞에 서서 당신의 가족이 은목서가 담장 위로 무성한 집 앞으로 내려가는 것을 지켜보았다. 그때 당신은 뒷모습조차 무표정했다.

그 뒤부터 빌라를 나가거나 들어올 때마다 당신의 아파트 입구를 바라보곤 했다. 내가 당신에 대해 알고 있는 것은 적었고 알지 못하는 부분은 많았다. 이런 경우, 가끔 시간은 궁금한 대상을 중심으로 흐른다는 것을 비로소 깨달았다. 나는 내가 사는 곳이 한 대륙의 반도, 그 반도에서도 그다지 크지 않은 남쪽의 한 도시, 그리고 그 도시의 작은 동네라는 것을 종종 잊었다. 목이 아파올 때까지 당신의 아파트를 올려다보는 내게는 작은 동네의 지명조차 까맣게 잊혀졌다.

목이 아픈 원인은 어느 하나의 근육에 원인이 있는 게 아니다. 다시 말해 목 근육은 견갑거근과 연결되어 있고 견갑거근은 능형근과 승모근과 극상근에 연결되어 있다는 말이다. 또 모든 근육은 서로 연결되어 있으며 홑겹인 근육은 없다는 말이기도 하다. 그러므로 목이나 어깨나 공통 치료점은 견갑거근이라는 이야기다.

목덜미를 덮고 있는 머리채를 젖히자 당신은 주머니에서 고무줄을 꺼내 묶었다. 둥글고 하얀 당신의 목덜미는 오히려 반항적으로 보였다. 나는 다시 당신의 노란색 면 셔츠를 둔부 아래로 반듯하게 당겼다. 얇은 면 위로 당신의 견갑골이 어렴풋이 드러났다. 견갑골 위에서 비스듬하게 제1경추 횡돌기까지 올라가는 즈음이 견갑거근이었다. 어느 부위보다 더 붉게 레드 칼립소의 꽃물이 들어 있을 자리였다. 머리카락이 몇 올 매혹적으로 흐트러진 목덜미는 그러나 레드 칼립소 꽃물 같은 당신의 살을 상상할 수 없게 만들었다. 나는 겨우 마른 침을 삼켰다. 그리고 척추와 견갑골 사이에 마름모꼴로 자리 잡고 있는 능형근에 천천히 압을 주며 사선 방향으로 손끝을 미끄러뜨렸다. 그 손끝이 견갑골의 깊은 내연에 닿을 때까지 힘을 주었다. 당신은 힘겹게 통증을 이겨 내고 있었다. 끙끙 앓는 듯 거친 숨소리가 베드 아래서 쉬지 않고 올라왔다. 어느 사이 당신은 아픔을 인내해서 토해 내는 법을 터득한 모양이었다. 크게 벌린 입으로 소리 없이 신음을 토해 내는 당신의 모습이 보지 않아도 환했다.

나는 당신에게 말했다.

"여기가, 많이 경직되었어요. 이대로 가다가는 사십이 되기도 전에 거북이 목이 될지도 몰라요."

내 말에 당신은 흠칫 고개를 들었다가 제자리에 얼굴을 묻었다. 그리고 떨리는 목소리로 물었다.

"왜요?"

손을 능형근에 둔 채 당신의 둥근 머리를 내려다보던 나는 기다렸다는 듯 대답했다.

"그건, 오랜 시간 같은 자세로 한 가지 동작만을 하기 때문이죠. 예를 들면 컴퓨터 작업 같은 거요."

또다시 숨을 토해 내는 것 같은 신음이 베드 아래서 들려왔다.

당신은 견갑골 위의 근육을 만질 때와 겨드랑이 바로 위의 근육을 만질 때 외마디 같은 비명을 질렀다. 내 손이 닿을 때마다 당신이 비명을 지른다는 것은 통점이 한두 군데가 아니라는 말이었다. 나는 당신의 통점을 제대로 요약할 수 없었다. 당신의 통점은 단순히 어깨가 아프다는 말 한마디로 정의 내릴 수 있는 것이 아니었다. 뼈와 살의 복잡한 구조만큼 당신의 통점은 꽤 복잡했다.

나는 다시 한 번 당신의 나이를 생각했다. 이런 어깨가 스물여섯밖에 안 된 여자의 어깨일 수는 없었다. 적어도 내 생각에는 그랬다.

손은 당신의 견갑골 위에 두고 있으면서도 눈은 당신의 뒤통수로 향했다. 숱이 한 줌도 넘을 것 같은 머리칼을 검정 고무줄로 묶고 있는 당신의 목덜미는 두부처럼 부드럽게 굳어 있었다. 한눈에 당신이 긴장하고 있다는 것을 알 수 있었고 내게 당신의 통점은 너무도 희미하기만 했다.

실장은 처음 나를 가르치면서 자주 이런 말을 하곤 했다. "몸을 읽을 줄 알면 마음의 통점은 자연히 보인다. 항상 이 점을 잊지 마라." 어려워도 너무 어려운 말이었다. 사실은 사람의 몸 자체가 너무도 난해하고 복잡했다. 숫자조차 헤아리기 어려운 뼈와 근육은 언제나 희미하게 감지되었고 그 느낌은 어둠이 내리는 산처럼 늘 어렴풋했다. 나는 번번이 소능형근과 대능형근의 경계를 헤맸고 극상근과 극하근과 소원근의 차이처럼 사람의 몸이 모호하게 느껴졌다. "옷을 만드는 것과 파는 것만 해도 차이가 많겠지? 이해는 할 수 있지만 넌 좀 심각하구나." 한때 태릉선수촌에서 운동선수들을 돌보았다던 열 살 연상의 실장은 끌끌혀를 찼다. 혀 차는 소리에는 옷가게나 계속하지 그러느냐는 말도 포함되어 있다는 것을 나는 모르지 않았다.

나도 옷가게를 계속하고 싶었다. 하지만 시간이 지날수록 재고만큼 적자가 쌓였다. 골목마다 옷가게가 빼곡했고 사람들은 대형 아울렛으로 몰렸기 때문이다. 그런데 옷가게를 처분할 때 여자의 느낌이 이상했다. 다급한 대로 힘이 있고 요령만 익히면 되는 직업을 찾다 친구의 친구를 통해 와이를 만났다. 하지만 끝내 여자는 떠났고 나는 여자를 잊기 위해서라도 근육의 위치와 경계를 익히는 데 더 몰두했다. 그러나 근육의 위치와 경계는 잘 익혀지지 않았다. 나는 겨우 일 년이 넘어서야 근육의 명칭과 위치를 어렴풋이 외웠다. 그래도 더러 감각이 모호할 때가 있었다. 굳이 근육과 근육의 경계를 분명히 할 필요까지는 없지만, 어차피 스트라이핑의 방향은 거기서 거기였지만, 가끔 와이나 케이에게 다시 물을 때가 많았다.

당신의 겨드랑이 바로 위의 근육을 스트라이핑 하고 있는 순간에도 나는 하마터면 와이나 케이를 부를 뻔했다. 와이와 케이도 중년여자와 남자의 척추 부위를 스트라이핑하는 중이었다. 또 와이와 눈이 마주쳤다. 와이는 또다시 눈동자를 디룩디룩 굴리며 나를 바라보았다. 그 순간 와이가 손가락으로 짚으며 가르쳐 주던 극상근과 극하근이 떠올랐다.

내가 당신의 겨드랑이 바로 위 근육의 경계를 헤아리고 있을 때 당신은 마루로 된 바닥으로 통증을 겨우겨우 토해 내고 있었다. 당신은 도저히 참을 수 없는 통증에만 비명을 질렀다. 그 아픔은 나도 아는 아픔이었고 이해가 되는 아픔이었다.

늦가을의 밤길에서도 나는 당신을 보았다. 은목서의 향기가 사라진 밤길에서 당신은 또 그 남자와 함께였다. 꽃이 져 버린 지 오래였기 때문에 그 남자는 꽃향기를 묻지 않았고 당신도 다리 아프다는 말을 하지 않았다. 당신과 그 남자는 은목서가 무성한 집을 내려다보며 서 있었다. "넌, 섹스를 하다가도 네 아버지가 전화하면 달려가야 되잖아? 나는 그런 여자 싫다." "그런 말은 섹스를 한 번이라도 해 보고 하는 게 맞지 않겠어?" 당신의 말에 날이 서 있는 게 느껴졌다. 당신과 그 남자는 또 한동안 다투었다. 그러다 지친 그 남자는 버스승강장이 있는 큰 도로로 갔고 당신은 당신의 아파트로 향했다. 당신의 발걸음은 너무도 무거워 보였다. 그렇게 아파트로 올라가는 당신의 손이 당신의 얼굴로 올라갔다 내려갔다 했다. 나는 그런 당신을 부르고 싶었지만 담배에 불을 붙여 물고 멀찍이 뒤를 따르기만 했다.

그 뒤 한동안 나는 당신을 보지 못했다. 버스를 타러 가는 모습도 보이지 않았고 토요일 오후나 일요일 정오 무렵에 외출하는 모습도 보이지 않았다. 나는 자주 당신의 아파트 상가에 있는 마트에 갔지만 경비실 앞에는 낯선 사람들만 지나다녔다. 빌라의 작은 창으로 당신의 아파트를 바라보아도 고요하게 불이 밝혀졌다 꺼지기만 할 뿐이었다. 퇴근길에 나는 그 남자가 당신에게 꽃향기를 묻던 자리에서 은목서를 바라보곤 했다. 은행나무 가로수는 앙상하게 가지만 남았지만 보안등 아래 은목서는 시멘트 벽돌담 위에서 여전히 무성했다. 그 위로 문득 초저녁의 별똥별이 떨어졌다. 그 순간 나는 당신의 아파트로 눈을 돌렸다. 당

신에게 무슨 일이 있는 것인지 궁금했지만 내가 당신에게 다가
갈 수 있는 길은 없었다.

  당신의 머리맡에 선 내게는 그날의 기억이 다시 새로웠다. 나
는 다시 능형근과 극상근 사이에 있는 견갑거근을 더듬으며 다
가갈 수 없었던 당신의 아픔을 헤아렸다. 그러나 당신의 통증이
내 것처럼 깊이 받아들여지지는 않았다. 또 수기치료사라면 어
지간한 신음 소리에는 초연해야 한다. 신음도 일종의 배설이지
않은가. 그렇기에 그 신음 소리로 당신 몸의 통점을 읽어 내야
했다. 그러나 몸의 통점을 읽어 내는 것은 귀가 아니라 손이었
다. 나는 손끝으로 내 모든 것을 집중했다. 하지만 극상근이나
극하근의 차이만큼 모든 통점은 모호했다. 능형근과 극상근의
경계에도 지지 않는 차이였다. 이건 아무것도 아니었다. 이리저
리 겹친 목 부위의 근육들은 아직 명칭조차 다 외우지 못했다.
나는 길게 한숨을 내쉬었다. 대개의 경우처럼 당신 어깨의 통점
은 승모근과 견갑거근 아니면 능형근이나 극상근 즈음에 있다고
보는 것이 맞을 것 같았다.

  승모근과 능형근을 보조하는 견갑거근은 목과 어깨에서 가장
흔하게 통증을 보이는 부위다. 무거운 짐을 들거나 옮기다 보면
손상되기 쉬운 부위가 견갑거근인 것이다. 경추 횡돌기 부위에
놓은 집게와 중지에 힘을 주자마자 베드 아래서는 흡-! 하는 소
리가 들렸다. 목뼈에 붙어 있는 근육섬유를 따라 목의 상부로 손
가락을 옮길수록 당신의 호흡은 점점 더 거칠어졌다.

  내 예상대로 당신 어깨의 통점은 역시 한 부위가 아니었다.

여러 근육이 이리저리 겹쳐져 있는 부위에서 통점을 하나로 정의 내리기는 어려운 일이었다. 달리 말하면 하나의 통점 때문에 통증이 유발되지는 않는다는 말이기도 했다. 그러니까 능형근에 승모근이 겹치고 견갑거근이 승모근과 함께 있으니 견갑거근의 스트라이핑이 승모근의 스트라이핑인 셈이었다.

생각보다 당신의 어깨는 상태가 꽤 나쁜 편이었다. 숙련이 덜 된 내가 보기에도 통점이 많았고 통증이 깊어 보였다. 베드 아래서는 자주 단발마의 비명 같은 신음이 올라왔다. 그때마다 중지 관절이나 손가락 끝으로 눈 내리던 밤의 어둠이 느껴지는 것 같았다. 그렇다. 당신은 굿모닝 코리아의 창고에서 무거운 짐을 꺼내다 통점이 생긴 것이 아니었다.

눈발이 드문드문 휘날리는 날 나는 당신을 다시 보았다. 당신을 본 곳은 친구와 저녁을 먹고 나온 시장 근처의 식당 앞이었다. 아주 오랜만이어서 반가운 마음에 나는 하마터면 당신에게 아는 척을 할 뻔했다. 그러나 당신은 나를 보지 않았다. 당신 앞에는 대여섯 명의 남자와 여자가 서 있었고 당신은 나이가 지긋해 보이는 남자에게 가볍게 허리 숙여 인사했다. "지점장님, 저녁 잘 먹었습니다. 안녕히 가세요." "그래, 추운데 어서 들어가. 자자, 어서들 집으로 들어가자고." 아마도 당신은 회식을 한 듯했다. 나이가 지긋한 남자의 말에 당신의 일행들은 각자 뿔뿔이 흩어져서 택시와 버스를 탔다. 하지만 당신은 거기서 멀지 않은 술집으로 향했다. 당신의 표정은 우울해 보였다. 나는 당신이 술집으로 들어가는 것을 보고 빌라로 돌아왔다.

자정이 가까워지자 눈발은 멎었다. 대신 날은 더 추워졌다. 나는 담배를 사러 나가다 다시 두툼한 점퍼를 찾아 입고서야 당신의 아파트 상가에 있는 마트로 향했다. 하지만 나는 담배를 사지 못했다. 빌라에서는 듣지 못했는데 당신의 아파트에서 고함 소리가 들려오고 있었다. 나는 마트를 지나쳐 아파트로 갔다. 그리고 거기서 또 당신을 보았다. 아파트 경비실 앞에서 당신은 당신의 아버지와 싸우고 있었다. "내가 가둬 놓고 키우는 짐승이야? 돼지 새끼야? 내가 뭘 그렇게 잘못했다고 치는 건데?" "잘못? 그걸 몰라서 묻는 거냐?" 당신의 아버지는 주먹을 날렸고 당신은 눈이 쌓인 바닥으로 나가 떨어졌다. 그 순간 경비들이 당신 아버지의 팔을 붙잡았고 눈밭에 떨어진 당신은 재활용쓰레기장으로 달려가며 울부짖었다. "난 일곱 살 아이가 아니야! 일곱 살짜리도 오늘 같은 날은 건들지 않는 거라고!" 당신은 얼굴을 뒤덮은 머리칼을 쓸어 넘기며 울었다. 그리고 재활용쓰레기장에서 맥주병을 깨서 들고 와 손목을 겨냥했다. "씨팔! 내가 죽어 버릴 거야. 그러니까 당신도 한 번 느껴 봐. 진짜 잃어버리는 고통이 뭔지 느껴 보라고!" 당신은 깨진 맥주병을 높이 쳐들었다. 마트 주인아줌마는 두 손으로 입을 가리며 비명을 질렀고 나는 당신을 향해 냅다 달렸다. 하지만 당신의 아버지가 나보다 빨랐다. 경비를 제친 당신의 아버지는 눈 깜짝할 사이에 당신을 바닥에 눕혀 버렸다. 그리고 당신의 두 손을 꼭 쥔 채 온몸으로 당신을 짓눌렀다. 꼼짝달싹 움직이지 못하게 당신을 누르고 있는 당신 아버지는 작고 단단한 바위 같았다. 나는 당신을 짓누르고 있는 바위를 산산이 부셔 버리고 싶었다. 하나하나 돌멩이로 만들어서 눈이 가득한 밤하늘로 던져 버리면 좋겠다고 생각했다. 그렇게 밤하늘을 흔들면 한바탕 눈이 자욱하게 쏟아질지도 모를 일이었다. 그러나 나는 팔을 빼내려고 몸부림을 치는 당신 앞에서 주먹을 쥔 채 꼼짝도 하지 못했다. 그냥 깨진 맥주병을 꼭 쥔 채 한 잎씩 떨어지는 눈을 맞으며 버둥대는 당신을 바라보기만 했다. 당신은 몸을 이리저리 뒤틀어서 겨우 한 팔을 빼냈다. 그리고 찬 밤바람이 가로질러 가는 밤하늘을 향해 외쳤다. "비켜! 비켜! 제발 비키라고!" 그제야 놀란 경비는 당신의 손에서 맥주병을 빼앗았다. 맥주병을 뺏기고도 당신은 손을 바닥에 내려놓지 못했다. 먹장구름이 두터운 하늘이라도 찢어발길 듯 당신은 허공을 향해 낮게 쳐든 손의 다섯 손가락을 모두 벌린 채 잔뜩 구부리고 있었다. 그 순간 찌그러진 트럭의 문틈으로 축 늘어뜨린 트럭 기사의 손이 떠올랐다. 원룸의 문을 거세게 열고 나가던 그 여자의 손도 눈앞을 스쳐 갔다. 나도 모르게 나는 당신에게 손을 내밀었다.

하지만 당신은 누구의 손도 잡지 않았다. 몸부림을 치며 당신 아버지를 밀쳐 낸 뒤 머리가 산발한 채로 은목서 향기가 떠돌았던 길을 미끄러지면서 내려갔을 뿐이었다. 그리고 당신이 내려간 뒤 거짓말처럼 함박눈이 쏟아지기 시작했다. 폭설이었다.

폭설이 그친 다음 날부터 한반도에는 강추위가 찾아왔다. 몇십 년만의 강추위라고 티브이를 켤 때마다 떠들었다. 낮이면 질척거리는 도로가 밤이면 꽁꽁 얼어붙었고 인도는 빙판길이었다.

길이 얼어붙자 노인들은 외출을 삼갔고 길을 가던 사람들은 오르막이나 내리막길에서 미끄러지곤 했다. 나도 출근길에 은목서 향기가 떠돌았던 곳에서 미끄러졌다. 그곳은 당신이 아파트를 떠나던 날 미끄러진 자리였다. 나는 엉덩이의 눈을 털면서 당신을 생각했다. 폭설이 그치고 이틀 동안 당신은 그림자도 비치지 않았다. 내게 폭설이 내린 날은 하나의 크레바스였다. 그곳으로 내 젊은 날의 잠 못 이룬 몇 날 밤이 빠져 버린 것 같았다.

내가 다시 당신을 본 것은 빙판 위에 눈이 또 얇게 쌓이던 날이었다. 날씨도 그렇고 마음도 그러니까 한잔 하자고 날마다 이와 함께 가는 술집이 굿모닝 코리아를 몇 집 지나서 있었다. 나는 컴퓨터에 고개를 박고 있는 당신에게서 눈을 뗄 수 없었다. 하지만 와이가 세 번이나 재촉할 때까지 내가 본 것은 당신의 정수리뿐이었다. 결근한 동안 밀린 일을 당신은 무서운 집중력으로 해치우고 있었다. 아마도 당신의 상관은 창고에서 물건을 꺼내 주고 컴퓨터에 입력만 해 놓았을 뿐 나머지 일 처리는 하나도 하지 않은 모양이었다. 그러나 나는 당신이 굿모닝 코리아로 돌아왔다는 것만으로도 충분히 안도했다. 내게는 굿모닝 코리아의 불빛이 오래된 집의 따뜻한 등불처럼 느껴졌다.

이제 반듯하게 돌아누운 당신은 눈을 감았다. 흉측하게 부어오른 윗입술 아래로는 허연 실밥이 보였다. 아마도 대여섯 바늘은 꿰맸을 것 같았다. 나는 당신의 배를 내려다보았다. 상처가 난 입으로도 곡기를 넘기고 살았는지 당신의 배는 둥그스름했다.

나는 경추 부분의 치료를 끝내고 나서 잠시 망설였다. 사실

치료는 겨드랑이 바로 위 근육을 스트라이핑 하는 것으로 끝내는 것이 보통이었다. 하지만 맥주병을 쥐었던 당신의 손을 도무지 잊을 수 없었다. 나는 두툼하고 커다란 손의 단무지외전근과 단무지굴근과 소지외전근과 단소지굴근에 천천히 압을 주었다. 당신은 잠깐 얼굴을 찡그렸다. 그런 당신의 얼굴 위에 당신이 쥐지 못한 겨울밤이 드리워졌다. 나는 눈을 감고 있는 당신을 내려다보았다. 무지를 맡긴 채 반듯하게 누워 있는 당신의 몸은 견갑거근이나 능형근, 또는 장요근이나 대요근이라고 구분 지어 읽는다는 것이 무의미하게 느껴졌다. 아무리 근육들의 명칭이 다르다 해도 각각의 근육들은 결국 사람의 몸을 이루는 살일 뿐이었다. 그것은 당신이 한 사람의 여자인 것과 마찬가지였다.

나는 예외적인 치료를 꽤 오래했다. 내가 당신의 소지외전근에 압을 주는 동안 당신은 한 번도 눈을 뜨지 않았다. 눈을 감은 당신은 여전히 무표정했다. 속눈썹이 가끔 떨릴 뿐 두툼한 입술은 굳게 닫혀 있었다. 당신 주위에는 담이 견고하게 둘러쳐진 것처럼 느껴졌다. 나는 그 담 때문에 당신에게 어떤 말도 하지 못하고 당신의 손도 놓지 못했다. 그리고 당신이 돌아갈 길을 생각했다. 눈이 꽁꽁 얼어 있는 지상으로 나가면 당신은 곧장 굿모닝 코리아로 갈 터였다.

문득 당신이 움찔하는가 싶더니 미간에 주름이 잡혔다. 나는 나도 모르는 사이 당신의 소지외전근에 너무 많은 힘을 주고 있었다.

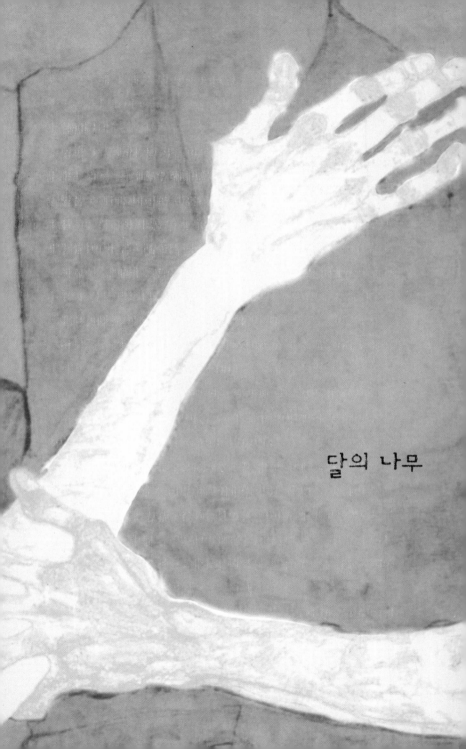

달의 나무

사립 고등학교 생물선생이 우리 동네로 이사 온 건 늦은 봄 어느 토요일이었다. 그렇게 화창한 토요일에 이 도시에서도 허름한 동네의 가장 낡은 집으로 누군가 이사 왔다는 것은 매우 특별한 일이었다. 그 특별한 이사가 있는 시간에 나는 트럭 소리를 들으며 팬티 속으로 손을 집어넣어 페니스를 만지고 있었다. 내 페니스가 단순한 배설기관으로 전락해 버린 지는 꽤 오래되었다. 마지막으로 아내의 몸에 들어갔던 때가 언제인지 기억도 나지 않았다. 그것은 나비가 되어 보지도 못하고 죽어 버린 배추벌레를 만지는 것처럼 슬픈 일이었다.

나도 모르게 깊은 한숨이 나왔다. 허파에서 휘파람 소리가 나는 것 같았다. 이른 봄 대륙에서 불어온 황사가 아직도 느껴졌다.

트럭이 멈추는 소리가 들리고 한참 뒤 나는 잠시 눈을 떴다. 창문이 눈부셨다. 아내가 외출하기에 더없이 좋은 토요일이라는 생각이 들었다. 아내가 보는 사람이 민망할 정도로 다리를 절며 외출을 하고 나면 나는 케이블 채널로 중국 영화를 보며 따분함을 달래야 한다. 날마다 모국어라도 듣지 않으면 죽은 배추벌레 같은 내 페니스가 너무 불쌍해지기 때문이었다. 한국인 어머니에게서 이 나라 사람의 피를 절반은 물려받았다 해도 나는 엄연한 중국인이었다.

짐칸이 열리고 장롱 같은 무거운 짐을 끌어 내리는 소리가 들렸다. 뒤이어 텁텁한 목소리가 골목을 뒤흔들었다. 나는 여전히 팬티 속에 손을 넣은 채 환상 속으로 빠지려고 애를 썼지만 다시 감은 눈 속에는 하얗게 탈색된 빛만 가득 찼다. 또다시 텁텁한 목소리와 함께 트럭에서 냉장고를 끌어 내리는 것 같은 소리가 들려왔던 것이다.

날마다 정오가 되면 두어 시간 동안 나는 낮잠을 잔다. 그동안 혼자 약국을 지키는 아내는 급한 환자가 아니면 언제나 이렇게 말을 한다.

"약사님, 지금 주무시고 계세요."

따라서 내 약국을 찾는 환자들도 햇빛이 정수리에 수직으로 꽂히는 한낮은 내가 오수에 젖는 시간으로 알고 있다.

아내가 혼자 지키는 동안의 약국은 언제나 한가했다. 아주 가끔 가벼운 증상의 환자들만 약국 문을 밀 뿐이었다.

아주 드물게 찾아오는 환자를 기다리면서도 아내는 심심해하는 법이 없었다. 매일같이 확성기를 튼 채소와 생선과 과일 트럭이 지나다니고 정형외과를 끼고 있는 동네에서는 크고 작은 일들이 쉴 새 없이 벌어졌다. 시장에 가지 않고도 야채와 과일과 생선과 계란 따위를 마음 놓고 살 수 있는 아내가 심심할 겨를이 없는 것은 당연한 일이었다. 아내가 매일같이 돌보지 않았다면 약국의 화분들은 벌써 쓰레기차에 실려 가 버리고도 남았을 것이다. 아내는 늘 무언가를 채우고 사는 사람이었다. 냉장고를 채우듯 사소한 일들로 자신의 시간을 채우고 욕망을 채우고 몰래 금고에서 돈을 꺼내다 통장의 잔고를 채웠다.

페니스는 결국 부활하지 못했다. 나는 침대에서 몸을 일으켰다. 바로 아내가 금고에서 돈을 훔치고 있을 시간이었다. 그녀는 날마다 삼만 원 정도의 돈을 금고에서 가져갔다. 아내는 나 모르게 돈만 가져가는 것이 아니었다. 누군가에게 가져다 줄 믿음과 사랑도 함께 꺼내갔다. 아내는 내가 아무것도 모르고 있는 줄 알지만 나는 모두 알고 있다. 그러나 나는 빨갛게 익은 석류 알을 터뜨리듯 분노하지 않는다. 오히려 태연하게, 아내의 손이 다녀간 금고를 열어 용돈을 주기까지 한다. 나는 아내와는 차원이 다른 민족의 후손이었다. 아버지라도 나처럼 했을 것이었다.

시계는 한 시 삼십 분을 가리키고 있었다. 늘 그렇듯 아내가 외출 준비를 할 수 있도록 약국으로 내려가야 할 시간이 되었다. 거실 문을 열자 계단 아래서 조금은 들뜬 바람이 부드럽게 불어 올라왔다. 계단 앞의 대문이 열려 있었다. 나는 살갗을 부풀리는 바람이 타고 올라오는 계단을 천천히 내려갔다. 어지러웠다. 아직도 간밤에 마신 술이 덜 깬 것 같았다. 나는 하루도 술을 마시지 않는 날이 없었다. 발기부전은 순전히 결식과 과음으로 인한 것이라고 의사는 말했다.

특별한 일이 없는 한 아내의 외출 시간은 오후 두 시로 정해져 있다. 친구들과 모임이 있는 날이 아니면 아내는 언제나 나와 보이차를 한 잔씩 나눠 마시고 집을 나섰다.

아내의 외출은 아버지와 어머니가 두 달 사이로 세상을 떠나면서 시작되었다. 아버지와 어머니가 하루아침에 저세상으로 떠나 버리자 파출부가 빨래를 하고 청소를 하는 시간에 아내는 내가 대학에 다닐 때부터 모아온 미니어처를 진열장에서 모두 꺼내 닦기 시작했다. 그때마다 나는 아내 앞에 널린 작은 술병들을 기가 막힌 표정으로 바라보곤 했다. 갑자기 많아진 시간을 주체하지 못하는 아내가 나중에는 하루 종일 화장실의 변기를 윤이 나게 닦게 되는 건 아닌가 싶어서였다. 무엇보다 아내는 아버지를 잘 보살펴 주었다. 이국땅에서 죽음을 맞게 된 괴팍한 중국인 늙은이를 가엾게 봐 주었다. 나는 하릴없이 미니어처나 닦고 있는 아내를 보자 보답과 구원의 마음이 동시에 들었다.

원래 명나라 집안의 자손이었던 아버지는 이 나라가 독립하고 얼마 지나지 않아 어린 나이에 혼자서 이 땅으로 건너왔다고 했다. 말도 통하지 않는 낯선 땅에서 일가를 이룬 아버지는, 고집 세고 게으르며 자만심 강한 대륙성 기질에다 자수성가한 사람에게서 흔히 볼 수 있는 독선과 이기심까지 갖춘 인물이었다. 나는 전혀 아버지를 닮고 싶지 않았다. 하지만 어른이 된 나는 아버지와 똑같았다. 말을 배우기 시작할 무렵부터 아버지는 그저 중국말을 가르쳐 주었고 가업을 조금이라도 이어받길 바라는 마음으로 자신의 의술을 조금 물려주었을 뿐이었다. 그런데 아내에게 외출을 권하는 나는 아버지의 모습 그대로였다. 위엄과 너그러움을 갖춘 척 나는 아내에게 용돈을 주면서 이렇게 말했다.

"학원에서 뭐라도 배워 보는 게 어때?"

약국에 아내는 없었다. 밖에도 조제실에도 아내는 보이지 않고 아내의 핸드폰만 진열장 위에 덩그러니 놓여 있을 뿐이었다. 자주 찍힌 번호로 아내는 십 분 전에 통화를 했다. 나는 재빨리 화면을 껐다. 이내 보지 말아야 할 것을 보았다는 후회가 들었기 때문이었다. 핸드폰을 제자리에 놓으며 다시 밖을 내다보는데 마침 아내가 기우뚱거리는 걸음으로 아주커 치킨가게를 돌아 나오는 게 보였다. 꽤 떨어진 거리에서 눈이 마주친 아내에게 나는 진열장의 먼지를 쓸어 보였다. 그리고 아내가 가까이 다가오기를 기다려서 건조해서 먼지가 많은 것 같다고 했다. 아내는 봄날이어서 그런가, 아니면 햇빛이 너무 눈부셔서 그런가, 한쪽만 쌍꺼풀진 눈과 불그스름한 입술의 얼굴이 몹시 해맑고 화사해 보였다.

"오늘은 차가 많이 지나다녀서 그래. 조금 전에도 금목서가 있는 집에 이삿짐이 들어갔잖아. 저 골목으로 트럭이 들어가는데 뿌옇더라니까."

아내는 치킨가게 옆으로 난 골목을 가리켰다. 그리고 저 골목으로 대형 포장이사 트럭이 들어갔다고 했다. 조금 덥다 싶은 봄날에 거대한 짐을 이끌고 허름한 동네로 이사 온 작자가 누구인지는 관심 없었지만, 나는 아내에게 진지한 말투로 물었다.

"대형트럭이? 짐이 그렇게 많아?"

"작은 트럭 한 대는 갔어. 남자가 사립 고등학교 생물선생이라는데, 책은 없고 묵은 살림만 많아. 그 집으로 어떻게 다 들어갈 수 있을라나 몰라. 한옥은 넓기만 하지 별로 쓸모가 없는데."

아내의 말을 들으며 나는 치킨가게 골목의 한옥을 떠올렸다.

이 동네에서 덩굴장미가 가장 많은 집. 구월에 금목서의 등황색 꽃이 향기를 뿜어내는 집. 그 집은 덩굴장미와 금목서가 아니면 봐줄 만한 것이라고는 하나도 없는 낡은 목조건물에 불과했다. 아파트나 전세를 끼고 살 수 있는 반듯한 집들을 다 놔두고 그런 집으로 이사 왔다는 사립 고등학교 생물선생이라는 위인이 나는 문득 궁금해졌다. 아내는 조각처럼 잘 생기기만 했지 보면 실망할 것이라고 했다.

오후 두 시가 되었다. 아내는 다리를 절며 오후 두 시의 외출 준비를 하러 올라갔다. 아내의 옷자락에 닿은 아마릴리스가 붉게 흔들렸다. 화사하다 못해 퇴폐적이기까지 한 꽃은 그러나 향기가 나지 않았다.

내가 생물선생을 보게 된 건 그날 오후였다. 그는 피 묻은 화장지를 풀어내며 장롱을 옮기다 부러진 문창살에 손을 찔렸다고 했다. 나는 진열장 위에 후시딘 연고와 대일밴드를 꺼내 놓으며 그에게 말을 걸었다.

"오늘 낮에 새로 이사 오신 분인가 봅니다."

그는 하얀 이를 드러내며 예, 하고 대답했다. 웃는 데도 길가에 홀로 서 있는 미루나무처럼 쓸쓸해 보였다. 얼굴에는 피곤한 기색이 가득했고 옷은 먼지투성이였다. 아내가 보면 실망할 것이라고 했던 말이 떠올랐다. 이사하느라 힘든 하루를 보내서 그런 건가 했지만, 자세히 보니 마음 깃들일 곳을 찾지 못해 얼굴에 오래 길들여진 표정 같았다.

그리고 나는 한동안 생물선생을 보지 못했다. 미루나무의 잔

영이 맑은 소주잔에 가끔 떠올랐지만 한 주가 지나자 그마저도 잊어버렸다. 아내는 날마다 귀가 시간이 늦었고 파출부가 차려 주는 저녁은 여전히 맛이 없었다.

아내가 나는 모르는 세계에 흠뻑 빠져 지내는 동안 아마릴리스가 흐드러지게 피었다. 약국이 온통 화원처럼 보일 정도였다. 나는 케이블 채널을 켜 놓은 채 아마릴리스 앞으로 다가갔다.

여느 토요일보다 환자가 드문 날이었고 변함없이 화창한 날이었다. 꽃을 들여다보는데 문득 주홍색 꽃이 아내를 닮았다는 생각이 들었다. 나는 아내의 사타구니를 더듬듯 화분 속으로 손을 집어넣었다. 아내는 유난히 골짜기가 깊고 숲이 짙은 여자였다. 언제나 따뜻한 샘물이 고여 있는 아내의 아랫도리가 떠오르자 온몸이 뻐근해졌다. 그러나 내 페니스까지는 그 힘이 뻗치지 못했다. 페니스가 다시 발기한다 해도 아버지가 세상을 떠나자 다리병신의 중국 사대주의는 끝났다고 선언했던 아내의 몸이 다시 열릴지는 알 수 없는 노릇이었다.

어딘가 음탕한 느낌을 주는 이 꽃들은 모두 아내가 사 온 것이었다. 가끔 아내는 흐트러진 표정으로 아마릴리스 화분을 안은 채 택시에서 내리곤 했다. 그런 날은 아내의 몸에서 생소한 남자 화장품 냄새가 풍겼다. 냄새뿐만 아니라 아내의 말투와 몸짓에서는 밖을 돌아다닌 동안의 지문이 어렴풋이 묻어났다.

변함없이 밤 열 시가 되면 아내는 달뜬 활기와 술 냄새를 풍기며 귀가할 것이었다. 아내 앞에서는 마음이 넓은 중국인인 척하던 내 목구멍으로 뜨거운 불덩이가 치밀어 올랐다. 나는 다리를 꺾고 주저앉으며 화분을 노려보았다. 내 영혼의 무거운 육체는 그러나 오후의 침묵 앞에 뜨거운 불덩이를 맥없이 삼켜야 했다.

생물선생을 다시 만난 건 장마가 시작된 어느 날이었다. 눅눅한 물비린내와 어둠이 푸르스름하게 깔리는 저녁 무렵 그는 모기약을 사러 약국을 찾았다. 밖에는 종일 쏟아지다 그치기를 반복하던 비가 이슬비로 변해 날리고 있었다. 그 빗속을 우산도 없이 약국에 온 그가 모기약을 사 들고 약국을 나서다 말고 뒤를 돌아보았다. 그리고 바로 앞에 있는 포장마차를 가리키며 같이 한잔 안 하시겠어요? 하고 물었다. 아마릴리스도 다 지고 케이블 채널에서는 봤던 영화를 또 내보내고 있어서 무료했던 나는 두 말없이 그를 따라 포장마차로 갔다.

그는 오리매운탕을 주문했다. 매운탕은 오이와 메추리알이 놓여 있던 탁자 가운데 놓였다. 생물선생은 먼저 내 잔에 술을 채웠다. 나도 그의 잔에 고독을 증류한 빛깔의 술을 칠 할 정도 따랐다. 생물선생과 내 시선이 오리매운탕의 더운 김 속에서 마주쳤다.

"아까는 몹시 출출해 보이더군요. 그래서……."

"네, 그 시간이면 늘 그렇습니다. 참, 한옥에서 지내시기는 괜찮습니까?"

생물선생은 술잔을 내려다보며 웃었다.

"다들 미친놈이라고 욕을 하셨을 겁니다. 오늘 아침에 대문 위의 옥상에 올라갔다가 지붕의 깨진 기와 틈 사이에서 작은 오동나무가 한 그루 자라고 있는 걸 보고 저도 한숨을 쉬었으니까요."

그는 나를 바라보고 다시 픽- 하고 웃음을 터뜨렸다.

"다 금목서 때문입니다. 그놈의 나무 한 그루 때문에 아파트로 가자는 아내를 졸랐습니다. 그래서 아내는 지금도 우리 학교 화학선생을 미워합니다."

그러니까 이 말은 두 달 전에 이사 간 전 주인의 아들이 내 앞에 앉아 있는 생물선생과 같은 학교에 있다는 말이 되었다. 그러나 생물선생이 나무 한 그루 때문에 그 낡은 집으로 이사 왔다는 것은 알 수 없는 말이었다.

"금목서를 보면서 살고 싶었습니다."

금목서는 원래 중국이 원산지다. 한옥의 금목서를 보고 마당이 있으면 한 그루 심어 보고 싶다고 흘리듯 말하던 아버지에게서 그렇게 들었다. 귀족적으로 생긴 나무는 기후가 비슷한 영호남 지방에서 정원수로 더러 심는 나무라고도 했다. 나는 아버지의 말을 떠올리며 생물선생의 얼굴을 빤히 들여다보았다. 무슨 까닭으로 그 낡은 집으로 이사를 왔는지 묻기는 어려웠지만 말하지 않아도 생물선생은 내 표정을 읽어 냈다.

"저는 학교에서 정 선생으로 불립니다. 하지만 제 아버지가 저와 같은 직업을 가졌다면 강 선생이라고 불렸을 겁니다. 외할아버지가 어머니와 이모님 두 분밖에 두지 못해서 제가 대를 이었기 때문이죠. 그런데요, 약사님. 어렸을 때부터 두 집안을 오가다 보니 제 존재가 물 위의 기름처럼 느껴지더란 말입니다. 이쪽 집안을 가면 뿌리가 덜 내려진 나무 같고, 또 저쪽에 가면 저쪽대로 모래처럼 엉기지 못하고 참 외로웠습니다. 그래서 금목서를 보면서 위로받고 싶었습니다."

생물선생이 말을 마친 순간, 정수리로 뻗치던 술기운이 급속히 하강했다. 또 콧등은 시큰해졌다. 나는 그에게 잔을 내밀었다. 그의 잔이 내 잔에 가볍게 부딪쳤다. 나는 그의 눈을 뚫어지게 들여다보며 말했다.

"나도 금목서라면 믿겠습니까?"

"약사님이 금목서라면……, 혹시?"

그의 눈이 휘둥그레졌다.

"어머니는 이 나라 분이시지요."

그는 말없이 고개를 끄떡였다.

나는 그에게 아버지와 중국 이야기를 했다. 이야기를 하는 동안 나는 생물선생님의 형이 되었다. 소주는 다섯 병이나 비워졌다. 그때까지도 아내는 돌아오지 않고 있었다. 칵테일 말고도 무엇을 또 배우는지 아내의 귀가는 너무 늦어지고 있었다.

저녁마다 생물선생과 나는 포장마차에서 만났다. 이제 내게 아마릴리스 따위는 보이지 않았다. 나는 생물선생의 퇴근을 기다렸고 하루하루가 활기에 넘쳤다. 오랜만에 숨통이 트이는 날들이었다.

그런 어느 저녁, 모처럼 일찍 귀가한 아내가 갑자기 새로운 칵테일을 만들어 주겠다고 했다. 한창 뜨고 있는 사극 드라마를 보고 있을 때였다. 화면에서는 건장한 사내가 말을 달리고 있었다. 사내는 남자 주인공에게 급한 편지를 전해야 할 임무를 띠고 있었다. 말이 달리는 장면은 이십 초도 넘게 반복해서 나왔다. 나는 지루해서 아내를 보고 아버지처럼 말했다.

"저게 무슨 중요한 장면이라고 저렇게 오래 나올까? 중국 영화라면 저 장면을 오래 내보내지 않고도 의미를 잘 전달하는데."

내 말이 끝나기 무섭게 아내의 눈빛이 조금 새파래진 것 같았다. 하지만 자주 있는 일이었기에 나는 아무렇지 않게 다시 화면으로 눈을 돌렸다. 그러나 그것은 나만 아무렇지 않은 상황이었다. 갑자기 자리에서 벌떡 일어난 아내는 새침한 목소리로, 지루한데 칵테일 한 잔 마셔 보겠어? 하고 말했다.

"이번에 새로운 칵테일을 배웠거든."

이런 아내의 말에 내가 셰이커도 없는데 했더니 그런 건 없어도 된다고 했다.

귀가할 때 안고 왔던 쇼핑백에서 아내는 여러 개의 병을 꺼냈다. 나는 수족관과 미니어처 진열장을 마주 보고 앉아서 아내가 칵테일을 만드는 걸 지켜보았다. 아내가 새로 배웠다는 칵테일은 한 가지 스피리츠에 리퀴르는 네 가지나 되었다. 아내는 글라스에 1 메저 컵의 아마레도와 화이트 카카오와 발리와 갈리아노와 바카디 151을 차례로 붓고 머들러로 저었다. 그리고 글라스를 기울여 일회용 가스라이터로 불을 붙인 다음 살짝 태워 갈색을 띤 황금빛 술을 만들었다. 캐러멜과 초콜릿 향이 감미롭고도 그윽한 술을 건네면서 아내는 누군가를 유혹할 때나 흘렸을 눈빛으로 나를 보았다. 나는 아내에게 술 이름을 물었다. 아내는 웃음을 머금고 대답했다.

"파우스트."

"파우스트?"

"이 술을 마실 때는 숨을 쉬면 안 돼."

"왜?"

"그건……"

아내는 눈빛을 생각에 담그며 말꼬리를 길게 뺐다. 아내가 말꼬리를 길게 늘여 빼는 경우 대부분은, 자신의 모국어임에도 불구하고 적절한 어휘를 찾지 못할 때였다.

나는 아내의 대답을 기다리지 않고 잔을 들어올렸다. 향기로운 냄새가 점점 코끝에 가까워졌다. 아내는 다시 숨을 쉬면 안된다고 말했다. 나는 아내를 힐끗 쳐다보고 들어 올린 잔을 입술에 댔다. 아내의 말대로 숨은 꾹 참은 채였다. 그리고 천천히 몇 방울의 술을 입안으로 흘려 넣었다. 하지만 냄새를 마실 수 없는 칵테일은 칵테일이 아니었다. 또 아내의 말이 너무 궁금하기도 했다. 그래서 나는 다시 잔을 입에 대면서 살짝 코를 열고 말았다. 순간 내 두뇌의 모든 기능이 정지되는 것 같았다. 그 정도로 파우스트의 향은 충격적이었다. 충격적인 향기, 그것은 악마의 향기였다. 그 향기에 정신을 놓아 버린 나는 멍한 시선으로 아내를 바라보았다. 그러나 내 눈에는 고국의 수려한 나무가 아내의 모습에 겹쳐 보일 뿐이었다. 섬세한 결의 껍질, 우아한 잎사귀, 그 사이로 황금빛 별 같은 등황색 꽃이 불을 밝히고 있었다.

이런 내 눈빛을 읽었는지 아내는 아홉 개의 꼬리를 치마 속에 감춘 구미호처럼 야릇하게 웃었다.

"독하지? 그렇게 숨을 쉬지 말라니까."

아내의 말은 나를 염려해서 한 말이 아니었다. 나는 아내의 말을 무시하고 또다시 파우스트의 냄새를 조심스럽게 맡았다. 냄새는 더욱 강렬하게 느껴졌다. 파우스트의 냄새는 퇴폐적이며 사람을 나락으로 떨어뜨리는 냄새였다. 나는 숨이 턱 막혔다. 오랫동안 발기하지 못하고 있는 나의 페니스. 아내의 몸에 뿌리내리지 못하고 있는 나의 몸. 아내가 오기 전에 이미 소주를 두 병이나 마셨던 나는 끝을 알 수 없는 나락으로 몽롱하게 떨어져 버렸다.

파우스트를 마시고 쓰러진 뒤 나는 한동안 술을 마시지 않았다. 가끔 파우스트의 향기가 코끝을 맴 도는 것도 같았고 그 향기가 그립기도 했지만 그것뿐이었다. 이상한 일이었다. 모처럼 노을이 약국 창문에 비치는 날 저녁인데도 술을 마시지 않은 나는 조제실에서 꼼짝도 하지 못하고 있었다. 까닭 없이 무기력하다는 것 말고는 그것을 어떤 말로도 설명을 할 수가 없었다.

그때 여느 날처럼 생물선생은 불이 켜지는 가로등 밑을 걸어 내려왔다. 가로등 불빛에 호리호리한 그의 몸피가 하늘거리는 억새 잎 같았다. 그건 그의 몸에 걸쳐진 린넨 셔츠 때문이었다. 하지만 나는 여전히 술을 마시고 싶지 않았다. 그는 고개를 젓는 나를 근심 어린 표정으로 바라보았다.

"그냥 나가고 싶지 않을 뿐이야."

나는 그에게 손짓을 했다. 그가 조제실로 들어오자 조제실은 아주 은밀한 밀실처럼 느껴졌다. 동쪽에 작은 창문이 하나 있고 약국으로 연결된 통로 외에는 한약을 넣어 두던 약장과 양약을 넣어 두는 약장으로 채워진 작은 방. 이 작은 방에 들어서자 그는 양장피와 소주를 배달시켰다. 우리가 저녁마다 만나는 이유는 한 가지뿐이기 때문이었다.

그의 얼굴이 술 몇 잔에 벌겋게 달아올랐다. 그도 나처럼 아직 저녁을 먹지 않은 모양이었다. 거푸 몇 잔을 마시던 그는 벌겋게 달아오른 얼굴을 쓱쓱 문질렀다. 그리고 한약장을 만지며 왜 이런 게 여기 있느냐고 물었다. 나는 약국을 개업할 때 아버지가 물려준 것이라고 대답했다. 그리고 의약분업이 실시되기 전까지 수없이 열고 닫았던 약장을 물끄러미 바라보았다. 그도 아버지를 생각하는 것 같았다. 그는 어렸을 때 이야기를 했다. 일곱 살 때 아버지가 세상을 떠나자 외할아버지와 함께 살게 되었는데, 그는 외할아버지를 아버지처럼 따랐다고 했다. 그런데 중학교에 들어간 뒤 진짜 외할아버지의 아들이 되자 외할아버지가 더 멀게 느껴지더라는 것이었다. 아버지라고 하기도 그렇고 외할아버지라고 하기도 그렇고. 그때부터 몹시 외로웠다며 그는 내 손을 잡았다. 그의 맑은 눈은 촉촉했고 손은 뜨거웠다. 내 심장으로 뜨거움을 전하는 신경의 열전도율은 빨랐다. 내가 이제까지 경험해 보지 못한 이상야릇한 느낌이었다. 석 달 전에 금목서가 있는 한옥으로 이사 왔던 그에게, 저녁마다 포장마차에서 함께 술을 마시던 그에게, 이런 감정의 나무가 자라고 있었던 것인가 당혹스럽기까지 했다.

마침 그때 약국 문이 열리는 소리가 들렸다. 가벼운 두통을 호소하는 환자는 타이레놀을 찾았다. 내가 타이레놀을 파는 동안 그는 밖에 나갔다 돌아왔다. 그의 손에 들린 검은 비닐봉지 속에는 소주가 들어 있었다. 그가 또 술잔을 채웠지만 양장피처럼 분위기는 다 식어 버리고 서먹서먹할 뿐이었다. 하지만 말없이 술잔을 내려다보는 시간이 지루해진 나는 잔으로 손을 뻗었다. 그제야 비로소 그도 나처럼 소주잔을 향해 손을 내밀었다.

"아까 형수님을 봤습니다. 택시에서 승용차로 옮겨 타는 모습이 틀림없이……"

"그만하지."

"알고 계셨습니까?"

나는 대답하지 않았다. 중국인은 흔적 없이 소문을 쓸어 덮을 수 있을 만큼 대범해야 했다. 아버지라도 그랬을 것이었다. 나는 말없이, 그리고 연거푸 소주를 입속에 털어 넣었다. 하지만 소주는 파우스트처럼 나를 기절시키지는 못했다. 소주에는 파우스트처럼 정신을 질식시키는 화이트 카카오향이 없었다. 어느 모로 보나 파우스트는 악마와 겨루기 벅찬 사람에게는 어울리지 않는 술이었다.

손이 저절로 떨린다는 것을 발견한 건 무더위가 절정에 이른 여름날이었다. 그날 나는 소나기라도 좀 내렸으면 좋겠다고 환자에게 이야기를 하고 있었다. 환자는 약국 아래 전자상회 옆의 정형외과를 다녀온 남자였다. 삼십 대 중반의 남자는 왼손 중지에 깁스를 하고 있었다. 나는 그와 이야기를 하다 시원한 박카스를 한 병 건넸다. 그러다 무심코 내 손을 내려다보게 되었는데 손을 떨고 있었다. 떨림은 멈추려고 해도 멈춰지지 않았다. 나는 태연하게, 그리고 재빨리 손님이 보지 못하도록 손을 감추었다. 그러나 속으로는 당황스러웠다. 잠깐 아버지를 떠올렸지만 기억 속의 아버지는 입을 꼭 다물고 있을 뿐이었다.

내가 생각해도 나는 너무 많은 술을 마셨다. 결식과 과음으로 인해 빨리 마모되는 기계처럼 고물로 변해 가는 부분이 늘어가고 있었다. 먼저 페니스가 주저앉고 손이 떨리고 다음에는 어느 부위가 망가질까 두려워졌다. 그날 이후부터는 더 이상 야릇한 행동을 하거나 아내의 이야기를 하지 않는 생물선생. 갑자기 귀가 시간이 빨라진 아내. 생물선생과 술을 마시는 거나 아내와 함께 그냥 잠만 자는 거나 별반 다를 것 없는 하루하루를 보내는 나는 더 많은 술을 마시게 될 것 같았다.

시간이 갈수록 손은 더 떨려왔다. 포장마차 남자에게서 아내가 다른 남자와 만나는 것을 보았다는 말을 들은 뒤부터였다. 내 손이 떨리기 시작한 뒤부터 아내의 소문은 빠르게 퍼져갔다. 아내도 자신의 소문을 알고 있는 것 같았다. 웬만한 여자라면 그쯤에서 외출을 자제하겠지만 아내는 달랐다. 나는 아내를 잘 안다. 죽었으면 죽었지 아내는 절대 그럴 일이 없었다. 아내는 두 다리가 멀쩡한 여자보다 훨씬 아랫도리 근육이 발달한 여자였고 알게 모르게 나와 아버지에게 상처를 입어 온 사람이었다. 그런 아내는 가끔 홀로 깊은 생각에 잠기기도 했지만 동네 사람들의 냉랭한 시선쯤은 무시하고 다녔다.

그처럼 무성한 소문과 냉대에도 불구하고 태연하게 활보하고 다니는 아내는 원래 암내를 숨기고 나를 홀린 여자였다. 대학 시절, 내가 학교에서 집으로 돌아가는 무렵이면 아내는 다리를 절며 계산된 산책을 했다. 그래도 그때 아내는 그런 대로 맑은 여자였다. 그런 여자가 달라졌다. 아버지가 죽고 난 뒤부터, 중국말을 배우지 않게 된 이후부터, 달콤함과 부드러움 뒤에 독기를 감춘 칵테일처럼 암내를 들키고도 아무렇지 않은 얼굴을 할 만큼 뻔뻔스러워졌다.

아내는 내 손을 보고도 그다지 놀라지 않았다. 이런 날이 올 줄 몰랐냐는 듯 힐난의 눈초리로 오히려 생물선생과 만나지 말라고 했다. 눈치 빠른 여자가 단순하게 생물선생과 술을 마시지 말란 뜻으로만 하는 말은 아닌 것 같았다. 그래서 나는, 하루 종일 혼자 약국에 갇혀 지내다 사람과 섞이는 시간은 술을 마시는 시간뿐이라고 아내에게 딱 잘라 말했다. 포장마차에서 보내는 저녁 시간마저 없다면 나는 숨이 막혀 죽게 될 거라고. 술을 마시면 손이 떨리는 증상은 없어지니까 염려할 것 없다고. 아내의 아름다운 얼굴에 이 말을 던져 주고 생물선생을 만나러 갔다.

그런데 악마는 엉뚱한 곳에서 내게 얼굴을 내밀었다. 그것은 전혀 예상치 못한 일이었다.

며칠 동안 생물선생과 술을 마시지 못한 어느 날, 나는 아내의 남자를 보게 되었다. 그날은 생물선생의 장인이 세상을 떠난 다음 날이었다. 나는 어떤 일이 있어도 서울 삼성의료원의 영안실을 다녀와야 했고, 점심을 먹고 출발한 여행에서 자정이 다 되어서야 돌아올 수 있었다. 포장마차의 불빛만 환하던 자정 무렵, 택시에서 내리던 나는 대문에서 포장마차와 이발소 사이의 작은 골목으로 다급하게 사라지는, 적송처럼 우람한 등을 가진 사내를 보았다.

그날, 나는 꽃이 다 지고 잎뿐인 아마릴리스가 있는 약국에서 뜬눈으로 밤을 지새웠다. 다 비워 낸 술병과 술잔을 잡고 역류하는 혈관의 피를 이 악물고 가라앉혔다. 내 인생을 멋대로 셰이크 해 버린 아내는 이 층에서 냄새를 지우고 있었을 테지만, 나는 조제실 어둠 속에서 기억의 파일을 삭제하는 기능을 찾느라 밤새도록 몸살을 앓았다. 판도라의 상자는 신화에만 나오는 이야기가 아니었다.

아버지는 어떤 일이 있어도 아내를 버리면 안 된다고 말했다. 고지식한 나는 아버지의 말을 잊지 않고 있었다. 그러나 어떻게 아내와 함께 잠을 자고 밥을 먹어야 할지, 얼굴은 또 어떻게 마주 대해야 할지 도무지 알 수 없었다. 보지 말아야 할 것을 보았다는 것은 참으로 불행한 일이었다. 나는 머리를 쥐어뜯으며 기억의 삭제 파일을 찾아내고 엔터키를 두들겨 댔다. 그럴수록 뇌리에서 지우고 싶은 영상은 자꾸 복사되어 불어났다.

생물선생을 다시 만날 때까지도 내 머릿속에서는 아내와 적송의 남자가 우리 방 침대 위에서 뒹구는 화면이 돌아갔다. 아내의 몸을 애무하는 사내와 사내의 몸을 자극하는 아내. 바닥으로 떨어지는 이불. 증기기관차처럼 헐떡이는 숨결. 내 머릿속은 두 남녀의 타액으로 범벅이 되어 버린 것 같았다. 흥분한 두 짐승의 타액에서는 비 오는 날의 비린내 같기도 하고 시큼하게 상해 버린 음식 같기도 한 냄새가 느껴지는 듯했다. 방에서도 거실에서도. 역겨움을 참을 수 없는 나는 여러 병의 페브리즈를 약국 조제실까지 마구 뿌려댔다. 아내가 모든 냄새를 지워 버린 방은 청정했지만 내게는 이상한 냄새가 자꾸만 느껴졌던 것이다.

나는 손이 떨리기 이전보다 더 많은 술을 마셨다. 저녁마다 파출부는 저녁을 차려 놓고 기다렸지만 가로등에 불이 켜지면 포장마차로 건너가서 소주를 마시곤 했다. 술을 마시며 약을 팔다 아홉 시가 넘으면 동네를 배회했다. 그런 날이 여러 날 계속 되었다. 그러던 어느 밤은 보름달이 환하게 동네를 비추고 있었 다. 달빛이 비친 이 층의 창문은 적막했다. 아내는 잠이 든 것인 지 불빛이 보이지 않았다. 포장마차 앞에서 잠시 이 층을 올려다 보던 나는 이내 셔터가 내려진 약국을 등졌다. 이 층에는 아내 혼자뿐이라는 것을 알면서도 머릿속의 불온한 상상들은 어떻게 할 도리가 없었다.

나는 어두운 그림자를 거느리고 치킨가게 쪽으로 올라갔다. 내 생각에도 아무 생각이 없는 걸음이었다. 그냥 달빛이 좋아서 걷다 보니 어느새 검은 동굴처럼 아가리를 벌리고 있는 작은 골 목이었다. 불과 삼십 여 미터 거리에 생물선생이 사는 한옥의 담 이 보였고 골목 안에서는 말로 설명할 수 없는 향긋한 바람이 불 어왔다. 나는 나도 모르게 향기를 좇아 골목 안으로 들어섰다. 치킨가게 뒤편에 있는 다세대 주택을 지나고 이 층의 벽돌집 앞 에 서자 생물선생이 사는 한옥이 마주 보였다.

사람과 오토바이와 자전거만 지나다니는 골목은 한 장의 화 선지처럼 보였다. 온통 달빛이 하얗게 고여 있는 가운데 이층집 정원의 나무 그림자만 수묵화처럼 드리워져 있었다. 달이 머리 위에 떠 있는 시간, 골목은 소란스럽던 한낮이 그리워질 정도로 더없이 고요했다. 가끔씩 부드러우면서도 달콤한 바람이 불어와 고요한 정적을 조용히 스쳐갔다. 그때마다 등황색의 향기는 한 옥의 주위를 맴돌다 달빛을 타고 사방으로 흩어져 갔다. 나는 벽 돌이 곧 떨어질 것 같은 낡은 담 너머 마당을 넘어다보았다. 그 늘마저도 남루한 한옥집의 뜰 안, 술 취한 사람의 낙서처럼 뻗어 있는 덩굴장미 사이에서 두 그루의 나무는 보름달의 기운을 푸르게 받고 있었다. 우아한 가지와 무성한 잎사귀와 은하수 성운처럼 무리 진 꽃송이들이 서늘한 밤공기를 달콤하고 향기롭게 셰이크 하는 중이었다.

나무를 바라보는 내 콧등이 어느 샌가 시큰해지고 있었다. 물기가 번진 눈에는 등황색 꽃이 등처럼 커졌다가 작은 점으로 흐려지곤 했다. 달에서는 안개가 풀려나와 나무를 감싸는 것처럼 보이기도 했다. 미처 나도 느끼지 못하는 사이에 눈물 한 방울이 볼을 타고 내렸다. 아버지와 나의 고국이 저기 있다. 한 번도 가보지 못했고 반드시 가고 싶은 곳. 나는 담장을 잡고 키를 돋웠다. 그리고 담장 쪽으로 뻗은 가지를 향해 손을 뻗었다.

하지만 담장 위에다 너무 많은 힘을 부렸던 탓일까. 내가 짚고 있던 담 위의 벽돌 두어 개가 힘없이 떨어졌다. 하지만 나는 놀라지 않았다. 담의 부실한 상태를 모르는 바가 아니었고 내가 잡고 있는 담이 모두 무너진다 해도 겁날 일이 없다는 생각이 들었던 것이다. 나무는 어느덧 뿌옇게 느껴지는 달빛 아래 흐릿한 형체만 드러내고 있는 모습이 되었다.

나는 다시 담에 붙었다. 그러나 담을 잡고 서자 또다시 벽돌이 떨어졌고 낡은 집에서 불이 켜지기가 무섭게 키 큰 남자가 대문 밖으로 나왔다. 생물선생이었다. 대문 밖으로 나와 벽돌을 떨어뜨린 장본인을 확인한 생물선생은 몹시 놀랐다.

"무슨 일이십니까? 이 밤중에."

"향기에 이끌려서 왔네."

"이 나무의 꽃향기가 거기까지 날아갔습니까?"

"달이 밝아서 잠을 이루지 못하고 골목을 좀 걸었네."

내 귀에는 생물선생과 나의 대화가 환청처럼 들렸다. 그게 저녁을 먹지 않고 술만 마셔서 그런 것인지 며칠 동안 제대로 잠을 자지 못해서 그런 것인지 분간이 되지 않았다.

그때 또 바람이 불어왔고 나무에 고요하게 머물러 있던 향기가 바람을 타고 너울댔다. 그것은 파우스트처럼 황홀한 냄새였다. 금목서의 향기에 취한 나는 생물선생을 마주한 채 눈을 감고 심호흡을 했다. 그 순간 뜨겁고 촉촉한 손이 내 손을 끌어당겼다. 그의 악력은 자성이 강력한 자석 같았는데 뜨겁고도 또 미묘한 느낌을 주는 손이었다. 나는 문득 내가 있는 곳이 지상이라는 것을 잊었다. 거기에는 달빛이 주는 몽환적인 느낌도 한몫하고 있었다. 하지만 그의 손에는 끈적끈적하고 뭔가 개운치 않은 느낌도 함께 묻어났다. 나는 보름달이 환하게 떠 있는 그의 눈을 들여다보았다. 분명히 그는 내 인생에 있어서 1 메저 컵의 리쾨르였다. 저녁마다 함께 술잔을 기울이는 사이로서는 괜찮은 리쾨르라고 할 수도 있었다. 내가 바라는 것은 그 이상도 그 이하도 아니었다.

이런 내 생각은 아랑곳도 없이 그는 점점 더 가까이 나를 담 밑으로 끌어당겼다. 나는 아직도 환한 한옥의 방문으로 눈을 주며 그의 힘을 버텼다.

"안 돼. 이건 아니지. 제발……"

나는 이 말을 겨우 입속으로 중얼거렸다. 그러는 사이 나와 그의 간격은 그의 눈밖에 다른 것은 볼 수 정도로 가까워졌다. 내 그림자로 가득 채워진 그의 눈 속에는 한국이나 중국 같은 국

적의 의미는 지워지고 없었다. 그의 손이 내 어깨를 잡았다. 내 그림자 속에서도 뜨겁게 느껴지는 열기를 나는 감당하기 어려울 것 같다는 생각이 들었다. 내가 생각하는 한 이런 일은 있어서도 안 되고 있을 수도 없는 일이었다. 나는 그의 어깨를 확- 밀쳤다. 그와 동시에 나 역시도 균형을 잃고 이층집의 나무 그림자 속으로 나가떨어지고 말았다.

순간 매끈한 바닥의 차가운 느낌에 술이 확- 깨는 것 같았다. 나는 바닥을 박차고 벌떡 일어났다. 잠시 내가 있는 곳과 시간이 분간되지 않았다. 어두운 공간의 네모난 구멍으로 비쳐 드는 한 줄기 달빛을 보고 밤이라는 것만 헤아릴 수 있었다. 등이 선뜻거리고 재채기가 나왔다. 더듬더듬 주위를 더듬어 소파 구석에서 안경을 찾아 걸치고 나서야 나는 내가 있는 곳이 조제실이라는 것을 깨달았다.

꽤 오랫동안 생물선생은 나를 찾아오지 않았다. 아마 새 학기가 시작된 뒤여서 몹시 분주한 모양이었다. 생물선생과 함께할 수 없는 저녁 시간, 나는 혼자서 포장마차를 찾았고 술이 거나해지면 조제실의 소파에서 잠이 들곤 했다.

그러는 사이 아내는 다시 돈을 훔치고 다리를 절며 늦은 귀가를 하기 시작했다. 어느 날 나는 아내가 외출한 틈을 타서 이 층에 올라가 방과 거실을 둘러보았다. 아내의 화장대 위에는 전에 보지 못한 책이 한 권 놓여 있었다. 그것은 칵테일에 관한 책이었다. 나는 먼지를 뒤집어쓴 채 화장대 한쪽에 놓여 있는 책을 집어 들었다. 손때가 묻어 있지 않은 책에는 중간에 딱 한 줄 빨간 볼펜으로 밑줄이 그어져 있었다. 같은 성질의 스피리츠를 혼합하지 않는다. 곡물을 원료로 한 위스키와 진, 위스키와 보드카, 코냑과 알마냑은 결코 혼합하지 않는다. 이 말이 아내가 중요하게 여기는 부분이었다. 책을 덮었다.

　나는 소주와 이과두주를 섞어 보고 싶었다. 미니어처 진열장이 있는 거실로 나서는 내 눈에 아버지의 사진이 들어왔다. 나는 술을 찾으러 가는 대신 아버지에게 다가갔다.

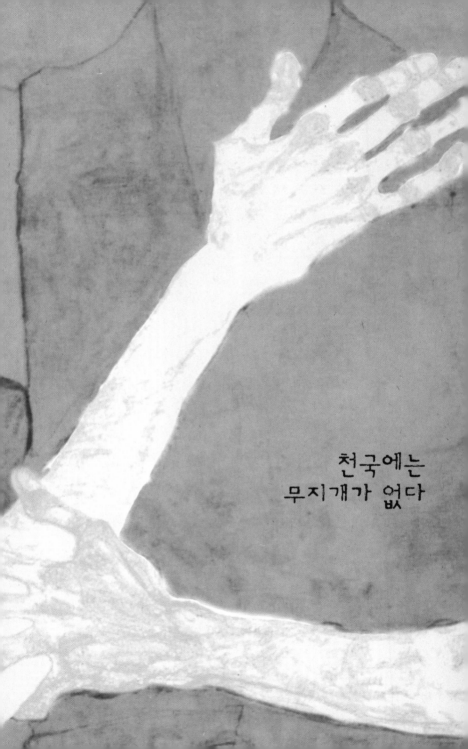

천국에는
무지개가 없다

차에서 내린 순간 빗방울이 이마와 코끝을 스쳤다. 하늘도 온통 짙은 먹빛이었다. 확률 80%라는 일기예보대로 비가 시작되려는 모양이었다. 이런 날의 강수량(降水量)은 보나 마나였다. 빗속에 서는 순간 흠뻑 젖을 정도로 내리는 비에 낙엽이나 쓰레기들은 바닥에 찰싹 들러붙을 것이었다. 나는 깊게 숨을 들이마셨다 길게 내뱉었다. 가로등 불빛이 닿지 않아 어둠이 우물처럼 고여 있는 건물 사이에서 지퍼(zipper)를 올리며 나오던 사내가 그런 나를 빤히 쳐다보다 비틀거리며 반대편으로 돌아섰다.

"청소부(淸掃夫)가 일찍도 나왔네?"

혀가 말린 그 사내에게서는 술 냄새가 진동했다.

청소부가 되고 나서부터 비가 내리는 날이면 신경이 예민해졌다. 이런 날에는 두 다리가 물 먹은 나무토막처럼 무거워지고 발바닥이 길바닥에 달라붙는 것 같다. 내 몸이 뼛속까지 젖어서 폐지(廢紙)가 되어 버린 느낌이 든다. 거기다 종이나 비닐은 낙엽과 함께 바닥에 붙어서 여간해서는 잘 떨어지지 않는다. 이렇게 비가 내린 날 청소는 맑은 날보다 몇 배나 더 힘이 들기 마련이었다.

본격적으로 비가 내리기 전에 아침 청소를 마치자면 서둘러야 될 것 같았다. 장갑을 끼자마자 나는 도시의 중심상가로 향했다. 상가들이 밀집한 거리는 사람들이 물결처럼 흘러가던 예전의 명성을 잃긴 했어도 저녁이면 젊은이들이 제법 붐비는 곳이었다. 아직도 많은 사람들이 이 거리에서 저녁을 먹고 차를 마시고 영화를 보고 파마를 하고 옷과 전화기를 사고 은행에서 돈을 찾고 우편물을 부쳤다. 쓰레기는 붐비는 사람들에 비례했다. 새벽에 나와서 보면 밤새 뿌려진 전단지가 사람들의 발길에 닳아 있고 담배꽁초와 휴지 따위가 널려 있곤 했다.

배정된 구역의 아침청소는 보통 서너 시간은 족히 걸렸다. 만남의 광장 역할을 하는 우체국 앞에서부터 파출소 앞까지 아무리 서둘러도 세 시간 안에 아침 청소를 끝낸 적이 한 번도 없었다. 나는 종량제봉투를 꺼내 들며 또 하늘을 올려다보았다. 아침 청소를 마칠 때까지만 쏟아지지 않으면 좋을 텐데. 그러나 시커먼 먹빛의 하늘은 십 분 앞을 장담하기 어려울 정도로 위태로워 보였다. 거기다가 거리 모퉁이에서는 바람까지 불어오기 시작하고 있었다. 여기저기 널려 있던 전단지가 들썩거렸고 전단지 위에 떨어지는 빗방울 소리가 제법 또렷하게 들려왔다. 새벽까지 술을 마시고 귀가하는 사람들이 드문드문 눈에 띄었고 거리의 쓰레기는 여느 날과 다름없이 많았다. 나는 서둘러 종량제 봉투를 펼쳤다.

아침 청소는 가까스로 아홉 시가 넘어서 끝났다. 백 리터짜리 종량제 봉투에 가득 찬 쓰레기를 문의 구역에 있는 수거 장소에 갖다 놓는 것으로 하루 중 가장 힘든 시간이 마무리된 셈이었다. 나는 그렇게 아침청소를 마치고 나서야 은행나무 아래서 겨우 숨을 골랐다. 그러자 땀이 식으면서 몸이 선득거렸고 허기와 갈증이 한꺼번에 밀려들었다. 하지만 맡은 구역을 돌아보던 문은 미간을 찡그린 채 시커먼 하늘과 바람 부는 거리를 번갈아 볼 뿐이었다.

시간이 지나면서 하늘은 더욱 어두컴컴해졌고 머리 위에서 우수수 떨어지던 은행잎은 도로 위로 마구 휘날렸다. 그런데 바람의 움직임이 심상치 않았다. 은행과 투자금융사와 신문사와 병원 건물이 늘어선 거리의 차도와 인도로 노란 낙엽이 세차게 휩쓸려 다녔고 건물 위까지 은행잎이 맹렬하게 날아올랐다. 이 구역을 맡고 있는 문은 거리를 다시 한 번 바라보고는 아예 담배를 꺼내 물었다.

"나, 이민 가고 싶다. 가을이 없는 나라로. 혹시 불 있냐?"

불은 좀처럼 붙지 않았다. 문은 두 손으로 감싸고 겨우 담배에 불을 붙였다.

"거기 가서도 청소나 하게? 그리고, 거기도 낙엽은 떨어져. 여기처럼 많지는 않겠지만. 아니면 여기보다 쓰레기가 더 많겠지."

문은 담배 연기를 폐부(肺腑) 깊숙이 들이마셨다가 내뿜으며 웃었다. 나도 문을 따라 웃었다. 문과 내 말은 서로 역할만 바꾸었을 뿐 불과 일 년 전에 나눴던 이야기였다. 문이 다시 담배를 한 모금 빨며 나를 바라보았다.

"역시, 그렇지? 하지만, 경마장(競馬場) 구역은 과거고 난 현실이지 않냐?"

드디어 가을비답지 않게 빗방울이 굵어지기 시작했다. 본격적으로 비가 쏟아질 조짐은 한두 가지가 아니었다. 먹구름은 지상에 닿을 듯 두터워졌고 넓은 도로 한가운데로 한 무더기 은행잎이 소용돌이치며 공중으로 떠올랐다 우수수 떨어졌다. 한가하게 잡담이나 하고 있을 상황이 아니었다. 문은 쫓기듯 바로 앞에 있는 지하상가 입구로 들어갔고 나는 리모델링(remodeling) 공사를 하다만 건물의 지하주차장으로 향했다. 비가 내리는 동안 우리가 할 수 있는 일은 아무것도 없었다. 그동안 문은 지하상가 관리사무실에서 바둑이나 두고 있을 거라고 했다. 나는 열다섯 대밖에 주차할 수 없는 지하에서 주차를 도와주며 주차장 사장과 아침을 먹고 커피를 마실 생각이었다. 주차장 앞에 세워 놓은 내 크레도스를 사장이 지하로 옮겨 놓았을 터였다.

이마 위의 머리에 흉터가 커다란 오십 대의 사장은 외출을 하려는 모양이었다. 사무실 입구에 서 있던 사장은 나를 보자 귀에 갖다 대던 전화기를 껐다. 낡은 티브이와 화장지와 두꺼운 책이 놓여 있는 책상 앞에서 뭔가 메모를 하고 있던 해연은 고개를 끄떡하고 아는 체를 했고 사장은 자동차 리모컨으로 주차장 입구를 가리켰다.

"보다시피 출구와 입구를 같이 사용하는 데다 좁기까지 하지 않나? 어제 저녁에 여자 손님 한 분이 무서워 나갈 수가 없대서 대신 운전해 주다가 범퍼(bumper)를 먹어 버렸다네. 한가할 때 정비공장에 다녀오려고. 그동안 주차장 좀 봐 달라고 전화하려던 참이었네."

범퍼가 흠집이 난 차는 은회색 자동차였다. 차종과 흠집이 난 범위로 봐서 수리비가 꽤 나올 것 같았다. 사장의 말을 듣는 순간 밥을 어디서 먹어야 하나 하는 생각이 들었지만 나는 사장의 지갑부터 걱정하지 않을 수 없었다.

"수리비가 좀 나오겠는데요?"

사장이 담배에 불을 붙이자 책상 앞에 앉아 있던 해연이 손으로 코와 입을 가렸다.

"그러게 말이야. 그런데 지금 밖에 비 와?"

나는 은회색 자동차를 향해 리모컨(remote control)을 누르는 사장을 바라보며 고개를 끄떡였다.

"이 가을에 무슨 바람까지 이렇게 부나 모르겠어요."

하지만 내게는 여전히 아침을 어디서 먹어야 하나 하는 생각뿐이었다. 배에서는 꼬르륵 소리까지 났다. 가로로 겨우 세 대씩 주차할 수 있는 기다란 지하주차장 끝의 구석에 세워진 십칠 년 된 크레도스가 눈에 들어왔다. 아내가 싸 준 도시락이 들어 있는 크레도스는 드문드문한 형광등 불빛을 희미하게 받고 있었다.

사장은 자동차 문을 열다 말고 문득 그렇게 우두커니 서 있는 나를 돌아보았다. 그리고 여전히 뭔가를 수첩에 적고 있는 해연을 불렀다.

"시간이 좀 걸릴 것 같으니까 아저씨하고 먼저 밥 먹어라. 자네, 우리 해연이랑 밥 먹고 차 좀 봐 주게. 쟨 아직 운전이 서툴러."

"예, 다녀……."

내 대답은 사장이 자동차 문을 닫는 소리에 잘려 버렸다. 은
회색 자동차는 좁은 주차장 출입구를 빠르게 빠져나갔다. 해연
은 수첩을 덮었다. 나는 찌개를 데우는 해연을 바라보다 군데군
데 녹이 슬어 있는 크레도스로 향했다. 좁은 주차장 안에 가득
퍼진 매연이 매캐하게 목을 자극했다.

도시락은 김에 싼 맨밥에 배추김치와 어묵 국이 전부였다. 해
연과 나는 된장찌개와 어묵 국을 떠먹으며 김에 싼 맨 밥에 김치
를 얹어먹었다. 아내가 싸 준 도시락은 그동안 커피만 나눠 마시
던 해연과 내가 편안하게 밥을 먹을 수 있도록 비좁은 주차장 사
무실 안의 공기를 누그러뜨려 주었다. 해연은 김치가 김밥 맛을
살려 주는 것 같다고 했다.

어묵 국물을 떠 넣으며 김밥을 우물거리는 내 눈에 티브이 앞
에 놓인 책과 수첩이 들어왔다. 『앵무새 죽이기』. 어떤 책일까.
내가 아는 사람들은 거의 책을 읽지 않았다. 어쩌다 읽는 것은
스포츠 신문뿐이었고 그나마도 관심 있는 기사 몇 줄이 고작이
었다. 나 역시도 유아원에 다니는 딸에게 읽어 주는 동화책이 전
부였다. 나는 해연을 물끄러미 바라보았다. 해연은 밥을 먹으면
서 티브이에 집중했다. 아무래도 해연이 단순한 취미로 메모를
하고 책을 읽는 것 같지는 않다는 생각이 들었다.

하지만 그뿐이었다. 김치가 맛있다는 해연과 티브이를 보면
서 천천히 플라스틱 통을 비워 갔을 뿐 수첩이나 책에 대한 생각
은 금방 잊어버렸다. 그때까지도 차는 한 대도 들어오지 않았고

티브이에서는 사극 드라마가 방영되고 있었다. 치졸한 임금 인조로 분장한 남자배우의 얼굴이 클로즈업(close-up) 되는 것으로 드라마가 끝나고 나서야 해연은 나를 바라보았다.

"비 오면 청소하시기 힘들겠어요? 비에 젖어서 길바닥에 착 달라붙은 종이, 그거 쓸 때 느낌 거지같지 않아요?"

드디어 크레도스 앞으로 물이 떨어지는 소리가 들려왔다. 리모델링을 한다고 여기저기 뜯어 놓은 일 층 바닥 어딘가로 빗물이 흘러내리는 모양이었다. 물이 떨어지는 소리는 꽤 크게 들렸다. 이 정도면 밖에는 꽤 많은 비가 내리고 있다는 이야기였다.

"비에 젖은 종이요? 나뭇잎도 만만치 않죠."

티브이에서는 보험회사 광고가 반복되고 있었고 내게는 경마장 일대의 은행나무가 떠올랐다. 나는 지난 이 년 동안 경마장 일대의 청소를 담당했다. 경마장 일대의 은행나무들은 문이 담당하고 있는 거리의 은행나무처럼 크지도 무성하지도 않았다. 심은 지 얼마 안 되는 듯 보이는 나무들은 굵지도 않은 데다 잎들은 작았고 또 성글었다. 그런 잎들이 경마장 입장권과 함께 비를 맞고 아스팔트에 들러붙으면 쓸어내기가 여간 힘든 게 아니었다.

김밥 세 개를 남겨 놓고 해연은 젓가락을 놓았다.

"우리은행 앞쪽 거리가 담당이신가 봐요? 이 부근에서 나뭇잎을 볼 수 있는 곳은 거기밖에 없잖아요?"

나는 남은 김밥을 집으며 고개를 저었다.

"아뇨. 경마장 쪽에서 일할 때도 힘들었는데 우리은행 앞쪽 거리라니요."

그 순간 된장찌개 냄비 뚜껑을 덮던 해연의 눈이 반짝하고 빛났다. 해연은 잠깐 동안 그렇게 말없이 나를 바라보았다. 그리고 책상을 정리하며 질문을 퍼붓기 시작했다. 경마장에 들어가 본 적이 있느냐. 이 도시의 경마장에서도 과천의 경마장처럼 진짜 말이 달리느냐. 경마장에는 어떤 사람들이 드나드느냐. 그곳에 드나드는 사람들과 이야기를 나눠 본 적이 있느냐. 해연은 대체로 이런 질문들을 했고 나는 해연의 질문에 성실하게 대답했다. 경마장에 들어가 본 적은 없다. 이곳의 경마장은 다른 곳의 경마장을 중계 받는 것으로 알고 있다. 경마장에는 늘 다니는 사람들이 다니는 것 같다. 하지만 나는 경마장에 드나드는 사람과 이야기를 나눠 본 적이 있느냐는 물음에는 바로 대답하지 못했다. 다른 물음에는 모두 김밥을 먹듯 대답할 수 있었는데 한 남자에 대한 기억이 잠시 말문을 가로막아 버렸기 때문이었다. 그 짧은 순간, 두꺼운 책과 수첩, 그리고 해연의 얼굴이 한눈에 들어왔다. 그러자, 어쩌면 해연은 소설을 쓰는 사람일지도 모른다는 생각이 얼핏 뇌리를 스쳐 갔다.

우리 같은 거리의 청소부들은 새벽 다섯 시에 하루를 시작한다. 세상이 어둠에서 풀려나는 꿈을 꾸는 시간, 우리는 사람들이 밤새도록 하루를 마감한 흔적들을 치우기 시작하는 것이다. 절반쯤 마시다 패대기쳐 버린 주스 컵과 절반으로 꺾여 버린 담배에서 읽히는 분노와 절망을 아직 어두컴컴한 시간에 수거(收去)한다. 또한 구겨진 휴지 조각에 묻은 시시한 농담과 꽁초에 남은 고민도 종량제 봉투에 쓸어 담는다. 컴컴한 새벽에는 미처 귀가

하지 못한 사람들까지도 버려진 쓰레기처럼 보인다.

그런 남자를 나는 일 년 전에 만났다. 가랑비가 내리는 새벽이었고 바람이 불지 않아도 은행잎이 한 잎씩 떨어지던 가을이었다. 그때 그 남자는 경마장(競馬場) 앞의 어둠 속에 쭈그리고 앉아 있었다. 두 팔은 멀거니 두 무릎에 걸친 채였는데 사실 나는 처음에 그 남자를 알아보지 못했다. 가랑비가 내리고 있는데다 자전거가 사람과의 구분을 지우고 있었기 때문이었다. 내가 입장권을 줍던 집게를 멈출 수 있었던 건 그 남자의 오른손에 들려 있던 담배 덕분이었다. 밤새 내린 비에 젖어 길바닥에 철썩 들러붙은 입장권과 퉁퉁 불어 버린 나머지 집게가 닿는 순간 흐물흐물해져 버리는 입장권을 느릿느릿 주워 나가는데, 자전거 보관대가 가까워지자 진한 담배 냄새가 폐부(肺腑)로 훅- 끼쳐 왔다. 그제야 나는 두 대의 자전거 사이에서 한 점 작은 불빛을 발견했다. 그런데 그 불빛이 그 남자의 담뱃불이었던 것이다.

그때만 해도 나는 그 남자를 그다지 눈여겨보지 않았다. 다만 한 점 붉은 담뱃불과 자전거 뒤에 쭈그리고 앉아 있는 그 남자에게서 베팅 액수가 다른 사람들보다 많았다는 것을 읽었을 뿐이었다. 경마가 있는 날이면 주변의 편의점에서 입장권을 사는 사람은 부지기수였다. 그러나 돈을 딴 사람은 한 사람도 보지 못했다. 경마가 끝나면 거의 대부분의 입장권은 길바닥에 패대기쳐졌다. 그 남자의 입장권도 그렇게 자전거 앞에 버려져 있었고 나는 그 남자를 그렇게밖에 이해할 수 없었다.

그 남자는 내가 경마장 옆에 있는 편의점을 지나갈 때까지도 쭈그려 앉은 자리에서 일어날 줄을 몰랐다. 다시 담뱃불도 붙이지 않는 남자는 마치 그림자처럼 보였다. 가랑비가 안개처럼 자욱하게 내리고 있는 탓에 어쩌면 실루엣(silhouette)처럼 보이기도 했다. 그날 새벽에 본 그 남자의 모습은 그것이 전부였다. 나는 편의점을 지나서도 쉬지 않고 쓰레기들을 주워 나갔고 그 남자를 다시 돌아보지 않았다.

아침 청소를 마치고 다시 경마장 앞으로 돌아왔을 때 그 남자는 없었다. 그 남자가 쭈그려 앉았던 자리에는 절반으로 부러진 담배만 널려 있을 뿐이었다.

며칠 동안 맑은 날이 계속되었다. 언제 그렇게 비가 내렸나 싶게 지상은 빠르게 건조해졌고 경마가 있는 날이면 사람들은 여전히 경마장으로 몰렸다. 입장권 또한 무수히 버려지고 더 많은 은행나무 잎이 떨어졌지만 쓰레기를 치우는 일은 그다지 힘들게 느껴지지 않았다. 힘든 것은 새벽 다섯 시가 점점 추워진다는 것뿐이었다.

내가 그 남자를 다시 만난 날은 서리가 하얗게 내린 새벽이었다. 그때 그 남자는 자전거 앞에 서 있었다. 한 손으로는 자전거 핸들을 잡고 나머지 손으로는 입에 물린 담배를 잡은 채였다. 나는 그 남자를 한눈에 알아보았다. 옷차림이 두터워지긴 했지만 반듯한 생김새와 곱슬곱슬한 머리 모양이 비 내리던 새벽의 그 남자였다.

자전거 보관대 앞으로 다가가면서 나는 새삼 그 남자를 찬찬히 살펴보았다. 가로등 불빛이 조금 멀긴 했지만 그 남자의 눈빛에서는 체념에 가까운 그늘이 느껴졌다. 또 얼굴은 푸석하고 몹시 피곤해 보였다. 그 남자가 문득 담배 연기를 길게 내뿜었다. 담배 연기는 매웠고 또 향기로웠다. 그 순간, 언젠가 담배 제조창에서 일하게 된 친구가 담배에 이백열여섯 가지인가의 재료가 첨가된다고 말했던 게 떠올랐다. 담배 냄새가 향기롭다고 느낀 것은 초콜릿 향 때문이었다.

담배를 다 피운 그 남자는 내 앞에 꽁초를 버렸다. 내 시선이 담배꽁초를 따라갔다가 곧장 그 남자의 얼굴로 향했다. 그 남자는 무표정한 얼굴로 나를 마주 보았다. 무슨 문제라도 있느냐는 물음이 얼굴에 가득했다. 나는 그 남자가 버린 담배꽁초를 집게로 집어 올렸다.

"방금 전에 주운 꽁초와 입장권도 댁이 버리신 것 같은데요. 내가 좀 더 기다릴 걸 그랬죠?"

그 남자는 어이없다는 표정을 지었다. 그리고 자전거에 올라타며 비틀어 올린 입에 냉랭한 미소를 흘렸다.

"어차피 집게로 한꺼번에 집을 수도 없을 텐데……. 또 그게 직업이잖아."

나를 지나쳐 달려가는 그 남자에게서는 담배 냄새와 함께 구릿한 체취가 훅– 끼쳐 왔다. 그 남자는 내가 지나왔던 도로를 달려갔다. 작은 슈퍼와 추어탕을 파는 식당과 철물점 앞을 달려가는 그 남자는 멀어지는 거리에 비례해서 점점 작아져 갔다. 점차 밀려드는 빛과 밀려나는 어둠이 희붐하게 섞여 가는 거리에서 그 남자의 질량(質量)은 너무도 가벼워지고 있었다. 나는 그 남자를 언짢은 기분으로 오래도록 바라보았다.

처음에는 들고 있던 집게로 한 대 후려치고 싶은 것을 간신히 참았다. 그 다음에는 그 남자의 말에 어안이 벙벙해져 버렸다. 이 자식이 정말……. 그 순간 밤을 새운 자 특유의 체취와 텁텁하게 뒤섞인 담배 냄새에 비위가 상했다. 이 남자는 얼마나 오랫동안 경마장에 있었던 것일까. 그때 경마장 출입문으로 들어가는 사람과 나오는 사람이 서너 명쯤 보였다. 경마가 끝난 지는 오래된 것 같은데 새벽에 무엇을 하러 경마장을 드나드는 것인지, 그 남자는 또 경마장 앞에서 무슨 담배를 그 시간까지 피우고 있었던 것인지. 나는 그 남자의 뒷모습에서 쉽게 눈을 떼지 못했다. 자전거를 타고 멀어지는 그 남자의 등에는 허탈하고 쓸쓸한 그림자가 헐겁게 드리워져 있었다. 경마장과 그 남자를 번갈아 바라보던 나는 이내 집게를 쥔 손에 힘을 줬다. 어둑한 새벽에 아무리 기를 쓰고 멀어져도 그 남자의 초췌함과 초조함은 바다 위의 부표처럼 그대로 눈에 들어왔다.

마침내 그 남자는 새벽 거리에서 완전히 사라졌다. 네 거리가 나오자 그 남자는 왼쪽으로 자전거를 꺾었고 부표(浮漂)는 삼 층짜리 회색 건물 옆으로 들어가 버렸다.

나는 그 남자가 시야에서 완전히 사라지고 나자 그 남자가 버린 경마장 입장권을 들여다보았다. 살 때부터 버릴 때까지의 감정이 고스란히 묻어 있는 입장권은 종량제 봉투에 들어 있는 다른 입장권과 다르지 않았다. 그런데도 유난히 자전거를 타고 멀어지던 그 남자의 모습이 자꾸 떠오르는 것은 무슨 까닭인지 모호하기만 했다.

그 남자가 사라진 뒤에도 나는 그 남자를 오래 생각했다. 그 남자를 어디선가 만난 적이 있다는 생각이 자꾸 들었기 때문이었다. 하지만 그 장소도, 무엇 때문에 그 남자를 흐릿하게나마 기억하게 되었는지도, 떠오르는 것은 전혀 없었다.

내가 그 남자를 기억해 낸 것은 자판기 커피를 마실 때였다. 새벽 한기에 몸이 떨려서 설탕커피를 뽑아들자 술을 마시고 나면 가끔 인스턴트커피를 타 주던 술집이 떠올랐고 그곳에서 한 여자와 술을 마시던 그 남자가 생각났다.

그 남자를 처음 만난 술집은 후미진 동네의 좁은 골목 안 퇴락한 원룸 앞에 있었다. 골목 어귀에 풍선 간판이 없다면 술집이 있는지도 모를 그런 골목이었는데 안주가 괜찮은 술집이 그 술집이었다. 지붕이 낮은 집들의 담장 안에 호박넝쿨이나 해바라기가 무성해서 시선 둘 데가 많은 술집은 문이 알려주었다. 늦여름이었고 구청에서 마주치곤 하던 문이 나와 제법 친해졌을 무렵이었다.

"혹시 '깡'이라는 곳을 알아? 자네 집에서 한 블록쯤 올라오면 임대아파트 단지 건너편에 작은 마트가 있는데, '깡'은 그 마트 옆 골목으로 빠져서 오른쪽으로 오십여 미터 가다가 다시 왼쪽으로 가면 있어. 거기서 이따 한잔, 어때?"

그렇지 않아도 한잔 생각이 간절하던 참이었는데 술집 이름이 특이하다는 생각이 들었다. 공원 아래 도서관 옆에 사는 문이 어떻게 이런 술집을 다 꿰고 있을까 싶기도 했다. '깡'이라는 술집 이름은 좀처럼 머릿속에서 지워지지 않을 것 같았다.

그 남자를 만난 것은 '깡'에 다니게 된 지 얼마쯤 지나서였다. 한 달쯤 지나서였을까 두 달이 다 되어서였을까, 아무튼 가을의 어느 날이었다. 오후가 되자 비가 내렸고 가을비를 보자 괜히 허전해져서 그날은 내가 먼저 문을 '깡'으로 불렀는데 조각 같은 한 남자가 구석에서 한 여자와 함께 술을 마시고 있었다.

'깡'이 자리한 동네의 거주민은 대부분이 노인들이었다. 집들도 거의 지붕이 낮았고 또 낡았다. 도심이 비면서 한적해진 골목으로는 냉랭한 기운이 흘렀다. 이런 동네의 골목에서도 샛길에 있는 '깡'에는 드나드는 사람만 드나들었다. 가끔 낯선 얼굴이 '깡'을 찾기도 하지만 저녁마다 '깡'에는 그 얼굴이 그 얼굴이었다. 처음 '깡'을 찾은 날 문이 그렇게 말했다.

그런 '깡'에서 서른 이짝저짝의 남자를 보게 되자 눈앞의 안개가 말끔하게 걷히는 느낌이 들었다. 그것도 칼로 갉아서 다듬은 것처럼 반듯하게 생긴 남자라니, 나는 그 남자를 보는 순간 한낮의 공작을 상상했다. 새들은 수컷이 암컷보다 화려하다. 여자가 남자보다 아름다워 보이는 것은 화장과 옷과 보석 때문이다. 중장년 사내들이 대부분인 술집의 구석에 있는 남녀는 이 문장에 딱 들어맞는 사례처럼 보였다. 문과 나는 이 남녀에게서 잠시 시선을 거두지 못했다. 그 남자는 나와 나이 차이가 별로 나지 않을 것 같았는데 주인의 말로는 '깡'에 다닌 지 두어 달 된다고 했다. 문과 나는 고개를 끄떡였다.

그러나 주문했던 소 머리 고기와 소주가 나오자 문과 나는 우리의 탁자에 집중했다. 서로의 잔에 술을 채웠고 안주를 입안에 욱여넣기 바빴다. 비 때문에 허겁지겁 일과를 마무리한 문과 나는 몹시 허기진 상태였다. 맞은편 아직 불을 때지 않는 연탄난로 뒤의 남자와 여자도 술을 마셨고 붉게 구워진 닭발을 먹고 있었다. 두 남녀 머리 위의 티브이에서는 뉴스가 보도 중이었다.

문과 나는 여느 날처럼 일과에 대해서 이야기했고 동료에 대해서 시시비비를 가렸다. 문과 나는 이야기 속에서 어떤 동료가 어떤 유형의 인간인지 재차 확인했고 그들의 비밀을 공유했다. 동료들을 대하는 방식은 술자리에서 정정되었다. 이야기는 끝없이 이어졌다. 화제가 막히면 티브이가 화제를 제공했고 빈 술병은 점점 늘어났다.

그 사이 두 남녀는 술을 마시다 다투고 있었다. 다투는 목소리는 잘 들리지 않았다. 여덟 개의 탁자 가운데 빈 곳은 하나도 없었고 술이 목청들을 높게 만들고 있었다. 그런데 어느 순간 여러 목소리에 섞이지 않는 한 목소리가 날카롭게 귓속을 파고들었다.

"그래, 해 줄게. 내가 다 해 준다니까. 기다리라고."

목소리의 주인공은 그 남자였다. 소주를 단숨에 털어 넣는 남자의 얼굴에는 피곤함과 답답함이 정확하게 반반씩 섞여 있었다. 나는 새로 시킨 황석어 튀김을 입에 넣고 우적거렸다. 그리고 무엇을 다 해 준다는 것인지, 황석어 가시를 발라내면서 그 남자의 입을 주시했다.

그때 여자가 무언가를 말했고 이어서 발음이 또렷하고 정확한 그 남자의 목소리가 또 탁자 한 개의 거리를 건너왔다.

"알아. 거긴 2금융권(金融圈)도 아니고 3금융권이라는 거, 내가 더 잘 알고 있다고. 근데 너, 나를 못 믿는 거냐?"

여자는 등을 꼿꼿하게 세우고 남자에게 또 무슨 말인가를 대꾸했다. 여자의 가냘픈 등에는 도도한 긴장이 흐르고 있었다. 여자는 입을 빠르게 움직였고 손은 움직이지 않았다. 여자의 입술이 멈추기 무섭게 남자는 또 소주를 따라 단숨에 들이켰다.

"근데 그보다 더 무서운 건 네가 날 떠나는 거다. 아직도 모르겠냐? 그러니까 넌, 지금 이 모습 이대로 내 곁에 있기만 하면 되는 거야. 주름살 하나 없이, 맑고 곱게. 넌 절대 져서는 안 되는 꽃이야. 빚도 갚아 주었겠다, 먹고 싶은 건 모두 사 주겠다, 화장품도 최고급으로 대령해주겠다, 네가 그토록 지키고 싶어 하는 네 아름다움을 위해 난 뭐든지 하잖아. 다 해 주겠다잖아."

그 남자는 애써 목소리를 낮춘다고 낮췄지만 온 신경이 모여 있는 귀에는 남자의 말이 고스란히 들려왔다. 여자도 남자의 목소리가 크다고 생각했는지 문득 주위를 돌아보았다. 여자는 투명하게 맑고 아름다웠다. 특별하게 예쁜 곳은 없었으나 무엇을 어떻게 해야 자신이 돋보이는지 아는 여자 같았다. 여자는 남자에게 다시 고개를 돌리며 머리카락으로 옆얼굴을 가렸다.

"누가 어디 간대? 제발 조용히 좀 해."

그때 누군가가 나와 문을 아는 체했다. '깡'에서 몇 번 함께 술을 마신 적이 있는 수줍음을 타는 사내였다. 처음 만났을 때 사내는 마트 뒷골목에서 옷 수선을 하고 있다고 자신을 소개했는데 사내의 등장으로 나는 두 남녀의 대화를 더 이상 들을 수 없게 되었다. 문과 나는 수줍음을 타는 사내와 어울려 술을 한 잔 더 하기로 했다. 그리고 두 남녀는 우리가 소주 한 병을 더 시키는 사이 '깡'에서 나갔다.

문과 나의 술자리는 두 남녀가 '깡'에서 나가고 얼마 지나지 않아 끝났다. 수줍음을 타는 사내가 한사코 문과 나를 붙잡았으나 그 사내와는 대화를 나눌 공통된 화제가 많지 않았다. 목소리가 작은 그 사내는 옷을 수선하는 일 이외에 아는 것이 없었다. 그는 작은 마트와 내과병원과 작은 카페의 뒷골목밖에 몰랐다. 티브이 화면에는 베네수엘라의 엔젤(angel) 폭포(瀑布)에 드리워진 무지개가 가득했지만 그 사내는 바라볼 줄 몰랐다. 문과 나의 대화는 그 사내 때문에 자주 엇갈렸다. 문이 엔젤 폭포에 뜬 무지개를 보고 말했다.

"한동안 보지 못하던 무지개를 여기서 보네. 근데, 저게 엔젤 폭포라면 저긴 천국인가? 무지개가 떠 있는 저곳은 축복받은 땅인가?"

수줍음을 타는 사내는 귀를 기울여야만 겨우 알아들을 수 있는 목소리로 대꾸했다.

"이 동네도 알고 보면 살 만한 곳이야. 사람들도 다정하고……."

나는 담배에 불을 붙이고 창밖을 돌아보았다. 골목은 어두컴컴했다. 안전등 불빛 속에서도 남루한 동네의 집들은 지붕과 담장이 하나같이 허름해 보였고 석류나무와 장미는 저 혼자 꽃을 피우고 진 흔적이 역력했다.

"나는 어른이 되고 나서 무지개를 본 적이 한 번도 없는 것 같아."

그때 문은 티브이에서 고개를 돌려 술잔을 들여다보았다.

"근데 그거 알아? 정작 무지개가 뜬 곳으로 가 보면 그곳에 무지개는 없다는 거."

이렇게 하나 마나한 이야기들을 나눈 우리는 두 남녀가 '깡' 을 나갈 때 시킨 소주가 떨어지자 자리에서 일어났다. '깡' 을 나설 때 비는 내리지 않았다. 우산을 든 문은 도서관 쪽으로 올라갔고 수줍음을 타는 사내는 손을 흔들고 골목 사이로 사라졌다. 나는, 두 사람의 뒷모습을 바라보다 교차로 로터리에 있는 빵 가게로 향했다. 아내와 아이는 그때까지 자지 않고 나를 기다리고 있었다.

그런데 나는 '깡' 을 나선 지 십 분도 되지 않아 그 남자를 또 보게 되었다. 커다란 아파트 단지로 통하는 도로에서는 음주운전 단속 중이었고 이 차선으로 차를 빼놓은 남자는 경찰에게 면허증을 내밀고 있었다. 밤이라 해도 이십여 미터는 그다지 먼 거리가 아니었다. 나는 횡단보도신호를 기다리면서 그 남자와 차에 앉아 있는 여자를 번갈아 보았다. 저들은 어디를 돌아 다시 여기로 온 것일까. 그날 밤, 나는 음주단속 때문에 길게 늘어선 차량 행렬처럼 뭔가 알 수 없는 이유로 답답하다는 생각을 했다.

그 남자를 기억해 낸 순간 종이컵은 바닥났다. 그러나 나는 바닥에 남은 한 방울까지 홀짝이며 한동안 그 남자가 자전거를 달려간 도로를 물끄러미 바라보았다. 그 남자가 음주단속에 걸린 밤과 이 새벽에 뭔가 연관이 있을 것 같다는 생각 때문에 좀처럼 고개를 돌릴 수 없었다. 그 남자가 사라진 지 꽤 되었는데도 거리에는 알 수 없는 여운이 길게 남아 있었다. 불안하게 보이던 질량의 가벼움. 그것은 아무리 해도 감이 잡히지 않는 그런 것이었다.

하루 종일 빗자루를 든 손에 힘이 들어가지 않았다. 아무리 낙엽을 쓸어도 비질 뒤에 한 줌은 될 것 같은 은행잎이 남아 있곤 했다. 유난히 쓰레기가 많은 날이기도 했다. 입장권이나 추파춥스(chupa-chups) 껍질, 담배꽁초를 줍고 돌아서 보면 여기저기 비슷한 쓰레기들이 널려 있었다. 나는 퇴근 시간까지 잠시도 쉴 수가 없었다. 언제 어느 때 나오게 될지 모르는 점검 때문에 내가 맡은 구역을 돌고 또 돌아야 했다. 하지만 익명(匿名)의 흔적들은 끝내 말끔하게 수거되지 않았고 나는 지쳤다. 이상한 날이었다.

이날은 '깡' 에 가지 않았다. 문은 벌써 수줍음을 타는 사내와 함께 하고 있다고 전화를 했지만 나는 쉬고 싶었다. 마침 아내도 휴무일이었고 아이가 동화책을 들고 와 보채기도 했다. 나는 아이에게 동화책을 읽어 준 뒤 저녁을 먹고 빨래를 개는 아내 옆에서 사과를 먹으며 건성으로 티브이를 보았다. 그런 어느 순간 나는 포크를 사과에 꽂은 채 그대로 굳어 버렸다.

화면에는 경마장과 검은색의 낡은 승용차와 그 내부가 번갈아 비치고 있었다. 카메라는 또 타고 남은 세 개의 번개탄을 확대해서 보여주었다. 기사는 단음절로 귓바퀴에 머물렀다. 음주단속. 면허 취소. 벌금. 사표. 몇 천만 원의 빚. 자살추정(刺殺推定). 화면은 마지막으로 경마장 앞에 있는 자전거 보관대에서 잠깐 정지했다. 나는 숨을 죽이고 화면을 뚫어져라 바라보았다. 더이상 기자의 말은 정확하게 들리지 않았다. 기자가 전하는 기사들은 귓속에서 벌레들의 울음소리처럼 들끓기만 할 뿐이었다.

나는 이야기를 끝내고 해연을 물끄러미 바라보았다. 비로소 매일 오전마다 마시던 커피를 그때까지 마시지 않았다는 생각이 떠올랐기 때문이었다. 나는 두꺼운 책으로 눈을 돌리며 해연에게 말했다.

　"이 정도면 커피 한 잔 얻어 마실 수 있겠죠?"

　그제야 해연은 수첩으로 티브이 앞에 놓인 책을 가렸다. 그리고 냉장고에서 꺼낸 물을 코펠에 붓고 물을 끓였다. 수도가 없는 지하였으므로 코펠은 몇 달째 물만 부어 가며 계속 버너에 올리어졌고 커피는 설탕과 프림이 함께 들어 있는 인스턴트였다. 해연은 약간 서글퍼 보이는 얼굴로 종이컵에 커피를 타서 건넸다.

　"난, 경마장도 엔젤 폭포도 가 본 적이 없어요. 근데, 두 곳의 느낌이 왜 비슷한지 모르겠어요."

　언제 마셔도 인스턴트커피는 달고 고소했다. 나는 뜨거운 커피를 목으로 넘기며 '깡'의 티브이에서 보았던 엔젤 폭포의 무지개를 떠올렸다. 엔젤 폭포는 나 역시도 가 본 적이 없지만 해연이 경마장에 대해 느끼는 감정은 이해되고도 남았다.

　벽에 걸린 시계를 보았다. 주차장 사장이 너무 오래 걸린다는 생각이 들었다. 구석에서는 여전히 빗물이 흘러내리고 있었고 주차장으로 들어오는 차 역시 한 대도 없었다. 주차장 사무실에는 잠시 침묵이 흘렀고 나는 주차장 출입구를 골똘하게 바라보았다. 좁은 출입구로 습기를 머금은 바람이 희미하게 불어왔다. 나는 주차장 출입구에 시선을 둔 채 해연에게 말했다.

　"베네수엘라도, 낙엽이 없겠죠? 거긴 적도에서 가까우니까……."

그리고 나는 남은 커피를 한 입에 털어 넣었다. 그러자 어떻게 설명할 수는 없지만 뭔가 자꾸 간절해지는 기분이 들었다. 나는 그것을 해연이 알아보았으면 싶었다. 해연이라면 충분히 그럴 수 있을 것 같았고 해연이야말로 진짜 청소부(淸掃夫)일지도 모른다는 생각이 들었다.

해연에게 잠시 주차장을 맡기고 지상으로 나왔을 때 비는 주춤한 상태였다. 한적한 거리로는 하나둘 사람들이 돋아나고 있었고 여전히 습기를 머금은 바람이 불어오고 있었다. 쓰레기는 없었다. 내 구역은 경마장 주변도 아니고 문의 구역처럼 낙엽이 떨어지는 것도 아니니까 천천히 돌아보아도 될 것 같았다. 나는 주차장 입구에서 담배를 피워 물고 거리를 바라보았다.

주차장과 마주한 은행 앞의 컨테이너박스(container-box)에서는 구두를 수선하는 오십 대 남자가 모처럼 티브이 채널을 바꾸고 있었고 편의점에서는 보험회사원으로 보이는 두 명의 남자가 담배를 사 가지고 나왔다. 남자들은 담뱃갑의 비닐(vinyl)을 뜯어서 편의점 앞에 버렸다. 비닐은 곧장 축축한 도로에 찰싹 들러붙었고 남자들은 은행잎이 수북한 문의 구역 쪽으로 가고 있었다. 문은 보이지 않았다. 번하던 하늘은 다시 짙은 먹구름으로 뒤덮였고 바람이 세차게 불어왔다. 그리고 또다시 비가 쏟아지기 시작했다. 편의점에서 나온 어린 연인들이 우산을 펼치고 문의 구역으로 멀어져 갔다. 문의 구역에서는 노란 은행잎이 우수수 떨어져 내리고 있었다.

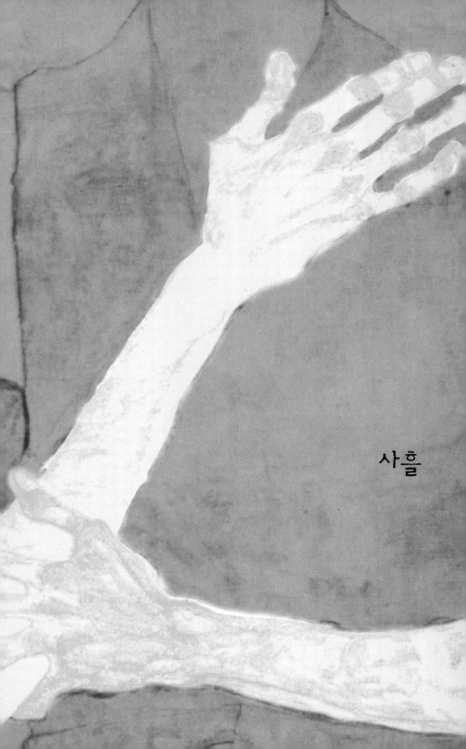

사흘

드디어 비가 그치고 하늘이 맑았다. 꼬박 하루 낮과 밤 동안 내리던 비가 그치자 햇빛에 산과 나무들이 말갛게 빛났다. 햇살이 투명하게 퍼져 오르는 아침이었다. 노인은 지팡이를 짚고 비척비척 골목으로 나갔다. 골목 옆 대나무 숲에서 물방울이 투두둑 하고 떨어지는 소리가 들렸다. 참새들은 앉을 땐 제각각이지만 앉은 자리를 떠날 때는 한꺼번에 날아올랐다. 노인은 대나무 숲을 바라보았다. 숲은 조용했고 숲 가운데 서 있는 밤나무 꼭대기가 보였다. 밤나무에는 누렇게 익은 밤송이가 쩍쩍 벌어져 있었다. 희미하던 노인의 눈에 생기가 돌았다.

마을 앞의 계단식 논이 끝나는 곳에서부터 시작되는 저수지에서 요란한 모터 소리가 났다. 저수지 왼쪽에서 나타난 보트가 눈 깜짝할 사이에 오른쪽으로 사라졌다. 보트가 지나간 자리의 물이 빛살처럼 갈라졌다 다시 모였다. 마치 창세기의 홍해 같았다. 모터 소리가 둑 쪽으로 멀어졌지만 건너편 집의 하얀 개는 쉬지 않고 짖었다. 노인은 혀를 찼다. 때가 어느 때라고, 원 춥지도 않나. 모두 여섯 가구가 사는 마을은 고요했다. 마을 사람이라고 해 봐야 고작 열 명뿐인 마을이었다.

노인은 다시 마당으로 들어갔다. 지팡이를 짚고도 노인은 겨우 걸어갔다. 아내와 함께 일곱 아이를 키운 기와집 옆에 벽돌집을 지을 때부터 노인은 자주 어지럽다는 말을 했다. 어지러워서 조금 남겨 놓았던 논과 밭도 풀숲으로 만들어 버렸다. 기침을 달고 살던 아내도 힘없이 떠나보냈다. 벽돌집 뒤의 텃밭에 셋째딸이 심어 놓은 오이와 가지도 혼자 늙게 놔둬 버렸다. 노인은 벽돌집으로 가면서 기와집을 보았다. 창호지가 삭고 기둥이 내려앉기 시작한 집을 바라보는 노인은 무표정했다. 지팡이가 젖은 땅에 쉼 없이 찍혔다. 노인은 많이 어지러웠다. 어지러울 때는 밥을 먹어야 했다. 노인은 밥을 차리며 중얼거렸다. 빨리 밥을 먹고 밤을 주우러 가야겠다. 어지러워지기 시작하면서 많은 것을 손에서 놓았지만 알밤은 어떤 일이 있어도 꼭 주우러 다니는 노인이었다.

속은 김장배추로 끓인 된장국을 데울 때 전화가 왔다. 셋째딸이었다. 셋째딸은 일곱 아이 중에서 알밤을 가장 잘 주워 오던 아이였다. 도시에서 알밤 같은 제 아이 둘을 키우고 있는 셋째딸의 목소리는 전화기 너머에서 멀게 들렸다. "아버지! 나, 토요일에 갈게요. 아직은 반찬 있지요?"

노인은 가스 불을 껐다. 국은 커다란 냄비에 절반이나 있었다. 노인은 고개를 끄떡였다. "그래, 천천히 와라. 많이 남아 있다."

전화기를 내려놓고 노인은 창밖을 내다보았다. 질척한 마당에 남아 있는 물이 햇빛에 반짝였다. 막내아들이 마당 가운데로

도랑을 팠지만 여전히 배수는 잘 되지 않았다. 기와집 아궁이는 샘 같았다. 기와집을 지을 때 지반을 너무 깎아내린 탓이었다. 기와집은 부엌의 기둥이 꽤 많이 내려앉아 있었다. 노인은 먼지가 허옇게 쌓인 마루를 건너다보다 밥을 먹었다. 늙으면 식욕이 줄어든다는 말은 노인에게 맞지 않는 말이었다. 노인은 수북하게 담은 식은 밥 한 공기를 국에 말아 먹었다. 마지막 국물을 마실 때 오토바이 지나가는 소리가 들렸다. 밭 하나를 사이에 두고 있는 건너편 집의 동생이 면소재지에 있는 농협이나 약국에 가는 소리였다. 아침 일찍 면소재지에 갈 사람은 건너편 집의 동생밖에 없었다. 오토바이 소리가 멀어지자 노인은 설거지를 마치고 집을 나섰다.

대나무 숲 속은 고요했다. 노인의 발소리에 새들이 날아가 버렸고 원래 고요한 마을의 숲 속에는 햇빛의 부산스러움이 없었다. 곧은 나무들 사이로 햇살 여러 올이 길게 숲 안까지 들이비쳤다. 올올이 사선으로 뻗은 햇살은 대나무와 눈부신 아침을 직조하고 있었다. 노인은 잠깐 걸음을 멈추었다. 누렇게 옹이가 박힌 손으로는 짓무른 눈에서 눈물을 찍어 냈다. 아직 살아 있어서 마주하는 이런 아침이 노인은 말도 못하게 감격스러웠다.

바람이 불기 시작했다. 노인의 머리 위에서 가을비 내리는 소리가 들렸다. 대나무 잎들이 서로 부딪치는 소리였다. 대나무는 갈대처럼 가벼운 나무였다. 대나무 잎들이 이리저리 쓸리는 소리에 알밤 빠지는 소리가 섞여 들렸다. 노인은 잠자코 빛살을 바라보다 천천히 지팡이를 내딛었다. 지팡이에 의지한 노인의 몸이 비틀거렸다. 노인은 잠깐 한숨을 쉬었다. 빛살을 바라보고 나서 어지러운 거야. 뿐만 아니라 발밑도 고르지 않았다. 몇 해 전까지 콩을 심던 밭이었으나 아내가 죽은 뒤 순식간에 대나무가 밭을 잠식했고 대나무와 밤나무의 뿌리가 땅을 그물처럼 덮었다. 몇 년 사이 대나무와 밤나무가 무성해지면서 땅은 빠르게 야생으로 변해 버렸다.

대나무에 몸을 부딪치기도 하고 왼손으로 대나무를 잡기도 하면서 노인은 밤나무 아래로 갔다. 청솔모 한 마리가 빠르게 달아났다. 청솔모는 널려 있는 밤송이를 비켜서 달려갔다. 노인은 청솔모가 미처 다 먹지 못한 밤의 하얀 속살을 보았다. 갓난아이 주먹만큼 큰 알밤의 절반은 구덩이에 있었다. 햇빛을 보지 못해 실처럼 가는 쑥 몇 포기가 서 있는 구덩이 속이나 구덩이 밖에는 알밤들이 널렸다. 밤송이처럼 알밤의 크기는 고르지 않았지만 토실토실하게 영글어 보였다.

노인은 구덩이를 들여다보았다. 벽돌집을 짓고 난 뒤 셋째사위가 감나무를 캐낸 자리였다. 팔과 다리에 힘이 빠지면서 노인은 울타리를 치기가 힘들었다. 감나무는 울타리가 섰던 자리에 심어졌고 몇 해 전부터 감이 주렁주렁 열리기 시작했다.

구덩이는 그다지 깊어 보이지 않았다. 그렇다 해도 가장자리에서 구덩이 속의 밤을 줍기는 어려울 것 같았다. 노인은 구덩이를 돌아갔다. 구덩이가 아니더라도 밤은 얼마든지 널려 있었다. 주머니에 넣어 온 비닐봉지가 모자랄 정도였다. 그런다 해도 걱정할 일은 없었다. 얼마 전에 막내아들이 사 준 점퍼와 바지에는 주머니가 여러 개였다. 하지만 노인은 그렇게까지 밤을 줍고 싶지는 않았다. 비닐봉지만 가득 채워도 힘에 겨울 것 같았다. 노인은 여전히 어지러웠다.

또 바람이 불었다. 바람이 점점 많아지는 아침이었다. 대숲이 다시 부산하게 일렁이고 노인의 앞뒤로 알밤이 떨어졌다. 노인은 지팡이를 짚은 채 주저앉아 금방 떨어진 밤을 주웠다. 막 세상을 열고 나온 밤이었다. 밤송이에서 떨어져 나온 허연 밑부분이 촉촉했다. 노인은 나무를 올려다보았다. 알밤을 떨어뜨리고 난 가지는 가벼워져서 하늘로 성큼 올라가 있었다. 노인은 그렇게 느꼈다. 씨앗은 땅으로 떨어지고 가지는 하늘로 올라가고, 꼭 사람 같구나. 일곱 아이도 아내의 몸을 빠져나오면서 바닥으로 떨어졌고 아내는 막내아들까지 장가를 보내고 저 세상으로 갔다.

노인은 주머니에서 꺼낸 비닐봉지에 밤을 주워 담았다. 지팡이에 몸을 의지하고 비척비척 앉았다 일어서기를 반복하면서 밤을 주웠다. 시간이 어떻게 지나는지도 모르게 지났다. 밤은 검정 비닐봉지에 절반 정도 찼다. 노인은 지팡이를 짚고 허리를 폈다. 밤 줍는 것도 일이라고 숨이 찼다. 노인은 숨을 고르며 대나무 숲에 사선으로 빗금을 긋고 있는 햇살을 바라보았다. 해는 중천보다 높이 오른 것 같았다. 따끔따끔한 황금빛 빛살로 중천 높이의 동쪽 대나무 숲이 환했다. 같은 녹색이지만 그 주변의 녹색과는 명도가 달랐다. 노인은 점퍼를 열었다. 점퍼에 갇혔던 몸이 서늘해졌다. 메마른 몸에 땀이 찼던 모양이었다.

겨우 밤 줍는 일도 힘에 부치는구나. 노인은 한숨을 쉬었다. 그만 집으로 돌아갈까. 하지만 밤은 봉지의 절반밖에 되지 않았다. 토요일에는 셋째딸이 온다고 했고 일요일에는 둘째아들과 막내아들이 올 터였다. 아침 내내 주운 밤은 세 아이에게 나눠 주기엔 민망한 양이었다. 그래, 조금만 더 줍자. 이 봉지만 채워도 나눠 줄 만하겠지. 노인은 크게 입을 벌려 숨을 토해 내며 황금빛 빛살을 바라보았다. 바람이 불고 있었고 일렁이는 대나무 잎들 사이로 빛살이 사금처럼 부서지고 있었다.

빛살을 바라보는 노인 앞으로 또 투두둑 하고 밤이 떨어졌다. 갈색으로 완전히 다 익은 밤이 아니었다. 노인의 발부리 앞으로 굴러온 밤은 밑부분에 흰색이 빗살처럼 남아 있었다. 하루 낮과 밤 동안 계속되던 비가 그치고 따끈한 햇살이 퍼지자 밤송이가 빠르게 벌어지는 모양이었다. 주위로 밤송이도 몇 개 떨어졌다. 알밤을 비워 낸 밤송이는 속살이 하얗고 가시가 성게 같았다.

노인은 밤나무를 올려다보았다. 한로가 지났지만 밤나무 잎은 이제 겨우 누렇게 물들기 시작하고 있었고 대나무 가지가 밤나무 가지와 섞여 있었다. 어디에 밤송이가 많은지는 찾아보기 힘들었다. 노인은 머리를 만졌다. 적은 머리숱이 납작한 뒷머리에 착 붙어 있었다. 모자를 쓰고 나올 걸. 노인은 쯧쯧 혀를 찼다. 하지만 밤송이는 가끔 한두 개씩 떨어질 뿐이었다. 밤나무 끝에서 새소리가 들려왔다. 그때 알밤 하나가 밤송이에서 빠져나오는 게 보였다. 노인은 땅으로 떨어지는 밤을 눈으로 좇으며 중얼거렸다. "지금까지 밤송이를 맞은 적은 한 번도 없었어. 또 맞아 봤자 밤송이일 뿐이야."

다시 노인은 지팡이를 내딛으며 밤을 주웠다. 지팡이를 조심스럽게 짚었고 제자리 걷듯 잔발을 걸으며 밤을 주웠다. 노인이 밤을 줍는 속도는 너무도 느렸다. 노인은 여전히 어지러웠다.

대나무 사이로 짚어 가는 지팡이가 꼬였다. 찔레 덩굴 몇 가닥이 지팡이에 걸린 탓이었다. 노인은 그래서 대나무가 듬성듬성한 구덩이 쪽으로 돌아섰다. 그때 또다시 바람이 불었다. 하늘에서 가을비 내리는 소리가 들리고 여기저기 알밤이 떨어졌다. 투두둑. 밤송이가 떨어지는 소리는 부드러웠다. 두둑. 그렇게 낙하하던 밤송이 하나가 노인의 머리 위로 떨어졌다.

아! 노인은 입을 크게 벌리고 비명을 질렀다. 구부정하던 허리를 튕기듯 폈고 비닐봉지와 지팡이를 놓쳤다. 날카로운 가시가 머릿속까지 뚫은 것처럼 아팠다. 그때 노인은 몸의 균형을 잃고 구덩이로 넘어졌다. 그리고 구덩이에 반으로 접히듯 처박혔다. 엇! 어 어 어 엇! 그러나 숲은 노인의 작은 비명 소리를 삼켜 버렸다.

노인은 구덩이에 빠지자 버둥대기 시작했다. 물에 빠진 사람처럼 두 팔을 허우적거렸다. 뜻밖의 상황에 놀란 노인은 얼굴이 하얗게 질렸다. 노인의 입은 눈만큼 크게 벌어졌다. 하아, 하아, 하아. 겁에 질리고 놀란 숨소리가 밤나무 주위로 낮게 퍼졌다. 두 팔을 허우적거렸지만 손에 잡히는 것은 아무것도 없었다. 브이 자 형으로 허공에 들린 두 다리가 나무토막처럼 보였다. 잡히는 것이 없는데도 노인은 자꾸 버둥댔다. 노인이 버둥거릴 때마다 노인의 마른 몸이 들썩였다. 노인의 몸에 닿은 흙은 구덩이 바닥으로 떨어져 내렸다. 축축하기는 했지만 흙은 모래가 절반이었고 숲은 배수가 잘 되는 곳이었다. 또 꼬박 하루 동안 내렸다지만 가을비일 뿐이었다. 노인은 점점 구덩이 바닥으로 가라앉았다.

노인은 숨이 찼다. 팔에 힘도 빠졌고 목도 말랐다. 버둥거릴
수록 점점 더 몸이 빠지는 것을 알면서 버둥댈 수도 없었다. 행
여나 하는 마음으로 노인은 비명을 질렀다. "사람 살려!" 하지만
목소리는 터무니없이 작았다. 원래 큰 목소리도 아닌 데다 몸이
브이 자 형으로 접혀 있어서 배에 힘을 줄 수가 없었다. 노인은
다시 목에 온 힘을 모았다. 짐작컨대 밭 하나를 사이에 두고 건
너편에 사는 동생이 면 소재지에서 돌아올 시간이었다. "동생!
나, 구덩이에 빠졌네. 어이, 동생!" 비명은 여전히 작았다. 거기
다 바람이 불었고 숲에서는 비 내리는 소리가 났다. 비명 소리는
그대로 숲에 스며들어 버렸다. 노인의 가슴으로는 알밤이 떨어
져 내렸다. 노인은 포기하지 않고 또 목에 힘을 그러모았다. "아
이고, 나 죽네! 사람 살려!" 하지만 지척에 있는 작은 나무조차
미동도 하지 않았다.

잠시 노인은 밤나무를 올려다보았다. 대나무보다 더 높이 솟
은 밤나무 꼭대기에 파란 하늘 한 조각이 걸려 있었다. 하늘은
아득했고 노인은 멀미가 날 것 같았다. 구덩이는 쉽게 빠져나갈
수 없을 것 같았다. 그다지 깊어 보이는 구덩이도 아니었는데 꼼
짝도 할 수 없다니. 이대로 죽게 되는 건 아닌가. 이 생각을 하자
노인은 머릿속이 하얗게 비는 것 같았다.

침착하자. 노인은 마음을 가라앉히고 주위를 둘러보았다. 손
이 닿는 구덩이 가장자리는 가슴 높이였고 잡고 힘을 줄 만한 나
무는 손이 닿지 않았다. 노인은 구덩이 가장자리를 짚고 팔에 힘
을 주어 몸을 올려 보기로 했다. 노인은 구덩이 가장자리를 바라

보았다. 팔에 힘을 주고 그 힘을 버텨서 몸을 끌어올리기는 다소 버거운 높이였다. 하지만 다른 방법이 없었다.

노인은 구덩이 가장자리에 손바닥을 얹었다. 축축하고 거칠 거칠한 감촉이 손에 느껴졌다. 뭔가 콕 찌르는 감촉도 있어서 노인은 손을 들어보았다. 끝이 살짝 보이는 대나무의 잔가지였다. 노인은 대나무 가지를 비켜서 다시 구덩이 가장자리에 손을 얹었다. 흙이 고슬고슬해서 다행이라는 생각이 들었다. 밭이었을 때 마을 사람들은 이 땅을 꽤 부러워했다. "옆에 도랑 있지 샘 있지 배수 잘 되지 집 가깝지, 이건 텃밭이야 텃밭." 밭 하나를 사이에 두고 건너편에 사는 동생의 말이 귓가에 들리는 듯했다. 동생은 왔을까. 오토바이 소리를 듣지 못했는데. 노인은 구덩이 가장자리를 짚은 손에 힘을 주었다. 노인의 얼굴이 빨개졌다. 팔과 이마에는 파란 핏줄도 돌았다. 그러나 구덩이에 빠진 몸은 끄떡도 하지 않았다. 노인은 계속해서 팔에 힘을 뺐다 주기를 반복했다. 그러나 허리와 엉덩이에 닿았던 구덩이 벽에서 흙만 떨어질 뿐이었다. 팔에는 몸을 지탱하고 끌어올릴 만한 근력이 없었다. 작은 짚단 하나라도 들었던 적이 언제였는지 기억이 가물가물했다. 아내가 세상을 떠난 뒤 어지간한 것은 모두 손에서 놓아 버렸다. 삽과 낫과 농약기계는 빠르게 녹이 슬었다. 오직 지팡이 손잡이만 노인의 손에서 반질반질하게 윤이 났다. 아내가 저 세상으로 가고 난 뒤부터 소멸로 가는 시간의 흐름에 온통 자신을 맡기고 살아왔다는 사실이 새삼스럽게 뼈에 사무쳤다.

또 바람이 불었을까. 노인은 느낄 수 없는데 알밤이 사타구니 사이로 떨어졌다. 노인은 잔뜩 겁먹은 얼굴로 한숨을 쉬었다. 막

내 아들이 사 준 점퍼에 범벅으로 묻은 흙도 내려다보았다. 구덩이 가장자리에 손을 얹을 때는 어떻게든 구덩이에서 몸을 빼낼 수 있을 줄 알았다. 속수무책이 될 정도로 크거나 깊은 구덩이도 아니었다. 문제는 구덩이에 빠진 자세와 팔의 힘이 없다는 것이었다. 노인은 허공으로 시선을 놓았다. 구덩이 가장자리를 짚고 힘을 주어 보려면 아무래도 팔을 좀 쉬어야 할 것 같았다.

팔에서 힘을 빼자 몸이 바닥에 닿았다. 노인의 가슴과 다리 사이의 폭은 더 좁아졌다. 구덩이는 지름이 짧은 것이지 깊은 게 아니었다. 겨우 이런 곳에 빠져서 허우적대고 있단 말인가. 노인은 다시 팔에 있는 힘을 모두 모았다. 힘을 줄 때는 아랫입술까지 앙다물었다. 썩어서 온전한 이빨이라고는 두 개 뿐인 앞니가 아랫입술에 박혔다. 끄응! 평행대에 두 팔을 짚고 몸을 솟구쳐 올리는 것처럼 팔에 불끈 힘을 주었다. 그러나 구덩이에 접히듯 박힌 몸은 겨우 들썩이기만 할 뿐이었다. 노인은 팔의 힘을 빼고 입을 크게 벌려 숨을 토해 냈다. 하아. 벌린 입속에 까맣게 썩고 누렇게 변색된 이가 드러났다. 노인은 입을 벌린 채 눈을 감았다. 이것은 늙으면서 생긴 버릇이었다.

노인은 감은 눈을 떴다. 잠깐이라고 생각했는데 시간이 꽤 지난 모양이었다. 숲은 서늘하고 어두워져 있었다. 아마도 해가 지고 있는 것 같았다. 몇 시쯤 되었을까. 노인은 또 어지러웠다. 배도 고팠다. 점점 나이가 들수록 아무리 먹어도 속이 허전했다. 게다가 셋째딸이 텃밭에서 솎은 어린 배추로 끓인 된장국에 식은 밥을 말아 먹은 것이 벌써 열 시간 전이었다. 노인은 대나무 숲까지 오는 것도 벅찼다. 그런데 오자마자 밤을 주웠고 구덩이에서 허우적거렸으며 가장자리를 짚고 구덩이까지 벗어나려고 했다. 노인은 주위를 더듬어 밤을 주웠다. 하지만 노인은 평소에 김치도 잘 씹지 못했다.

개 짖는 소리가 들렸다. 밭 하나를 사이에 두고 건너편에 사는 동생의 집에 누군가 찾아온 모양이었다. 노인은 동생이 보고 싶었다. 동생이 두 번은 집에 왔다 갔을 텐데. 지팡이도 없고 문도 잠그지 않았으니까 내가 멀리 가지 않았다는 걸 알 텐데. 하루도 거르지 않고 동생은 하루에 두 번씩 노인의 집을 다녀갔다. 피를 나눈 건 아니나 동생은 날마다 노인의 안부를 살폈다. 하지만 노인이 구덩이에 빠져 있는 동안 동생이 언제 집에 다녀갔는지는 알 수 없었다. 노인은 개를 키우지 않고 있었다. 대문도 없었다.

노인도 한때는 개를 키웠다. 아내를 보내고 난 뒤 텅 빈 집을 견딜 수 없어 오일장에서 똥개를 한 마리 사 왔다. 털이 복슬복슬한 누런 개였다. 개는 기와집의 기둥에 묶어서 키웠다. 개를 키우면서 노인은 어느 정도 외로움을 덜 수 있었다. 노인이 말을 건네면 개는 꼬리를 흔들었고 목줄을 풀어놓는 밤에는 노인의 방 앞을 지켜 주었다. 하지만 집을 비워야 할 때가 문제였다. 노인이 전주의 큰아들이나 둘째딸에게 갔을 때도 곧장 되돌아와야 했다. 결국 노인은 개장수에게 개를 팔아 버렸다.

또 개 짖는 소리가 들려왔다. 노인은 구덩이 가장자리에 두 손을 올려놓은 채 눈을 감았다. 누군가 오기 전에는 안 되겠어. 혼자 힘으로 구덩이를 빠져나갈 수 없다면 힘을 아껴야 할 것 같

있다. 나를 찾아내는 데 시간이 얼마나 걸릴지. 노인은 또 한숨을 쉬었다. 열 명뿐인 마을 사람은 모두 늙은이였고 노인이 이 대나무 숲으로 들어온 것을 본 사람은 아무도 없었다. 노인의 집 바로 뒤의 대나무 숲은 울창해서 노인 외에는 사람이 잘 찾지 않는 곳이었다.

숲 속은 금방 어두워졌다. 한기도 느껴졌다. 노인은 겨드랑이 속으로 손을 집어넣었다. 날이 밝으면 동생이 날 찾아내긴 낼 거야. 난 문을 잠그지 않고 이틀씩이나 집을 비운 적이 한 번도 없으니까. 배 속에서 꼬르륵 소리가 났다. 쥐고 있던 알밤을 겨드랑이 속에서 굴려 보았다. 매끄러웠다. 냄비에 쪄서 칼로 반으로 잘라 티스푼으로 파서 먹던 달콤하고 고소한 맛이 떠올랐다. 먹을 수 없다는 걸 알면서도 노인은 온전한 앞니 두 개를 알밤에 박아보았다. 역시 잇몸만 시큰하게 아플 뿐이었다. 노인은 꼬르륵 소리를 들으며 다시 겨드랑이 속으로 손을 집어넣었다. 밤의 숲은 고요했다. 먼데서 우는 산새 소리와 스르륵 늦가을 뱀이 나뭇잎 위를 지나는 소리가 들렸다. 동시에 벌레 소리와 뭔가를 갉는 소리가 뚝 그쳤다. 노인은 팔에 소름이 돋는 것을 느꼈다. 좀체 잠이 올 것 같지 않는 밤이었다.

뭔가 코끝을 스치는 기척에 노인은 잠을 깼다. 중천 즈음의 대나무 사이로 반짝이는 빛살이 보였다. 시간이 아마도 구덩이에 빠질 때쯤 된 것 같았다. 노인은 이렇게 늦잠을 자 본 적이 한 번도 없었다. 내가 언제 잠이 들었지? 도무지 시간을 알 수 없으니. 끄응. 노인은 낮고 길게 신음을 내뱉었다. 팔과 어깨가 쑤셨다.

잔뜩 구부려진 채 구덩이에 박혀 있는 엉덩이 쪽은 감각이 없었다. 노인은 나뭇가지 같은 손으로 어깨와 팔을 가만가만 주물렀다. 배에서는 더 이상 꼬르륵 소리가 나지 않았다. 그보다 목이 탔다. 물 좀 마셨으면…… 바로 앞의 우물이 있는 곳은 그늘이 더 짙었다. 그곳을 바라보자 갈증이 더 심해졌다. 노인은 말라 있는 입을 움직여 보았다. 하지만 입에는 침마저 고이지 않았다.

물 생각을 하자 요의가 느껴졌다. 요의는 금방 강렬해졌다. 세상에 몸 밖으로 밀고 나오려는 압력을 이겨 낸 자는 없다. 노인은 눈을 감았다. 곧바로 사타구니 아래가 더워지면서 축축해졌다. 뒤를 이어서는 똥 냄새도 났다. 노인은 밑에서 올라오는 고약한 냄새에 얼굴을 찡그리고 고개를 옆으로 돌렸다.

하아. 하아. 노인은 턱을 치켜 올린 채 크게 입을 벌리고 숨을 쉬었다. 하늘에 닿은 밤나무와 대나무 꼭대기가 멀미가 날 것처럼 아스라했다. 대나무와 밤나무 가지에 부딪치면서 떨어져 내리는 밤송이도 보였다. 알밤을 비워 내고 가벼워진 밤송이는 부드럽게 추락했다. 숲은 고요했다. 바람이 불지 않아서 알밤과 밤송이가 떨어지는 소리만 간간이 들릴 뿐이었다. 조용하기는 크지 않은 대나무 숲 밖의 마을도 마찬가지였다. 마을 사람들은 노인이 벌써 이틀째 집을 비우고 있다는 사실을 알지 못하는 모양이었다. 어떻게 이럴 수 있나? 사람이 집을 비운 지 하루 낮 하루 밤이 지났는데. 하지만 그건 원망할 일이 못되었다. 팔 다리에 힘이 빠지면서 마을 사람들은 집 안에 칩거하기 시작했다. 논밭은 외지인에게 팔고 티브이를 보거나 생각나는 사람들과 전화를 주고받았다. 텃밭만으로도 자급자족이 거의 다 되므로 부족한 것을 이웃에 빌리거나 얻으러 갈 일도 없었다. 노인도 그랬다.

똥 냄새는 조금 희미해졌다. 사실은 후각이 둔해졌다고 하는 편이 옳았다. 냄새를 정화시키는 숲 속의 공기도 거기에 한 몫하고 있었다. 구덩이 가장자리에 밤이 떨어졌다. 벌레 먹은 밤이었다. 밤에 뚫려 있는 까만 구멍이 노인의 눈에도 희미하게 보였다. 밤은 여기저기 많이 떨어져 있었다. 비닐봉지는 어디로 떨어졌나. 비닐봉지는 어디로 떨어졌는지 둘러보았지만 보이지 않았다.

노인은 또 하아- 하고 크게 숨을 내뱉었다. 밭 하나를 사이에 두고 건너편에 사는 동생의 집에서 또다시 개 짖는 소리가 들렸다. 동생이 키우는 하얀 개는 마을 앞에 자동차가 지나가도 짖었다. 우편배달부가 왔을까. 시간이 그쯤 될 것 같았다. 조금 있으면 동생이 집을 들여다볼 텐데. 여기서 집까지 동생한테는 백여 걸음밖에 안 되는데. 노인은 입안이 바짝 마른 것을 느꼈다.

또 밤이 떨어지는 소리가 들렸다. 밤은 구덩이 앞에 떨어졌지만 노인은 길이 있는 쪽을 바라보았다. 길은 노인의 집에서 우물을 돌아서 다니도록 나 있었고 우물을 뒤덮은 대숲이 짙어서 보이지 않았다. 집집마다 지하수를 파고 우물로 발길을 끊은 뒤부터 그랬다. 저놈의 지하수! 노인은 힘없는 마른 손을 조금 들어올렸다 제자리에 떨어뜨렸다. 우물을 계속 사용하고 있었다 해도 동생밖에 다닐 사람이 없지. 아랫뜸에는 아래뜸 우물이 있으니까. 노인은 눈앞에 떨어진 밤을 멀거니 바라보았다. 밤은 흐릿하게 보였다.

그나마 남은 체력이 바닥으로 떨어진 것 같았다. 사물이 점점 흐릿해지는 것이 그 증거 중 하나였다. 똥과 오줌을 싸고 나서

배도 푹 꺼졌다. 정신을 차려야 해. 그나저나 몇 시나 됐을까. 모르긴 몰라도 정오가 훌쩍 지났을 것 같았다. 이렇게 오래 집이 비어 있고 지팡이가 보이지 않는다면 누군가 찾으러 다니는 기척이 있어야 할 터였다. 하지만 조용하기는 숲 속이나 숲 바깥이나 마찬가지였다. 노인의 목에서는 이제 살려 달라는 비명도 나오지 않았다. 바로 저기에 사람이 살고 있는데 내가 있는 곳을 알릴 수 없다니. 그러니 서울이나 지척이나 다를 게 뭔가. 노인은 일곱 아이들을 차례로 떠올렸다. 서울에 있는 큰딸을 본 지 오 년이 지났다. 전주에 있는 큰아들과 둘째딸은 삼 년 전 추석에 다녀간 뒤 소식이 없었고 여수에 있는 막내딸은 지난겨울에 다녀갔다. 광주에 있는 둘째아들과 막내아들은 잊을 만하면 들렸고 둘째아들의 집에서 멀지 않은 곳에 사는 셋째딸은 자주 노인의 반찬을 만들어 왔다.

그 가운데서 노인은 큰아들이 가장 보고 싶었다. 한국전쟁이 끝나고 한참 지난 뒤 태어난 큰아들은 조금 부족한 아이였다. 젊은 아내는 큰아들을 일곱 살 때까지 데리고 다니면서 일을 했다. 오래전 이 밭에서 아내가 김을 맬 때면 젊은 아버지였던 노인이 바로 옆의 우물에서 물을 떠다 줬다. 물을 마신 아내는 노인을 보고 웃었다. "물이 진짜 달아요." 노인도 아내를 따라 웃었다. "그렇지? 나도 달았어." 그러면 큰아들이 노인과 아내를 번갈아 보았다. 그런 큰아들을 아내는 웃음기 가신 얼굴로 바라보았다. "연이하고 어머니가 봐 주시는 유와 영이는 걱정할 게 없는데……, 이 애가 정상적인 삶을 살 수 있을까요?" 노인은 말없이 우물가에 서 있는 어린 밤나무를 바라보았다. 아내는 고개를 떨어뜨리고 콩 포기 옆에 나있는 풀을 뽑았다. "내가 언제까지 애를 지켜 줄 수 있을지……" 하지만 큰아들은 아내의 걱정처럼 지켜 줄 수 없는 자식이었다. 쉰이 넘도록 혼자 서울의 공사판을 떠돌며 사는 자식이 큰아들이었다. 아내의 장례식에 왔을 때 큰아들은 얼굴이 벌써 노인만큼 늙어 있었다.

노인은 큰아들을 걱정하고 있는 자신이 우스웠다. 땅 위에 태어난 것은 어떻게든 살게 되어 있어. 살려는 의지를 갖고 있는 한. 구덩이 가장자리에 떨어진 밤이 노인의 가슴으로 굴러 떨어졌다. 노인은 밤을 손바닥 위에 놓고 초점 없는 눈으로 바라보았다. 밤을 떨군 밤나무는 오래전 우물가에 있던 밤나무의 밤을 청솔모나 쥐가 물어다 놓고 잊어버린 것일지도 몰랐다. 노인은 입을 벌린 채 반쯤 눈을 감았다.

툭! 노인의 머리에 밤이 떨어졌다. 밤이 떨어진 곳은 정확하게 정수리 부근이었다. 밤을 맞은 노인은 천천히 힘없는 눈꺼풀을 겨우 밀어 올렸다. 어느새 숲은 깜깜한 어둠으로 가득 차 있었다. 내가 잠이 들었었나? 잠깐 눈을 감고 있었던 것 같은데……. 노인은 겨우 손을 들어 뺨을 쓸어 보았다. 뺨은 축축하고 차가웠다. 마치 죽어 있는 사체의 얼굴을 만지는 것 같았다. 다리도 엉덩이와 허리도 나무토막처럼 느껴졌다. 밤을 쥐고 있던 손은 텅 비어 있었다. 구덩이에 박힌 지 이틀째 밤이었다.

이렇게 죽는 건가. 노인은 벌린 입을 다물고 혀를 굴려 보고 싶었다. 입안이 너무 바짝 말라 있었다. 그래서 그런지 입이 잘 다물어지지 않았다. 혀도 잘 굴려지지 않고 뻣뻣했다. 노인은 조금 오므렸던 입을 다시 벌렸다. 정말 물이 마시고 싶구나. 이슬 방울이라도 적시면 입안이 축축해질 텐데. 하지만 밤은 나뭇잎 들이 이슬을 모으는 시간이었다.

노인은 흐릿한 눈으로 어둠을 바라보았다. 숲이 없다면 건너 편으로 동생 집의 불빛이 보일 것이었다. 하지만 노인에게 작은 숲은 아마존의 밀림보다 더 깊었다. 노인은 깊은 숨을 겨우 토해 냈다. 머릿속이 자꾸 가물가물했다. 노인은 다시 감기려는 눈꺼 풀을 겨우겨우 반쯤 밀어 올렸다. 아직은 살아 있으니까. 나는 아직…… 아직은 내 삶이 끝난 게 아니야. 내일은 누군가 꼭 나 를 찾아낼 것이다. 구덩이를 벗어나게 될 거야. 노인은 아랫배 주위를 더듬어 밤을 찾아 쥐었다. 그리고 밤을 쥔 손을 배 위에 얹어놓았다.

배는 깊은 우물처럼 푹 꺼져 있었고 골반 뼈가 나무토막처럼 딱딱했다. 배 위에 손을 얹어 놓은 노인은 종이처럼 얇아진 몸을 느꼈다. 몸에서 기운이란 기운은 모두 빠져나가 버린 것 같은 느 낌도 들었다. 머릿속은 짙은 안개가 가득 차는 것처럼 뿌옇게 흐 렸다. 저절로 눈이 감겨졌다.

또 잠이 왔다. 그러나 이대로 잠이 들면 다시 깨어나지 못할 지도 모른다는 두려움이 엄습했다. 노인은 또다시 힘겹게 눈꺼 풀을 밀어 올렸고 가는 실눈으로 어둠을 바라보았다. 어둠 속으 로 희미한 물체가 가까이 다가오는 게 보였다. 노인은 눈에 겨우 힘을 모았다. 사람인가. 흐릿한 눈으로 애써 바라보았지만 사람 은 아니었다. 작은 산짐승이 눈에 불을 켜고 노인을 발견하더니 산으로 달아났다. 이젠 헛것이 보이는가. 노인은 가늘게 한숨을 쉬었다.

　노인의 머릿속으로 문득 늙은 아내의 모습이 스쳐갔다. 벽돌집을 지은 뒤 자주 기침을 하던 아내는 힘겹게 저세상으로 갔다. 아내의 병명은 폐암이었다. 아내는 밥을 지으면서 평생 너무 많은 연기를 마셨다. 물려받은 오두막집을 기와집으로 다시 고쳐 지으면서 지반을 너무 깎아 부엌에는 언제나 연기가 가득했다. 벽돌집을 짓기 전에 둘째아들이 가스레인지는 놓아 주었지만 어떤 자식도 기름보일러는 놓아 주지 못했다. 아궁이에 군불을 지피는 아내가 기침을 하기 시작하자 노인은 감기에 걸렸다고 생각했다. 아내의 감기는 좀처럼 낫지 않았다. 보다 못한 셋째딸이 제 엄마를 광주의 병원으로 데려갔다. 그제야 노인은 아내의 감기가 왜 좀처럼 낫지 않는지를 알았다.

　사랑도 지나치면 상대에게 해가 되는 거였구나. 지반을 그렇게 낮추는 게 아니었어. 노인은 희미하게 울었다. 꼬박 이틀을 굶었는데도 눈물이 길게 마른 볼을 타고 흘렀다. 노인은 마른 손을 조금 들어 올리다 다시 떨어뜨리고 말았다. 손가락 끝에서부터 힘이란 힘은 모두 빠져나갔다는 것을 새삼 느꼈다. 생과 사의 경계란 이런 것일지도 몰라. 노인은 자꾸 감기는 눈꺼풀을 이기지 못하고 눈을 감았다.

　의외로 다시 감은 눈 속의 어둠은 평화로웠다. 그 어둠이 너무 편안해서 노인은 입을 다물 수 없었다. 입안은 여전히 바짝 마른 상태였다. 안 돼. 이렇게 정신을 놓으면 안 되지. 내일은 꼭 누군가 올 거야. 난 살아서 이 구덩이를 나갈 거라고. 애당초 노인은 죽음에 저항할 생각도 없었지만 죽음 앞에 스스로를 놔 버

리고 싶지도 않았다. 노인은 다시 눈을 떴다. 겨우 반쯤 뜬 눈에
는 숲 속의 어둠밖에 보이지 않았다. 숲 속의 어둠은 너무도 짙
고 너무도 고요해서 차라리 불안했다.

　노인은 아랫배 위에 떨어뜨린 손을 움직여 보았다. 까딱 하고
움직여지기는 했다. 노인은 힘겹게 숨을 토했다. 마른 노인의 입
에서 숨소리가 가냘프게 새나왔다. 날이 밝았을 때도 이렇게 움
직일 수 있을지 모르겠어. 날마다 이 시간이면 이불을 덮어야 했
는데 춥다는 걸 느낄 수 없으니. 이건 몸이 죽어 가고 있다는 증
거야. 말이 되지 못하는 생각이 가물가물한 의식 속으로 희미하
게 떠올랐다 사라졌다. 눈은 또 저절로 감겨졌다. 감은 눈에 무
섭도록 고요하게 어둠이 내리고 있고 서쪽 하늘에 노을이 붉은
강가의 풍경이 떠올랐다. 마음이 편안해지는 풍경이었다. 노인
의 입가에 희미하게 웃음이 번졌다.

　대나무 숲으로 변해 버린 이 밭을 노인은 마을 사람들의 논밭
을 갈아 주고 받은 삯을 모아 샀다. 땅은 비옥한 편이 아니었지
만 집 뒤에 있다는 점이 마음에 들었다. 우물이 곁에 있어서 목
이 마르면 얼마든지 물을 마실 수도 있었다. 하지만 아내가 병이
든 뒤부터 밭은 곧장 풀밭으로 변해 버렸고 얼마 지나지 않아 대
나무가 점령해 버렸다. 이백여 평의 대나무 숲은 금세 무성해졌
다. 숲으로 새가 날아왔고 쥐와 청솔모가 밤을 물어 날랐다. 쥐
와 청솔모가 미처 먹지 못한 밤은 밤나무가 되었다. 노인은 날마
다 숲으로 밤을 주우러 다녔고 마을 사람들은 그곳이 밭이었다
는 사실을 희미하게 기억했다.

숲은 늘 한적했다. 노인의 집 바로 뒤에 있지만 숲이 짙어서 들어가기가 어려웠다. 그 숲 속에 허겁지겁 발소리가 울렸다. 등산화를 신은 둔탁한 발소리였다. 발소리는 노인 앞에 멈췄다. 검게 그을리고 두꺼운 손이 노인을 흔들었다. "아버님! 아버님! 정신 차리세요."

그제야 노인은 겨우 눈을 떴다. 그리고 코가 뭉뚝한 검은 얼굴을 바라보았다. 흐릿해 보이긴 했지만 틀림없는 셋째사위였다. 다리와 허리 부분이 뻣뻣해지긴 했지만 노인은 아직 이승과 저승을 분명하게 구별할 수는 있었다. "김 서…방이냐? …네가…… 어떻게……"

노인은 겨우 입을 움직여서 말을 뱉어 냈고 그래서 발음이 분명하지 않았다. 챙 모자를 올려서 고쳐 쓴 셋째사위는 어렵사리 노인의 말을 알아들었다. "저 건너에 사시는 어르신께서 전화하셨어요. 아버님이 이틀째 보이지 않는데 여기저기 찾아보고 전화해 봐도 어디 가신지 모르겠다고. 혹시 우리 집에 오시지 않았냐고요."

얼굴이 창백해진 노인은 고개를 끄떡이며 눈을 감았다. 비로소 노인은 안도했다. "그래…… 남이…… 는?" 알밤이 셋째사위 앞에 떨어졌다. 셋째사위는 밤을 발로 멀리 차 버렸다. "애가 아파서 병원에 갔어요. 글피쯤 반찬 해가지고 올 겁니다."

셋째사위는 노인의 겨드랑이에 팔을 집어넣어 당겼다. 그 순간 숨이 막힐 것 같은 악취가 올라왔다. 이틀 동안 똥과 오줌이 썩어 가던 냄새였다. 셋째사위는 참을 수 있을 때까지 숨을 참으며 노인을 끌어당겼다. 하지만 노인을 구덩이에서 빼내는 일은 쉽지 않았다. 사십 대 남자의 건장한 팔뚝과 이마에 푸른 정맥이 불거지고 얼굴이 벌겋게 달아올랐다. 비쩍 마른 노인이 사흘을 굶었다고 하나 노인은 몸을 내려놓은 상태였다. 셋째사위는 축 늘어진 노인을 겨우 구덩이에서 끌어올렸다. 그리고 노인의 몸이 구덩이를 빠져나오는 것과 동시에 뒤로 눕듯이 쓰러졌다. 쓰러진 셋째사위 위로 악취가 덮쳤다.

구덩이를 빠져나온 노인은 옆으로 넘어졌다. 바닥이 울퉁불퉁했고 허리와 엉덩이가 석고처럼 굳어서 앉을 수가 없었다. 옆으로 넘어지는 순간 노인은 감았던 눈을 가느다랗게 떴다. 바로 눈앞에 검정 비닐봉지가 있었다. 밤이 쏟아져 나와 있는 비닐봉지에서 서너 발짝 옆에는 지팡이도 보였다. 노인은 비닐봉지를 향해 누렇게 마른 손을 겨우 까딱했다. 하지만 밤을 주우라는 말은 나오지 않았다. 눈꺼풀이 스르르 내려앉으면서 의식이 자꾸 검고 깊은 늪 속으로 빠져 들어갔다. 여든여섯 생애에서 가장 편안한 순간이라는 생각이 노인의 의식에 잠처럼 내려앉았다.

말을 할 수는 없었지만 뜻밖에 깊은 늪으로 가라앉는 의식은 명료했다. 난 죽기 전에 저 구덩이를 빠져나왔어. 죽기 전에 나를 구해 낸 자를 만났다고. 희미한 귓가에 셋째사위가 어디론가 전화하는 소리가 들렸다.

"여기가 어디냐 하면요. 효사랑 요양병원 맞은편 길로 들어서서 오 킬로쯤 오시면 메기탕을 파는 가든이 있는 마을이 나옵니다. 가든 앞에서 보이는 첫 번째 집 뒤에 대나무 숲이 있습니다. 환자가 의식을 잃어 가고 있으니까 빨리 좀 와 주세요."

셋째사위의 목소리는 아득하고도 멀게 들렸다. 어디선가 투두둑- 하고 밤이 떨어지는 소리도 들려오는 것도 같았다. 이제 밤은 쥐와 청솔모의 차지가 될 것이었다. 그리고 쥐와 청솔모가 다 먹지 못한 밤은 썩어서 밤나무가 될 터였다. 숲은 노인 말고는 찾는 사람이 드문 곳이었다. 그 숲에 비 내리는 소리가 들렸다. 빗소리는 점점 희미해져 갔다. 노인은 점점 아득한 잠 속으로 빠져 들어갔다.

| 해설 |

낭비되는 삶

구모룡_ 문학평론가

1. 삶의 주변화

소설에서 서술자의 인칭은 그리 중요하지 않다. 이 소설집에 실린 여덟 편의 소설 가운데 서술자가 극화되지 않은 것은 한 편 뿐이다. 그렇지만 극화된 화자가 등장하지 않는 「사흘」을 포함하여 모든 소설이 전지(全知)의 시점으로 서술되고 있다. 그만큼 작가가 서술하려는 대상에 깊이 개입하여 사실을 드러내려 한다. 그래서 이은유의 소설은 디테일에 충실하고 인물의 내면 묘사가 치밀하다. 대신 행위와 사건은 절제된다. 가령 「사흘」은 하나의 삽화를 말한다. 주인공인 '노인'이 자식들에게 줄 '밤'을 주우러 갔다 사고를 당하는 이야기이다. 어떤 의미에서 보면 서사를 끌고 가는 벡터가 약하다. 그러나 이는 작가의 서술능력을 말하는 것이 아니며 오히려 의도된 서술전략을 뜻한다. 그것은 노년의 문제라는 한 가지 현실에 집중하려는 것이다. 이 소설에

해설 213

서 서사를 추동하는 것은 노인의 약한 몸과 환경이 빚어내는 사건이다. 요약하면 자식들에게 주려고 밤을 주우러 간 노인이 구덩이에 빠져 며칠을 지내다 사경에 빠진다는 것. 그러나 이 단순한 이야기를 통해 읽을 수 있는 의미들이 적지 않다. 현대화에 밀려나는 농업사회와 소외된 노년은 유사 의미로 겹쳐진다. 편리하고 위생적인 벽돌집을 짓긴 했으나 텃밭들은 가꾸어지지 않고 야생으로 변하고 만다. 우물을 두고 오고 가던 사람들의 발길도 지하수를 쓰면서 끊어진다. 그러니 밤나무 숲 속 구덩이에 빠진 노인이 이틀이 지나도록 곤경에 처해도 이를 알아채는 사람이 없다. 가족과 공동체의 보살핌이 있다면 그리 심각한 사건이될 수도 없는 일이 발생하고 있는 것이다. 그러니까 이 소설은노인이 처한 하나의 사건을 통하여 노년의 처지를 말할 뿐만 아니라 현대성의 위기를 암시한다.

「사흘」에서 노인이 빠진 '구덩이'는 새 집 울타리에 빼다 심은 감나무가 있던 자리이다. 마땅히 메워져야 했지만 방치된다. 새로 조성된 '벽돌집'을 잘 꾸미는 것이 목적이다 보니 그 외부는 나머지로 주변화되고 만다. 노인에게 감나무가 있던 자리는 본디 주변이 아니라 삶의 주요한 터전이다. 그곳이 이제 그의 삶을 곤경에 빠뜨리는 복병이 된 것이다. 이와 더불어 노인 또한 구덩이에 빠져 자신의 분뇨와 뒤엉킨 쓰레기와 같은 모양을 하게 된다. 이처럼 이 소설은 농촌의 노인으로 표상되는 현대적 삶의 한 국면을 포착한다. 소외된 노년을 말함과 더불어 사회로부터 밀려나고 낭비되는 인간상에 대한 관심의 표명이라고 볼 수있다. 확실히 이은유는 사회적 약자, 주변부 인간, 넓은 의미에서 소수자로 불릴 수 있는 이들에 대한 전망을 지니고 있다. 「그림자의 초상」과 「떡볶이」가 소위 구조조정자와 실직자 이야기라면 「밤의 여행」은 파산자 이야기이다. 「그림자의 초상」에서 재취업한 남편을 둔 '나'는 자서전을 대필한다. 남편은 "성실하게 땀을 흘리며 사는 곳으로 가고 싶다"는 생각을 가지고 도시의 직장을 떠났다 실패한다. 다시 이전의 중고차시장으로 돌아와 안정적인 승진을 위하여 끊임없이 상사인 '팀장'에게 낚은 붕어를 보낸다. 하지만 남편의 승진은 보장되지 않고 삶은 개선되지 않는다. 그는 이러한 삶을 '그림자'에 비유한다.

> 일단 낚싯대에 걸리면 물고기의 부레는 제 기능의 일부분을 잃게 된다. 숨만 쉴 뿐 제 몸을 띄우지 못하는 부레는 진정한 부레가 아니다. 그래서 더욱 물고기들은 물로 돌아가고 싶어 하는지도 모른다. 때문에 제가 살던 물로 돌아갈 수밖에 없는 것인지도. 그러니까 물 밖에서는 이렇게 빛나는 물고기가 물의 그림자로 살 수밖에 없는 것이다. 제 몸에 빛을 받아서 반사시키지 못하는 삶. 생존을 위해 그림자로 살아야 하는 것들의 삶.

노동과 삶이 일치하지 못하는 삶은 물을 떠난 물고기와 같다는 것이다. 자서전을 대필하는 '나'와 중고차를 파는 남편 '휴'의 삶이 "생존을 위해 그림자로 살아야 하는 것들의 삶"으로 받아들여지는 것이다. 생성하지도 상생하지도 못하는 성과 위주의 시스템 안에서 그림자로 살기도 힘이 든다. "밥보다 잠이 우선인 휴"는 피로인간의 전형이다. '팀장'과 같은 성공 지향적인 인간형이 자행하는 모략과 폭력으로 소설의 결말에서 '휴'와 '나'는 "연민과 분노와 서글픔 등으로 뒤죽박죽이 된 얼굴"을 하게 된다. 삶의 진정성이라는 관점에서 이들의 삶은 낭비되고 있는 것이다. 그럼에도 물고기의 강물처럼 그 현장을 떠날 수 없다. 그러나 '휴'는 시스템의 폭력에 의하여 서서히 고갈되고 있다. 이러한 점에서 소외되지 않는 노동의 전망은 불투명하다.

이은유 소설에서 병치는 자주 쓰이는 서술 장치이다. 낚시로 잡은 '붕어'를 통하여 생존에 내몰린 삶을 유비한 「그림자의 초상」의 서술기법은 「떡볶이」에서 불치의 질환으로 안락사에 이르는 개를 통하여 상처를 안고 사는 실직자 남편의 현실과 연관시키는 방식으로 나타난다. 그런데 남편의 상처는 애초 "광주항쟁 당시 레지던트가 된 중학교 동창 덕분에 목숨을 구할 수 있었다"는 데서 기인한다. 그리고 이러한 상처의 기억은 25년이 지난 시점에서 교통사고를 겪으면서 공황장애와 자살충동으로 표출된다. 그의 상황은 목 밑의 작은 뼈가 부서져 그것이 신경을 건드리면서 하반신이 마비된 개 '태고'가 겪는 고통과 흡사하다. 남편의 몸속에도 광주항쟁 당시 입은 총상의 흔적과 고통사고로 어깨뼈가 깨진 기억이 상존한다. 당뇨로 남성의 기능을 잃어가는 그의 모습은 또한 처음부터 발정을 하지 않는 '태고'와 닮았다. 어쩌면 남편에게는 '태고'가 자신의 분신으로 감정이입될 수 있을 것이다. 그리고 이러한 '태고'의 안락사를 통하여 자신의 상처를 대상화하게 된다. 「그림자의 초상」과 「떡볶이」에서 병치의 서술전략이 밀도 있게 서술되었다고 볼 수는 없다. 이는 어느 정도 화자 주인공에 관찰되었다는 측면에서 비롯한다. 또한 이것은 밋밋한 부부관계의 현실을 반영하는 것이기도 하다. 붕어의 배를 따고 자서전을 대필하거나, 죽어 가는 개를 보살피며 떡볶이를 만드는 일을 반복하는 '나'의 삶도 자기와 일체감을 얻지 못한 것일뿐더러 고통을 견디며 연명하는 처지와 다를 바 없다. 그만큼 두 소설의 인물들은 희망도 없고 사랑의 정염도 결여되어 있다. 그러나 이것이 오히려 소설적 진실이 된다. 이러한 소설적 진실은 특히 구체적인 장소들에 의해 뒷받침되고 있다. 두 소설은 모두 도시 변두리 공동주거공간과 퇴락한 거리를 구체적으로 서술하고 있다. 이러한 삶의 정황 속에서 소설 속의 인물들은 현실을 버티고 있는 것이다.

2. 잉여인간

구체적인 장소에 대한 서술이라는 점에서 「밤의 여행」은 돋보이는 소설이다. 이 소설은 화재로 사업장을 잃고 파산하여 그린빌이라는 원룸에서 내일에 대한 희망 없이 4년을 칩거하던 주인공이 우연한 계기에 의해 밤 외출을 시도하는 과정을 서술하고 있다. 극화된 화자—주인공은 그린빌 101호의 창을 통하여 주위의 풍경과 군상들을 관찰한다. 특히 그린빌 앞에 놓여 있는 플라이주차장과 그것을 운영하는 억척스런 부부는 주된 관심의 대상이다. 물론 그린빌을 나고 드는 입주자들도 그의 시선을 끈다. 그에게 말을 거는 사람이 있을 수 없으므로 '나'의 칩거 모습과

창을 통하여 보고 듣는 것이 소설의 주된 화제가 된다. 가족과도 단절되어 있으므로 섹스만 교환하는 한 여성이 '나'가 만나는 유일한 사람이다. 그야말로 유폐된 삶을 살고 있기에 외부는 먼저 소리로 전달된다. 적극적인 시선으로 밖을 관찰하지 않기 때문이다. 그럼에도 들리는 이야기들은 그를 유인한다. 이리하여 외부의 정황은 '나'에게 들리는 소리와 보게 된 광경의 조합에 의하여 구성된다.

자전거 달리는 소리가 났다. 타르르르르. 녹두알만 한 당근을 씹는 소리 사이로 들리는 건 분명히 자전거 페달을 힘껏 돌렸다 멈췄을 때 나는 소리였다. 들어오고 나가는 차들이 뜸해지면 주차장 남자는 가끔 자전거를 타고 돌아다니곤 했다. 오전 아홉 시나 열 시, 혹은 오후 두 시나 네 시, 어쩔 때는 저녁에도 자전거 소리가 들리곤 했다. 남자의 자전거 코스는 언제나 똑같았다. 세무서 앞을 지나 뚜레주르 베이커리 골목으로 해서 베스킨라빈스 아이스크림 가게를 지난 뒤 성당 뒷골목으로 돌아오는 코스. 고작 한 블록을 도는 것이 남자의 자전거 코스였다. 나는 남자의 자전거 코스가 날마다 똑같다는 것을 남자와 그 아내의 이야기를 듣고 알았다. 남자는 오후에도 자전거로 한 바퀴를 돌고 온 뒤 그의 아내에게 이렇게 말했다. 뚜레주르 베이커리 골목에 있는 옷가게들이 텅텅 비었어. 곧 리모델링을 시작할 모양이야. 헤어스타일은 리모델링 중이고. 어쩐지 헤어스타일 손님이 없다 했더니. 곧 원룸 중도금을 치러야 하는데 손님이 줄어서 큰일이네.

이처럼 밖에서 들려오는 이야기들은 '그린빌 원룸'과 '플라이주차장' 일대의 도시 주변부적 삶을 재구성한다. 그런데 서사를 형성하는 것은 모든 소음들과 잡담들의 무질서한 배열이 아니라 극화된 화자-주인공인 '나'의 선택에 의한 배치이다. 이 소설을 이끄는 것은 '나'의 관심과 시선의 이동이다. 이 소설은 많은 부분 영상기법을 전유한 것으로 보인다. 주인공이 있는 원룸에서 외부의 주차장과 거리로 초점이 이동하면서 이야기를 전개하는 것이다. 이런 가운데 주차장의 '남자'는 스토리라인에서 주요 인물로 자리를 차지하게 된다. 그리고 그 '남자'가 타고 다니는 '자전거'가 부각되는 것이다. 비토리오 데 시카 감독의 〈자전거 도둑〉과 김소진의 「자전거 도둑」은 텍스트성에서 이 소설과 크고 작은 맥이 닿아 있다. 주차장 남자가 '자전거 도둑'일 수 있다는 '나'의 가정은 원룸에 사는 사람들이 퍼뜨린 소문에서 촉발되지만 '나'에게도 그 의혹은 머리에서 사라지지 않는다. 그런데 '나'를 바깥으로 이끌어 내는 계기는 주차 과정에서 발생하는 사소한 충돌 사고에서 비롯한다. 들어온 뒤 한 번도 밖으로 나가지 않은 '나'는 401호 여자의 말처럼 '세상에 없는 사람'이다. 이러한 주인공이 외출을 시도한다는 것은 대단한 각성의 귀결이다. 그에게 변화하는 세상으로 나갈 의지와 자신감은 없다. 그는 변하지 않는 골목에 몸을 의탁하여 삶을 소모하고 있다. 이러한 그가 세상 속으로 잠행하여 자전거 도둑이 될 생각을 한다는 것은 대단한 모험이다. 그러나 이러한 모험은 우연찮은 기회에 의해 그에게 다가온다. 주차장 남자가 실수로 저지른 사고를 은폐하려다 조사를 받는 과정에서 그가 주민등록상 무적자임이 드러나는 사건은 주인공의 개심을 이끈다. 왜 그럴까? '주차장 남자' 야말로 '세상에 없는 사람'이고 "거리에서 맞아 죽어도 신원을 확인할 수 없는 사람"이기 때문이다. "가끔 자전거로 한 블록을 돌거나 주차장이 끝난 뒤 마트에 가거나 일주일에 한 번 교회에 가는 일이 아니면 남자는 좀처럼 주차장을 벗어나지 않는다". 그 또한 추방된 소수자이다. 이러한 점에서 주인공이 골목을 나서는 것은 단지 그 '남자'에 대한 의혹을 해소하려는 데 있는 것은 아니라고 본다. 이보다 도시의 추방자라는 동류의식을 확인하고 모방적인 욕망을 실현하려는 의지의 발현이라 할 수 있다.

나는 벽에 등을 기대고 창문 앞에 스르르 주저앉았다. 마치 몽둥이로 뒤통수를 한 대 가격당한 기분이었다. 멍하니 넋을 놓고 있는 내 눈 앞으로 그동안 지켜보았던 남자의 모습이 빠른 화면처럼 지나갔다. 미니트럭에서 커다란 보퉁이를 꺼내던 남자. 쌀자루를 실은 자전거에서 내리던 모습. 시장에서 돌아오는 동네 사람들에게서 풋고추와 상추 따위를 한 줌씩 얻던 일. 그런 남자가 사실은 거리에서 맞아 죽어도 신원을 확인할 수 없는 사람이라니, 나는 허공에 시선을 놓고 헛웃음을 웃었다. 한참 동안 눈물이 날 만큼 웃어 대던 내 팔에 문득 소름이 오소소 돋아났다. 나는? 가슴에서는 문장을 끝맺지 못한 물음이 소용돌이를 쳤다.

악착스럽기조차 한 삶을 살고 있는 주차장 남자가 유령과 같은 존재라니? 그럼 도시의 후미진 주변에 잉여인간의 삶을 살고 있는 '나'는 누구인가? 이러한 자기인식에서 주인공은 술을 사러 밖으로 나와 자전거 도둑의 욕망을 실현하려 한다. 이 소설은 "편의점이 나타났고 그 앞에 서 있는 자전거가 보였다"로 끝이 난다. 그런데 주인공의 행방이 궁금하다. 과연 어디로 갈까? 사랑 없이 몸을 나누던 미장원 여인을 찾아 나설까? 아니면 가족 곁으로 갈까? 이에 대한 답을 「천국에는 무지개가 없다」에 등장하는 사내를 통해 얻을 수 있는 것은 아닐까? 서로 다른 단편이고 이 사내가 가족이 없는 젊은이라는 점에 비춰 「밤의 여행」의 주인공과 동일인물이라 단정할 수는 없다. 다만 그가 자전거를 타고 다닌다는 것이 하나의 의미론적 연결고리가 되고 있다. 「천국에는 무지개가 없다」에서 경마장을 드나들던 이 사내는 마침내 자살을 선택한다. 희망도 사랑도 없는 세상에서 죽음을 선택한 것이다. 그리고 사회의 잉여로 쓰레기와 같은 처지가 되고 만다. 이러한 이야기가 이 소설의 화자-관찰자인 '나'에 의해 전해지는데 여기서 '나'의 직업이 거리청소부라는 점이 의미심장하다. 자신의 욕망 때문인지 아니면 태만 탓인지 분명하지 않으나 자살한 사내는 승산이 없는 상황에 처한 것임에 틀림이 없다.

화면에는 경마장과 검은색의 낡은 승용차와 그 내부가 번갈아 비치고 있었다. 카메라는 또 타고 남은 세 개의 번개탄을 확대해서 보여주었다. 기사는 단음절로 귓바퀴에 머물렀다. 음주단속. 면허 취소. 벌금. 사표. 몇 천만 원의 빚. 자살추정

(刺殺推定). 화면은 마지막으로 경마장 앞에 있는 자전거 보관
대에서 잠깐 정지했다. 나는 숨을 죽이고 화면을 뚫어져라 바
라보았다. 더 이상 기자의 말은 정확하게 들리지 않았다. 기자
가 전하는 기사들은 귓속에서 벌레들의 울음소리처럼 들끓기
만 할 뿐이었다.

사내의 죽음이 보도되는 장면이다. 그는 경마장 주변에 버려
지는 경마권이나 도처의 거리에 나뒹구는 쓰레기처럼 낡은 승용
차 속에서 죽는다. 청소부인 '나'는 현대적인 생존의 방식을 경
험적으로 관찰하고 구획하는 사람이다. 이러한 '나'에게 "어둑
한 새벽에는 미처 귀가하지 못한 사람들까지도 버려진 쓰레기처
럼" 보인다. 마침내 사회적으로 몰락한 한 개인이 잉여의 쓰레기
가 되는 광경을 목도하게 되는 것이다.

3. 관계의 이면

희망과 사랑이라는 관점에서 읽을 때 이은유의 소설은 비관
과 사랑의 고갈로 기울어져 있다. 어쩌면 소설가의 시점이 「천국
에는 무지개가 없다」의 화자와 흡사한 위치에 있는 것이 아닌가
한다. 청소부는 몰락하거나 주변화되는 사람들을 가장 가까운
자리에서 이해하는 이라 할 수 있을 것이다. 그는 날마다 버려지
는 쓰레기뿐만 아니라 쓰레기가 되는 사람들을 구체적인 장소에
서 경험하고 목격한다. 이처럼 삶의 세목을 경험적인 경계에서

작가는 서술하고 있다. 「그림자의 초상」이나 「떡볶이」에서 부부 관계는 사회적 관계와 트라우마에 의해 친밀성의 위기를 내포하지만 부부애로 봉합된다. 그러나 「밤의 여행」은 사랑의 단절과 내일이 없는 관계를 연출한다. 하지만 이 소설에서도 주차장 남자와 그의 아내의 관계는 높은 친밀성을 보여준다. 또한 「천국에는 무지개가 없다」에 등장하는 젊은 청소부인 '나'는 타자에 대한 공감의 시선을 견지한다. 이처럼 인물들 사이의 단절과 소통은 확연하게 나누어지는 것은 아니다. 그럼에도 작가는 사람 사이에 놓인 장벽을 주목한다. 가령 「손」과 「달의 나무」가 그렇다. 「손」은 엄격한 가부장인 아버지의 지배를 받으면서 한 남자를 일방적으로 사랑하는 여성과 그 여성을 몰래 짝사랑하는 수기치료사인 '나'의 이야기이다. '나'와 그녀의 만남은 치료사와 환자의 관계에 의하여 이루어진다. 그러나 그녀에 대한 '나'의 사랑은 오직 '손'이라는 매개에 의해 전해지지만 그녀에게 그것은 통증의 치유 과정으로 받아들여진다. 이 소설은 '손'이라는 은유를 통하여 관계의 여러 양상을 말한다. "먹장구름이 두터운 하늘이라도 찢어발길 듯 당신은 허공을 향해 낮게 쳐든 손의 다섯 손가락을 모두 벌린 채 잔뜩 구부리고 있었다. 그 순간 찌그러진 트럭의 문틈으로 축 늘어뜨린 트럭 기사의 손이 떠올랐다. 원룸의 문을 거세게 열고 나가던 그 여자의 손도 눈앞을 스쳐 갔다. 나도 모르게 나는 당신에게 손을 내밀었다". 이처럼 아버지에 저항하는 여자의 손, 교통사고를 당하여 늘어뜨린 트럭 기사의 손, '나'를 두고 떠난 그 여자의 손, 그리고 당신을 잡으려는 '나'의 손이 있다. 그러나 '상생의 손'을 꿈꾸는 '나'의 소망은 이루어지지 못한다. 그녀와 '나' 는 단지 '예외적인 치료' 의 현장에서 만나고 있을 따름이다.

엇갈린 사랑 이야기는 또한 「달의 나무」에서 다시 나타난다. 부부의 친밀성을 상실한 '나' 는 어머니가 한국인인 혼혈 중국인이다. 이러한 '나' 와 이웃한 "생물선생" 또한 외할아버지의 양아들이 된 이력을 지녔다. 당뇨 등이 원인이 되어 성적인 기능을 상실한 '나' 는 아내의 외도를 지켜보면서 술로 자신을 낭비한다. 이런 가운데 '생물선생' 의 뜨거운 손길을 접하게 된다. 여기서도 사랑의 표현은 「손」에서와 같이 손으로 먼저 전달된다. '나' 는 이러한 '생물선생' 의 동성애에 당황하면서 다시 한 번 자신의 정체성을 되묻게 된다. 이 소설은 관계의 이면을 투시한다. 성적 소수자의 억압된 욕망과 인종적 소수자의 정체성 인식이 가로 놓여 있다. '나' 와 '생물선생' 의 기묘한 만남의 저편에 가부장적 구속으로부터 자유를 취하려는 '아내' 가 있는 것이다. 그리고 이러한 관계의 굴곡 가운데 두 가지 향기가 흐른다. 그 하나는 '금목서의 향기' 이고 다른 하나는 파우스트라는 칵테일이 가진 '악마의 향기' 다. 각기 순수한 본능과 인위적으로 만들어지는 욕망을 의미한다. '아내' 가 칵테일과 같이 섞임의 조작적인 욕망에 휩싸여 있다면 생물선생의 한옥을 감싸고 도는 '금목서의 향기' 는 어떤 의미에서 내밀하고 은밀한 욕망을 지향한다. 말할 것도 없이 이 소설은 이러한 두 가지 욕망의 흐름을 끝까지 파고들지 않는다. 그럼에도 소수자의 정체성을 향한 발견으로 의미 있는 소설적 탐색을 보였다고 할 수 있다.

인간의 순수한 관계를 매개하는 향기는 「사과 꽃이 핀다」에서 잘 나타나 있다. 이 소설에 등장하는 사과나무는 성당 울타리에 있다. 그런데 열매를 맺은 적이 없기에 꽃만 핀다. 아우구스티누스 신부님을 통해 알게 된 사과나무는 '나'에게 봄을 알려주며 공감과 영성이 교차하는 만남의 의미를 되새기게 한다.

아우구스티누스 김진욱 주임신부. 잠시 이 긴 이름이 입안에서 맴돌았다. 그러자 내 입에서도 사과 향기가 나는 것 같았다. 순간 갑자기 세상의 명도가 높아지고 사과 향기는 눈길이 닿는 모든 곳까지 퍼져 날아갔다. 초등학교에 다닐 때, 아버지가 살아 있었을 때, 아버지가 가끔 엄마 몰래 준 용돈으로 만화책방을 드나들었을 때. 골목의 어두컴컴한 책방에서 보았던 만화의 한 장면이 떠올랐다. 소녀 혹은 소년이, 소년 혹은 소녀를 처음 만났을 때 사방에 흩날리는 꽃잎들.

이처럼 주인공은 영성을 느낀다. 사고로 아버지를 잃고 어머니마저 고통사고로 다리는 저는 '나'는 가난한 처녀이다. 가난한 이에 대한 사랑이 없이 영성은 없다고 했던가. 아우구스티누스 신부는 가난한 이를 위하여 헌신하는 사람이다. 그는 "우리 집은 이 도시의 아프리카"라고 생각하는 '나'에게 사랑의 말과 공감의 눈길을 건네고 아름다운 향기를 뿜어낸다. 그를 통해 '나'는 사랑과 공감을 느끼고 자각한다. 가난 속에서 아직 열매 맺지 못한 사과 꽃과 같지만 '나'는 고통을 나누고 희망을 품는 사람으로 입사(initiation)하고 있는 것이다.

이은유 소설에서 「사과 꽃이 핀다」는 상당히 예외적인 작품으로 비친다. 그러나 약자와 소수자를 억압하고 자본주의 현대성에 맞지 않는 이들을 부수적 피해자로 만들거나 주변화하고 마침내 잉여로 내모는 사회에서 가난을 자각하고 고통을 나누는 일은 매우 중요하다. 사랑과 희망이 살아 있는 우리 모두의 의무라는 점에서 이 소설이 차지하는 비중이 큰 것이다. 앞서 '청소부'의 예처럼 작가는 경험적 현실의 경계에서 정직하게 삶을 바라보려 한다. 이러한 태도에 벌써 사회를 개선하겠다는 전망을 내포하고 있는 것이 아닌가 한다. 다만 보다 적극적으로 인물을 창조하는 과정이 요구된다. 이곳저곳에서 재귀적으로 반복되는 서사의 요소들과 수사학적 경향들을 종합하여 보다 큰 규모의 소설로 나아가는 것도 하나의 방법이 될 것이라 믿는다. 그렇기 때문에 우리는 이은유의 소설에서 가능성을 발견하고 있는 것이다.

나는 참 많은 것이 늦다.

초등학교 입학하기 전에는 한글을 어렵게 익혔고

학교에 들어가서는 또래 아이들보다 셈이 늦었다.

친구들의 눈치를 살피는 것이 늦어서

통신란에 '사회성이 부족함' 이라고 적힌 성적표를 받았으며

연애 한 번 못해 보고 청춘을 보냈다.

대학 또한 또래보다 이십 년이나 늦게 들어갔고

습작 시간도 다른 사람보다 몇 배나 길었다.

그래선지 등단을 했을 때

나는 그다지 큰 기쁨을 느끼지 못했던 것 같은데

그렇게 먼 길을 돌아서

이제 나는

겨우

소박하고 작은 집(소설집) 하나를 갖게 됐다.

세상에 드러내놓기가 많이 부끄러운 집.

그러나 아직도 허물어지지 않고 있는

고향의 옛집처럼

남루하나 두고두고 마음 편한

의지의 집이 되었으면 좋겠다.

끝으로

어머니를 불러 본다.

모든 것이 늦되었던 내가
어머니 덕분에 또래들보다 먼저 역사를 알았다.

2014년 가을
이은유